»Ich verstehe ja wirklich nicht, warum diese Stadt nicht voll ist mit Touristen«, sage ich.

»Was?«, ruft Tom. Der Busmotor dröhnt wie hundert kaputte Rasenmäher. Ich lege den Kopf zurück und wiederhole den Satz. »Ja, komisch, nicht?«, ruft Tom, »wo es hier doch jeden Moment so einen super Krieg geben könnte. Ich meine, wo kriegt man bei dir zu Hause schon einen ordentlichen Krieg zu sehen?« Er ist wirklich gut darin, mich sprachlos zu machen. Ich merke, dass der Reißverschluss seiner Hose offen steht. Er trägt eine blau-weiß gestreifte Unterhose, die Farben der Flagge Israels.

Lena ist geflohen aus Deutschland: aus einer Beziehung, die irgendwann nur noch Beziehung war, aus einem Leben in den Schubladen der Gleichgültigkeit. Sie arbeitet für einige Monate als Betreuerin in einem Heim für Autisten – in Tel Aviv. Dort lernt sie den Pfleger Tom kennen, einen Exsoldaten, der die Angst nicht mehr los wird. Genau wie Lena ist er auf der Suche nach einem anderen Leben. Und durch ihn erfährt sie plötzlich aus nächster Nähe, dass die Flucht nach vorne eine Überlebensfrage sein kann. Als er vorschlägt, eine Scheinehe einzugehen, damit er einen deutschen Pass bekommt, steht sie zum ersten Mal in ihrem Leben vor einer Entscheidung, der sie nicht entkommen will.

Theresa Bäuerlein, geboren 1980 in Bonn, lebt seit 2002 in München, obwohl ihr auch Tel Aviv sehr gefällt, studiert Journalismus und schreibt u. a. für NEON und jetzt.de. Sie träumt von einer Welt ohne dumme Sonnenbrillen und Angst, hält sich für einen Menschen, der vielleicht manches kann, aber große Probleme hat, sich zwischen zwei Sorten Joghurt zu entscheiden. ›Das war der gute Teil des Tages‹ ist ihr erster Roman.

Unsere Adresse im Internet www.fischerverlage.de

Theresa Bäuerlein

DAS WAR DER GUTE TEIL DES TAGES

Roman

Fischer
Taschenbuch
Verlag

Originalausgabe
Veröffentlicht im Fischer Taschenbuch Verlag,
einem Unternehmen der S. Fischer Verlag GmbH,
Frankfurt am Main, Oktober 2008

Satz: Pinkuin Satz und Datentechnik, Berlin
Druck und Bindung: CPI – Clausen & Bosse, Leck
Printed in Germany
ISBN 978-3-596-17292-4

Danke, Tom. Dafür, dass du mich gesehen hast.
Und tausendmal danke, Peter und Daniel. Für Tritte, Ideen und Lob in den richtigen Momenten.

Die Autisten haben schlechte Laune und schwitzen, die Pfleger auch.

Als ich heute Morgen zur Arbeit gekommen bin, saß der Neue am Tisch, trank schwarzen Pulverkaffee und passte nicht ins Bild. Jetzt ist sein Blick nach oben gerichtet, eindeutig zweifelnd. Ich zucke mit den Schultern, sage »Anders geht es nicht«, setze einen Fuß auf die Klinke, greife in den Türrahmen, stoße mich ab und rutsche durch den Spalt zwischen dem Rahmen und der Tür, die immer abgeschlossen ist. Mit einem Krachen komme ich auf dem Boden auf und bin sicher, dass in der Werkstatt unter mir, wo die Autisten gerade wieder Hustenbonbons abzählen, ein Bild von der Wand gefallen ist. Ich rappele mich auf und trete zur Seite, gerade rechtzeitig. Der Neue rutscht durch den Spalt hinter mir und landet wie eine Katze. »Geht doch«, sage ich ermunternd. Er lächelt schief.

Das Dach ist eine beigefarbene Fläche mit einer brusthohen Mauer. Viel Müll überall, verrostete Drahtrollen, grün gestrichene Bretter, kaputte Stühle. Die Stadt breitet sich kilometerweit um uns aus, das alte Zeug hier oben wirft Schatten, ohne die das Dach in der Sonne ein offener Grill wäre. Der Neue dreht sich einmal um sich selbst, nickt anerkennend. Ein fremdes Gesicht, mit leicht gekrümmter Nase, schmalen Lippen, hohen Wangenknochen. Mein erster Gedanke war: *Jesus.* Ich kann mich beim besten Willen nicht an seinen Namen erinnern.

Wir gehen zur Mauer und lehnen uns dagegen. Meine Handflächen fangen an zu jucken, wie immer, wenn ich aus großer Höhe herunterschaue. Ich kämpfe gegen den Wunsch, in die Tiefe zu springen – nur weil ich wissen möchte, wie der Sprung sich anfühlt. Vorsichtshalber halte ich mich an der Mauer fest, bis meine Fingerknöchel weiß werden.

Heute Morgen bin ich zum 62. Mal, seit ich aus Deutschland weggefahren bin, in einer halbwegs aufgeräumten Wohnung im Zentrum von Tel Aviv aufgestanden, habe eine Tasse Pulverkaffee getrunken, einen Hausschuh nach einer Kakerlake geworfen, sie knapp verfehlt, und dann den Bus zur Arbeit genommen. Der Bus ist nicht explodiert. Das war der gute Teil des Tages. Den Rest regierte Olga, die mir alle fünf Minuten auf Deutsch Befehle zubellte und mich dabei ansah wie etwas, das sie von ihrer Schuhsohle heruntergekratzt hatte. Ich denke, es gibt einen dunklen Zusammenhang zwischen der Tatsache, dass meine Chefin deutsch spricht und dass sie mich von Anfang an nicht leiden konnte. Ich kann mir kaum vorstellen, wie ich das sein soll: jemandes Feind, oder so etwas Ähnliches. Aber Olga findet Gründe, mich zu hassen. Ich würde gerne fragen, aber nicht mal eben zwischendurch, und ich fürchte, dass es noch ein paar Jahrzehnte dauern könnte, bis wir mal abends zusammen einen trinken gehen werden.

Mein Herz klopft durch den Bauch hindurch gegen den kalten Stein der Mauer. Mein Gesicht liegt im Schatten, das des Neuen in der Sonne, das Licht fällt durch seine heufarbenen Locken, sodass es aussieht, als hätte er eine Erleuchtung. In Sachen Mitarbeit macht er an seinem ersten Tag nicht mehr her als eine hübsche Zimmerpflanze, aber ich bin froh, dass er da ist, er scheint anders zu sein. Bis jetzt war ich immer allein auf dem Dach, wenn ich ein bisschen Abstand zu Olga und dem verqualmten, kirmeshaften Chaos der Stadt haben wollte. Die meisten meiner Kollegen machen den Job, als wären sie Teil einer Sekte und nicht Teil eines schlecht bezahlten Pflegeteams. Sie scheinen Autismus mit einer heiligen Krankheit zu verwechseln, sie reden über die Heimbewohner, als wäre jeder einzelne ein Cousin des Messias und nur deshalb ein bisschen seltsam. Vielleicht weiß ich zu wenig über Autisten, ganz zu schweigen vom Messias, aber in meinen Augen benimmt sich Amir, mit dem ich täglich zu tun habe, wie ein normaler junger Mann mit extrem schlechten Manieren und Hormonstau. Der unangenehme Unterschied besteht darin, dass ich Amir nicht anschreien kann, wenn er mit einer Erektion, an der man problemlos Badetücher aufhängen könnte, auf mich zuwankt.

»Hast du Zigaretten?«, frage ich den Neuen. Er greift hinter sein rechtes Ohr und wirft mir eine Zigarette zu, deren Filter einen schmalen, goldgefärbten Rand hat. Darüber steht »Noblesse«. Der Tabak ist grob wie Krautsalat, nach einem Zug dreht sich alles und ich lege mich auf den Boden, bevor sich mein halbverdautes Frühstück in Richtung Stadt drängen kann.

»Du siehst blass aus«, stellt er fest. Er schaut zu mir herunter und atmet einen Schwall Rauch aus. Ich nicke, zu schlaff, um zu antworten, ich sehe immer blass aus, mein Magen ringt schläfrig mit billigem Zigarettenrauch, meine Haare liegen ausgebreitet auf dem Boden, und mein Rücken wird auf den heißen Steinen gebacken. Ich treibe durch die Pause wie auf einem Boot in einer karibischen Meeresbucht, von mir aus kann die Zigarettenpause Stunden dauern.

Es gibt einen Berg von Dingen, die ich gerne über den Neuen wissen würde, abgesehen von seinem Namen. Er sieht nicht sonderlich interessant aus, zu glatt, mit seinen hellen Haarspitzen, den abgewetzten Jeans und T-Shirts und der Piloten-Sonnenbrille, wie ein kalifornischer Beachboy, der in der Wüste dem Teufel seine Seele im Tausch gegen ein paar Skateboardtricks verkaufen möchte. Der Stil geht mir auf die Nerven. Aber er hat etwas an sich, schwer zu sagen, so etwas Verlorenes, trotz dieser blendenden Selbstsicherheit. Als wüsste er ganz genau, wer er ist, müsste aber erst noch herausfinden, auf welchem Planeten man ihn ausgesetzt hat.

»Tom?«, sage ich.

»Ja?«

»Nichts, ich hatte nur deinen Namen vergessen.«

»Ach.« Er klingt verwirrt.

»Ist nicht persönlich gemeint.«

»Schon gut.«

Seltsamer Name, für einen Israeli. Hebräisch ist schön, es dröhnt und kracht, als würde jemand mit offenem Mund Knäckebrot essen und gleichzeitig aus der Bibel vorlesen. Ich wollte es lernen, aber es ist überhaupt nicht nötig. Ich habe mir immer etwas auf mein Englisch eingebildet, aber die meisten Israelis sprechen es besser als ich, mit einem Kaugummi-Gangster-Akzent, den sie wahrscheinlich im Kino lernen, da die Filme nicht hebräisch synchronisiert werden.

»Du erinnerst mich an eine Schauspielerin«, sagt er.

»Welche?«

»Mena Suvari.«

»Kenne ich nicht.«

»Die Blonde aus American Beauty. Das Teenagermädchen, in das sich der Hauptdarsteller verliebt.«

»Habe ich nicht gesehen.«

»Was? Du kennst American Beauty nicht?«

»Nein. Pulp Fiction übrigens auch nicht.« Ich erzähle gerne, dass ich Pulp Fiction nicht gesehen habe. Die meisten Menschen reagieren, als wüsste ich nicht, dass Sauerstoff das Zeug zum Atmen ist.

»Du vergisst meinen Namen, du kennst Pulp Fiction nicht – entschuldige, das klingt, als wäre mit dir irgendetwas nicht ganz in Ordnung.«

»Weil ich deinen Namen vergesse? Bist du so wichtig?«

Er grinst. »Nein. Ist schon okay. Eigentlich sollte es ein Kompliment sein. Ich mag Mena Suvari.«

»Netter Versuch.« Er lächelt. Ich finde ihn dreist. Es ist sein erster Tag, aber er drückt sich mit der Selbstverständlichkeit eines verdienten Veteranen vor allem, was anstrengend ist. Das Verrückte ist, dass er damit durchkommt. Vielleicht liegt es an diesem unglaublichen, jungenhaften Selbstbewusstsein, das er abstrahlt. Er verändert Räume wie eine gefärbte Glühbirne, drei Quadratmeter um ihn herum wird alles tomfarben. Selbst Olga kann er damit blenden.

»Ich habe noch eine Frage«, sagt er.

»Noch mehr Filme?« Die Hitze bringt mich zum Gähnen.

»Nicht ganz. Was machst du hier?«

»Hm? Das Gleiche wie du, arbeiten.« Er kann ruhig ein bisschen zappeln, nachdem er den ganzen Vormittag den Cowboy in der Hängematte gespielt hat.

Er schüttelt ungeduldig den Kopf. »Ja klar, aber wieso machst du das in Israel?«

Ich spanne meine Bauchmuskeln an und richte mich auf. »Die ehrliche Antwort?«

Er zuckt mit den Schultern. »Am liebsten schon, aber eine richtig gute Lüge wäre auch interessant.«

»Vor einem halben Jahr habe ich angefangen, die Bibel zu lesen. Und da habe ich zum ersten Mal verstanden, dass meine Seele in das Gelobte Land zurückkehren will.«

Er nickt, unbeeindruckt. »Das war gelogen.«

Ich grinse. »Ja.« Er schaut mich an und wartet auf mehr, aber ich stecke mir wieder die Zigarette zwischen die Lippen.

Tom runzelt die Stirn. »Kann ich dich danach fragen oder willst du nicht darüber reden?«

»Nein, nein, das ist schon okay.«

»Du kommst aus Deutschland, oder?« Ich nicke, und meine gute Laune verdünnt sich ein bisschen, nervös betrachte ich sein Gesicht. Hoffentlich reagiert er nicht wie Olga.

In seiner Miene spielt sich nichts ab, das ich deuten kann. »Bist du Jüdin?«, will er wissen.

»Nein«, sage ich. Nervös schnippe ich den Zigarettenstummel weg. Er fliegt knapp an Toms Hand vorbei.

»Sonstwie religiös?« Ich schüttele den Kopf und entspanne mich. Das hat mich bisher jeder gefragt.

Er lächelt. »Sehr gut, religiöse Menschen sind mir unheimlich. Aber dann verstehe ich nicht, was das Ganze soll.«

»Zufall. Ich wollte weg von zu Hause, und auf die Schnelle habe ich nur in Israel einen Job gefunden, für den ich kein Brunnenbau-Diplom oder so etwas gebraucht hätte.« Nachdenklich betrachtet Tom erst mich, dann seine Hände. Er hat ziemlich breite Finger, mit großen, flachen Nägeln. Wie die meisten Leute ziehen mich eher schlanke Hände an, aber das ist eigentlich nur ein dummes Vorurteil. Ich schüttele den Kopf. Was gehen mich seine Hände an.

»Was?«, fragt er.

»Wie, was?«

»Du hast den Kopf geschüttelt.«

»Nichts, ich habe an was anderes gedacht.«

»An was denn?«

»Du bist ganz schön neugierig.«

»Sag's mir einfach, dann bin ich es nicht mehr.«

»Später vielleicht.«

»Also hat es mit mir zu tun.«

»Nein!«

»Aha«, macht er, legt den Kopf schief und grinst mich so an, dass ich ihm am liebsten eins überziehen würde.

Eine Taube flattert vorbei, leider landet sie nicht auf Toms dreistem Schädel, dessen Locken ein perfektes Vogelnest abgeben würden, sondern auf der Mauer. Tom sagt:

»Ich fürchte, das war keine gute Entscheidung.«

»Stimmt«, sage ich abwesend und meine den Vogel.

»Niemand, der sein Hirn zum Denken benutzt, kommt nach Israel.«

»Besten Dank«, sage ich.

»Es gibt keinen akzeptablen Grund, freiwillig herzukommen – außer, du hast keine Wahl, jemand stülpt dir einen Sack über den Kopf und wirft dich über Tel Aviv ab.« Er lacht. »Hey, das wäre doch eine nette Idee für Terroristen, falls ihnen die Selbstmordattentate mal langweilig werden.«

Ich gähne und beschließe, mich nicht weiter aufzuregen. Er denkt, dass ich in meinem Leben noch keine Zeitung gelesen habe.

»Tom, ich weiß, dass die Gegend gefährlicher ist als München, aber ich kann auch vor meiner Haustür von einem Auto überfahren werden.« Ich glaube, ich klinge ungeduldig.

»Ach, das kann dir hier außerdem auch noch passieren«, erwidert Tom leichthin.

»Wenn du es so schlimm findest, was machst du bitte noch hier?«

Er zögert kein bisschen. »Ich mache, dass ich hier wegkomme. Und das Gleiche würde ich dir raten. Wenn schon weggehen, dann richtig. Man muss ein Land nehmen, in dem man leben kann. Australien oder Indien, das macht Sinn.«

»Entschuldigung, aber Indien ist auch nicht gerade Disneyland.« Ich hätte ihn für schlauer gehalten. »Und Australien? Wieso denn bitte Australien, was soll daran besser sein?«

»Habe ich doch schon gesagt: das Leben.«

Das Gespräch ist frustrierend. »Ach so, das Leben, klar. Ich könnte bestimmt einen super Job in einem Ferienclub finden, wo ich meinen Animateur-Kollegen Pfirsichlikör aus dem Bauchnabel saufen darf, um Touristen heiß zu machen.«

»Klar, warum nicht.«

»Vielleicht habe ich das nicht klar genug ausgedrückt, aber ich will hier keine Ferien machen, was du auch daran gemerkt haben könntest, dass wir gemeinsam in diesem Irrenhaus arbeiten.«

»Hab ich gemerkt«, bestätigt er mit einem Nicken. »Also, du meinst, es ist moralisch besser, Autisten zu betreuen als Touristen.«

»Hä? Natürlich ist es das. Komm schon, ich habe recht damit, das weißt du.«

Er legt den Kopf noch ein bisschen schiefer als vorhin. Graue Augen mit einem Kranz zarter Lachfalten, Brauen wie schwarze Pinselstriche. Er betrachtet mich durch seine Stirnlocken. Jemand muss ihm mal erzählt haben, dass das sexy ist.

»Vielleicht«, sagt er. »Vielleicht hast du aber auch einen besseren Grund.«

»Hast du einen Tipp, was das sein könnte?«

»Nein«, er zuckt mit den Schultern, »ist nur so ein Gedanke.« Sein Grinsen ist so breit wie Australien.

Ich glaube ihm nicht, aber ich kann selbst nicht sagen, warum. Das ist kein Kennenlerngeplänkel unter Kollegen, er stellt die Fragen, als hätte er einen Job zu vergeben. Gerade will ich ihn fragen, warum, als aus dem Haus unter uns wütende Laute dringen, als hätte jemand eine Katze in der Tür eingeklemmt. Der Tonlage nach ist es Amir, der in einem Theaterstück jederzeit die Rolle des wütenden jungen Mannes besetzen könnte. Außerdem ist er Autist, was Verhandeln mit ihm nicht gerade einfach macht, etwa, wenn man ihm ausreden möchte, beim Mittagessen seinen Schwanz auszupacken.

Jemand sollte ins Haus gehen und nach Amir sehen, aber ich würde lieber eine Packung »Noblesse«-Zigaretten essen, als mich jetzt zu bewegen. »An deiner Stelle wäre ich vor Hitze längst gestorben«, bemerke ich in Toms Richtung und hoffe, er kapiert, dass ich nicht über das Wetter rede.

»Richtig.« Er krempelt sein T-Shirt bis zum Hals hoch und schenkt der Sonne seine ganze Breitseite. Durch jede Ritze des Hauses dringt Amirs ohrenbetäubende Wut.

»Na komm«, sagt Tom träge, »der mag dich doch. Den wickelst du locker um den Finger.«

Fauler Sack, denke ich, sage aber nichts, sondern gebe nach, weil ich manchmal so verdammt gutmütig sein kann; also stehe ich auf und setze mir die McDonald's-Baseballkappe auf, mit der ich aussehe wie ein Idiot. Im Haus muss ich sie trotzdem tragen, denn wenn Amir richtig wütend ist, verkrallt er sich in den Haaren von jedem, der in seine Nähe kommt. Ich bin gerade dabei, ins Haus zu gehen, als Tom einen Kommentar abgibt, der mir fast den Boden unter den Füßen wegzieht: »Der Junge benimmt sich wie ein Holocaust-Überlebender«, murmelt er, mehr zu sich selbst, und lacht in sich hinein. »Komm schon«, ruft er, als er mein Gesicht sieht, »ihr Deutschen versteht einfach keinen Spaß.« Das Schreien im Haus hört auf.

2

Autisten. Das war ein Schock. »Helfen in Israel e. V.« hatte neblig »Sozialarbeit« auf seine Website geschrieben und die Antragsformulare online gestellt. Ich wollte weg, und auf die Schnelle war mir egal, wo ich landen würde. Schlecht bezahlte Jobs kriegt man immer. Helfen klang gut. Ich dachte, ich würde vielleicht in einem Kindergarten landen. Als auf dem Freiwilligentreffen ein dicklicher Doktor aus Israel über Autisten zu sprechen begann, begann ich mich langsam rückwärts zum Ausgang zu bewegen. Dann überlegte ich es mir anders. Wie die meisten Leute habe ich irgendwann *Rainman* mit Dustin Hoffman gesehen und daraus gelernt, dass Autisten eine Art Supernerds sind, Leute, die sozial nicht klarkommen, aber im Bruchteil einer Sekunde achtstellige Primzahlen addieren und unhörbare Töne wahrnehmen können. Das brachte mich zum Umkehren.

Die meisten Autisten, denen ich hier begegnet bin, können keinen einzigen zusammenhängenden Satz sagen. Sie gehen wie Schlafwandler durchs Haus, summen seltsame Melodien und starren ins Leere. Vielleicht lösen diese Frauen und Männer hinter ihren stummen Fassaden tatsächlich komplizierte Rechenprobleme. Ehrlich gesagt, ist es mir egal. Was mich umwirft, ist, dass mir die Autisten trotz allem nicht besonders krank vorkommen. Sie wirken wie Menschen, die in sich selbst verschwunden sind, weil ihnen das Leben draußen einfach zu viel geworden ist. Ein normaler Mensch, glaube ich, nimmt das Dasein als Flüstern wahr, einem Autisten brüllt es ins Gesicht. Wenn dem Normalen eine Socke fehlt, denkt er: Meine Socke ist weg. Ein Autist denkt: MEINESOCKEISTWEG, und rastet aus. Etwas mehr fühlen als normal, das kann einen schon verrückt machen.

So weit meine Theorie. Vielleicht meine ich das auch nur, weil ich mich damit identifizieren kann. Manchmal denke ich:

wenn Überleben eine Frage der Anpassungsfähigkeit ist, liege ich gefühlsmäßig eine Evolutionsstufe zurück. In meinen pessimistischeren Momenten stelle ich mir vor, dass es in ein paar Jahrtausenden nur noch Nazis und Inline-Skater gibt, die gemeinsam in der Werbung arbeiten, sich zum Mittagessen eine Palette Leberkäs-Sushi ausdrucken und nicht mal mehr Schmerz darüber empfinden.

Ich weiß nicht, ob es für das, was mit mir los ist, eine Vokabel gibt. Ich sage dazu: meine Filter funktionieren nicht richtig. Meine Freunde sagen, Lena, du nimmst alles Mögliche zu persönlich. Eine tote Katze auf der Straße, einen Alkoholiker, der mit blutunterlaufenen Augen vor dem Schnapsregal steht, ein Mädchen, das sich im Fernsehen die Brüste vergrößern lässt. Ich denke: Das wäre ich, wenn es ein bisschen anders zugegangen wäre. Darum mag ich die Autisten. Ich habe das Gefühl, deren Filter sind noch schlechter.

Das Haus, in dem ich arbeite, ist eine Bühne, auf der wir alle, Autisten und Pfleger, jeden Tag ein Stück namens »Alltag« aufführen. Wir tun so, als hätte die Welt feste Regeln. Jede Socke hat ihren Platz. Es sieht aus wie ein Altenheim, dessen Bewohner sich auf rätselhafte Weise das Aussehen von Zwanzigjährigen bewahrt haben. Es gibt schlammfarbene Cordsofas, einen Fernsehbildschirm, über den abwechselnd Nachrichten und Teletubbies flimmern, einen Esstisch mit orange geblümter Plastikdecke und ein Dutzend dunkelblau gestrichener Türen, die zu den Zimmern der Autisten führen.

Als ich hereinkomme, stehen in der Mitte des Raumes, in einem Cordsofa-Hufeisen, Olga und Amir. Sie redet auf Hebräisch auf ihn ein, ich verstehe kein Wort – für mich klingt sie wie eine fauchende Katze. Amir hört zu oder auch nicht, sein Blick ist in eine unbestimmte Ferne gerichtet. Er ist so etwas wie ein autistischer Punk, er liebt laute, krachende Musik, masturbiert ununterbrochen, wehrt sich mit Händen und Füßen gegen Arbeit und ist nikotinsüchtig. Wir geben ihm keine Zigaretten, deswegen isst er notgedrungen jeden Stummel, den er in die Finger kriegt.

Olga hält das für einen guten Kompromiss. Amir trägt schwarze Koteletten und ist drei Köpfe größer als Olga, die etwa so hoch ist wie ein Stuhl. Olga, eine Frau völlig undefinierbaren Alters, ist wie eine Mutter für alle. Eine milde Mutter für die Autisten, eine strenge Stiefmutter für mich und meine Kollegen. Sie hat mitleiderregende gelbe, lichte Wolle auf dem Kopf, aber das täuscht, ihre Blicke können Kastenbrote schneiden. Einen davon wirft sie quer durch den Raum – zu mir. Sie denkt, dass die Kleine nichts Besseres zu tun hat, als dazustehen und zu grinsen.

»Wo gewesen?«, fährt Olga mich an.

Ich kann mich nicht daran gewöhnen, dass die Chefin mit mir Deutsch redet, mit russischem Akzent und zerbrochener Grammatik zwar, aber fließend. Ich schicke ein Lächeln über den Abgrund zwischen uns beiden. »Kann ich etwas tun?« Olga nickt heftig, mit zusammengezogenen Augenbrauen, und geht weg. Ein blauer Teletubby watschelt über den Fernseher, winkt und ruft »Schalom!«, dann höre ich die Toilettenspülung rauschen. Ich schüttele den Kopf, gehe in die Küche, klappe einen der Schränke auf und nehme zwölf Teller für das Mittagessen heraus, orangefarbene Plastikschalen, abends sind sie grün, die einen für Fleischgerichte, die anderen für alles, was Milch enthält. Einige Eltern legen wert auf koscheres Essen. Außerdem bestehen sie darauf, ihren erwachsenen weltfernen Kindern flache Stoffscheiben, das Zeichen der Religiösen, auf die Köpfe zu schnallen. Ich habe noch keinen Autisten beten sehen.

Ich decke den Esstisch im Wohnzimmer und nehme mir vor, Olgas Stimme nur noch als Teil des allgemeinen Klangteppichs wahrzunehmen, wie die Stimmen, die aus dem ewig laufenden Fernseher quellen. Hintergrundbrei, weißes Rauschen. Fünf Minuten später kommt Tom mit sonnenglänzendem Gesicht herein, nickt mir beiläufig zu, setzt sich an den Computer und fordert ihn zu einer Partie Black Jack heraus.

In dem Moment, als ich nach der Schicht aus der Tür trete, sterbe ich fast vor Hitze. Ich hege einen kindischen Trotz dagegen, Gedanken ans Wetter zu verschwenden. In meinem ganzen Leben habe ich noch keiner Vorhersage zugehört. Als Resultat ziehe ich mir bei jedem Wetter die falschen Klamotten an. Wenn es kalt ist, gehe ich im T-Shirt aus dem Haus, wenn die Sonne den Leuten die Shirts von den Rücken herunterschmilzt, trage ich selbstverständlich lange Jeans.

Auf dem Weg zum Ausgang komme ich durch den Innenhof, wo Tom auf einer Zementbank sitzt und raucht, als hätte er im Leben nichts anderes vor. Ich lächle ihm zu.

»Bye«, sage ich im Vorbeigehen.

»Mmbye.«

Ich dachte, wir könnten das Gespräch auf dem Dach fortsetzen, aber scheinbar ist er gerade zu cool, seinen Mund zu bewegen. Dieses »Mmbye«, es liegt mir auf dem Weg zum Tor im Magen wie schlechte Milch. Leute kennenlernen ist etwas, das mir schwerfällt. Ich habe es lieber, wenn sie mich kennenlernen. Ich gehe am Swimmingpool vorbei, dessen Wasser mir nur bis zur Hüfte geht, und auf das Tor zu, ein stahlfarbenes, breit gemustertes Gitter, der Schlüssel hängt um meinen Hals, er klemmt, wie immer, dann dreht er sich endlich, das Tor schwingt auf.

Einen Moment lang bleibe ich noch stehen, damit Tom mich zurückrufen kann. Aber es kommt nichts. Na schön, ich schiebe das Tor mit dem Fuß zu und fädele mich in den Menschenschwarm ein, der sich die Straße hoch- und runterschiebt.

Am Anfang hat Tel Aviv mich umgehauen. Die Stadt war genau so, wie ich mir das gewünscht hatte, laut und glühend heiß und vor allem: anders als zu Hause. Aber nicht zu sehr. Keine Menschen, die Schlangenkörbe auf den Köpfen tragen. Vor meinem ersten Spaziergang habe ich keinen Blick in meinen Reiseführer geworfen, ich wollte mich verlaufen. Es kam mir vor, als würde ich alle paar Meter eine stimmungsmäßige Wettergrenze überschreiten: hier Regen und ein paar Meter weiter Sonne, dann Nebel. An der einen Straßenecke tanzte ein Haufen orthodoxer Juden, ein paar Meter weiter wippten ein paar junge Israelis die Straße herunter, dann geriet ich in ein märchenhaftes Viertel mit halb verfallenen Häusern, die von Blumen zusammengehalten wurden, und überquerte eine pseudoamerikanische Fressmeile, die Eingänge bewacht von schwarz uniformierten Sicherheitsleuten, die jedem, der sich einen Burger kaufen wollte, gelangweilt die Taschen ausleerten. Ich bog um eine Ecke, erreichte den Markt und ging schnell vorbei, weil ich gehört hatte, dass sich am Markteingang hin und wieder jemand in die Luft sprengt, und zum Glück war ein paar Meter weiter der Strand, wo ein paar Trommler am Feuer saßen, alte und junge Hippies, die mir einen Plastikbecher mit Arrak-Limonade schenkten, Wasserpfeife rauchten und betrunken Friedenslieder grölten. An dem Punkt bekam ich langsam Kopfschmerzen und versteckte mich in einer kleinen, leeren Kirche, die mir tröstlich bekannt vorkam. Drinnen war es kühl. Auf dem Altar lagen weiße Plastikblüten. In der Luft hing leise Orgelmusik, die von einem unsichtbaren Band kam. Ich drückte mich zwischen die Reihen mit Holzbänken und merkte, dass es mir trotz der Kopfschmerzen so gut wie schon lange nicht mehr ging.

Es heißt, dass man vor seinen Problemen nicht weglaufen kann. Blödsinn. Das sagt man nur, wenn man zu faul ist, seinen Hintern zu bewegen. Mein tot geglaubter Lebenshunger ist mit lautem Brüllen aufgewacht, sobald ich mit einem vollgestopften Rucksack auf dem Rücken meine Haustür in Deutschland hinter mir zugeworfen hatte. Ich hatte das Packen auf die letzte Minute verschoben, hatte meine Kleider viel zu spät aus der Waschmaschine gezogen und auf die Heizung gelegt. Als ich gerade meine Zahnbürste einpackte, fiel mir der beißende Geruch auf. Zwei Stunden später fuhr ich mit dem Bus im Morgennebel über das Rollfeld des Münchner Flughafens, mit verkohlten Klamotten am Leib, aber zum ersten Mal seit langer Zeit wieder glücklich.

Vor ein paar Tagen habe ich gemerkt, wie sich wieder so etwas wie Alltag in mein neues Leben eingeschlichen hat. Die Stadt ist nicht mehr ganz so fremd, und die Tage haben einen Rhythmus bekommen: Arbeit, Essen, Zigaretten und Gerede. Auf dem Rückweg über die Strandpromenade macht es mir ein bisschen Sorgen, dass mir alles fast schon wieder zu bekannt vorkommt. Mir ist danach, sofort weiterzufahren, bevor ich mich an das

Hiersein gewöhnen kann. Aber ich habe eine ungemütliche Ahnung, dass genau dieses Gefühl mich dazu bringen könnte, mein ganzes Leben lang wegzulaufen, bis ich mit schlechten Zähnen, Batik-T-Shirt und dem Staub der ganzen Welt in den Haaren an irgendeinem Strand enden würde – immer noch rastlos, eigentlich, aber zu müde, um weiter nach einem Ort zu suchen, der sich für den Rest meines Lebens richtig anfühlen würde.

Bis zur Altstadt, die am Horizont ins Bild ragt, ist rechts alles Meer. Als ich an einem Café vorbeikomme, tritt eine Kellnerin mit einem Tablett heraus und fängt an, die Tische abzuräumen. Ich bleibe stehen, um zuzusehen. Die Schürze der Kellnerin ist lang, schwarz und eng, damit könnte sie auch in die Oper gehen. Ich stelle mir vor, dass es nett sein könnte, in diesem Café zu arbeiten, immer mit dem Blick aufs Meer. Die Arbeit dürfte kaum der Rede wert sein, das ist ein Touristencafé, und es kommen nicht viele Touristen in dieser Saison oder überhaupt nach Israel.

Als ich neulich in der Altstadt war, hatte ich alles für mich allein. Die sorgsam restaurierten alten Häuser, die Cafés mit Blick aufs Meer, die Infotafeln und die sandfarbenen Gassen: leer gefegt, bis auf ein paar versprengte Einheimische. Ich setzte mich auf eine Mauer, steckte mir die Kopfhörer in die Ohren und fand es ein bisschen absurd, so etwas wie eine Nutznießerin des Nahostkonflikts zu sein.

Ich beneide die Kellnerin darum, dass sie sich gleich wieder in den Eingang zur Küche lehnen, wahrscheinlich eine Zigarette rauchen und mit den Köchen scherzen wird, die doppelt geknöpfte, weiße Jacken tragen und ab und zu einen Teller mit gegrillter Aubergine und Sesamsauce herausreichen.

Die Kellnerin schaut zu mir herüber. Sie sieht eine junge Frau mit mädchenhaftem Gesicht, ausgewaschenem schwarzem T-Shirt, fadenscheiniger Jeans und Kopfhörern in den Ohren. Die junge Frau hat offenbar nichts Wichtigeres zu tun, als auf einer Strandpromenade in die Luft zu gucken. Die Kellnerin hätte auch gerne mal wieder frei.

Ich laufe über den Rothschild Boulevard, benannt nach einer ultrareichen Familie, deren Vermögen vor 200 Jahren unter anderem mit dem Verkauf hessischer Soldaten an die englische Krone zu wachsen begann. Das habe ich im Internet nachgelesen, immerhin geht es hier um meine Lieblingsstraße. Es ist ein graubrauner Zementstreifen, der für Fußgänger reserviert ist, mit Bäumen dekoriert. Einige der Bäume bestehen aus braunen, ineinander verdrehten Knoten, mit Ästen wie Armstümpfe. Die höheren, schlanken Bäume tragen längliche Blätter in Grau. An diesem Freitagnachmittag wandern Hunderte Spaziergänger den Boulevard herunter wie Statisten in einem Dokumentarfilm über modernes, urbanes Leben, lässig und gut gekleidet, Pappbecher voll Milchschaum und Espresso in den Händen.

Vor einer der Kaffeebuden, weiß gestrichen mit einer schmalen Theke, sitzen Menschen auf Barhockern, ihre trendigen goldfarbenen Hunde hocken darunter. Von den Halsbändern der Hunde hängen Leinen, die allesamt mit rätselhaften schwarzen Plastikstreifen dekoriert sind. Das scheint ein Trend unter Hundebesitzern zu sein.

In der Bude stehen schwitzende Männer mit Schürzen um einen winzigen Tisch herum und tackern mit Zahnstochern Toastbrotscheiben, Eiersalat und Tomaten zu Sandwiches zusammen. Plastikbehälter an der Wand rühren bonbonfarbene Milchshakeflüssigkeit, aus den Lautsprechern an der Decke dringt Jazz in Clublautstärke. Ich kaufe mir einen Milchkaffee und ein Avocadosandwich und setze mich damit auf einen der Barhocker, mitten auf dem Fußgängerstreifen. Die Menschenmenge teilt sich vor diesem Hocker und fließt rechts und links an mir vorbei, ich fühle mich wie ein Ausstellungsstück.

Das Gute an großen Städten ist, dass man immer Gesellschaft beim Alleinsein haben kann. Die Menschen, die an mir vorbeigehen, könnten auch Münchner sein, aber ich kenne niemanden, ich spreche noch nicht mal ihre Sprache. Abgesehen von den zwei, drei Wörtern, die ich wegen der Autisten gelernt habe: »Komm mit!«, »Duschen!« und »Gute Nacht!«, aber damit macht man sich keine Freunde, damit könnte ich höchstens einen wortkargen One-Night-Stand bestreiten. Ohne Sprache sitze ich in der Mitte des Ganzen wie in einer Blase. Zu Hause habe ich mich oft fremd gefühlt, hier bin ich es tatsächlich. Das ist das Beruhigende, wenn man weit weg ist.

Ich lasse meine Blicke wandern, faden Milchschaum auf der Zunge, bis mir eine winzige alte Frau auffällt. Sie stützt sich mit der Hand auf einem der Stühle ab und schaut suchend. Dann fängt sie meinen Blick auf, lächelt erleichtert und winkt mich heran. Die Alte hält mich für die Kellnerin. Sie sieht aus wie jemand, der gar nicht weiß, dass es Cafés mit Selbstbedienung gibt. Noch vor zehn Minuten habe ich eine Kellnerin beneidet. Ich gehe zu der Alten hin, nehme die Bestellung für einen Espresso auf und bekomme ein völlig übertriebenes Trinkgeld, als ich ihr den winzigen Pappbecher bringe. Es gibt keinen Grund zu bleiben, mein Sandwich ist längst aufgegessen, aber ich kehre zu meinem Barhocker zurück. Ich kann die Augen nicht von der Alten lassen. Sie zieht mit Schildkrötenbewegungen ein silbernes Zigarettenetui und ein Plastikfeuerzeug aus ihrer riesigen Ledertasche, die zu Zeiten des Schwarzweißfernsehens wahrscheinlich modern war. Es kostet sie sichtlich Mühe, eine Flamme hervorzubringen, und als die Frau sich Zucker in den Kaffee schütten will, bin ich kurz davor, ihr in den Arm zu fallen, weil die verdammte Zuckerdose riesig und viel zu schwer ist. Wegsehen kann ich nicht, die Alte wirkt so völlig deplatziert inmitten der hippen Spaziermeile. Wie sie den Autos hinterhersieht, mit krummem Rücken im silbergrauen Kostüm, die Asche an ihrer Zigarette wird immer länger, und wie sie mit spitzen Lippen meinen Kaffee aus der zitternden Tasse trinkt. Das, denke ich, ist echte Einsamkeit, und etwas wie Eiswasser rollt mir den Rücken herunter.

Und dann sehe ich Tom. Ich erkenne das fast schmerzhaft knallige Orange des T-Shirts, das er heute bei der Arbeit getragen hat. Er stürmt an mir vorbei, den Blick nach vorn gerichtet, auf die Lücken in der Menschenmasse vor ihm. Ich schaue ihm nach, und dann mache ich, ohne groß nachzudenken, etwas, das mein

Leben schon wieder ändern wird, ich springe einfach von meinem Hocker herunter und laufe Tom hinterher. Ein paar Meter vor mir fädelt er seinen langen Körper im schnellen Tempo durch die Menge, verschwindet kurz, dann sehe ich sein T-Shirt wieder aufblitzen. Die Straße öffnet sich zu einer Kreuzung, links zieht sich eine Klamottenmeile, rechts ist ein kleiner Markt, in der Mitte stauen sich Autos und Menschen. Es ist ein Rummelplatz, durch den ein Verrückter eine zweispurige Straße gebaut hat. Massenweise Läden, aus deren Türen und Fenstern buntes Zeug herausquillt, Menschen und Waren, ein einziges Knäuel aus Bewegung und Krach, der Benzinduft der Autos mischt sich mit dem schweren Öldunst der Falafel-Buden. Tom drängt weiter vorne nach rechts, ich mache hier hinten das Gleiche und stoße mit einem Mann im schwarzen Anzug zusammen, dessen Schläfenlocken unter seinem Hut schwingen wie glänzende Lakritzschnüre. Er lacht und sagt etwas in Knäckebrotsprache, ich schiebe mich ungeduldig an ihm vorbei, auf der anderen Straßenseite leuchtet es orange.

Dann habe ich ihn verloren. Ich stelle mich auf die Zehenspitzen, suche das T-Shirt in der Menge: keine Chance. Ich stehe am Eingang zum Markt, die Menschen drängeln sich so dicht zusammen, dass sie sich gegenseitig die Haare von den Köpfen grasen könnten. »Tom!«, rufe ich ziemlich sinnlos in die Richtung, in der ich ihn zuletzt gesehen habe. Zehn Männer drehen sich auf einmal um.

Mir fällt wieder ein, was ich über Attentate in dieser Gegend gelesen habe. Natürlich – der Markt, die Enge, die Menschen, die Massen. Ich zwinge mich, darauf zu warten, dass mein Herz langsamer schlägt, aber dann hält neben mir mit mächtigem Schnaufen ein Bus, ich zucke zusammen. Noch so eine potenzielle Todesschleuder. Wie viele Busse sind in den vergangenen Jahren in Israel explodiert? Irgendwo habe ich die Zahl gelesen. Ich habe keine Ahnung, mit welcher Wahrscheinlichkeit genau jetzt ein Terrorist vorbeikommen könnte, aber ich habe keine Lust, es auf die harte Tour herauszufinden.

Ich will weg, aber die Menschen tragen mich einfach mitten zwischen die Marktstände, wenn ich ein paar Meter in eine Richtung gehe, werde ich als Nächstes umso heftiger in eine andere gezogen. Ich versuche, stehen zu bleiben, und verkeile mich zwischen zwei Ständen, auf denen sich Trainingshosen und Granatäpfel stapeln.

Der Freitag ist in Israel, was in christlichen Ländern der Samstag ist. Freitagnachmittags auf den Markt zu gehen ist in Tel Aviv also eine ganz schlechte Idee. Der Markt ist ein Ort, den niemand verlassen kann, der ihn freitags betreten hat. Irgendwann geben alle auf, bleiben da und eröffnen irgendwelche Gemüseständе.

Ich würde gerne eine Zigarette rauchen und kämpfe kurz gegen den absurden Gedanken, dass alles explodieren wird, wenn ich sie anzünde. Es ist eine Sache, zu wissen, dass Israel gefährlich ist, und eine andere, an einer Kreuzung zu stehen, an der sich tatsächlich Menschen in die Luft gesprengt haben. Fünfzig Meter vor mir stehen rotschwarze Metallstühle, deren Beine in den Boden eingemauert sind. Ich frage mich, ob die Stühle einer Explosion standhalten oder ob sie jedes Mal neu eingemauert werden.

Mir gegenüber, auf der anderen Straßenseite, wartet eine Frau, die eine rosa Plastiktüte in der rechten Hand trägt, in der Brot und ein paar Plastikschälchen liegen. Ich erkenne schwarze Oliven, Tomaten und eine Art Frischkäse. Damit kann sie sich heute Abend ein nettes Sandwich machen. Die Frau muss Sandwiches wirklich gerne mögen, sonst würde sie nicht das Risiko eingehen, in dieser Gegend einzukaufen.

Dann muss ich endlich über mich selbst lachen, über die Idee, Tom hinterherzulaufen, um anschließend halb in Panik zu geraten, weil ich in einer Menschenmasse stecken bleibe. Sicher gibt es Untersuchungen darüber, dass es rein statistisch gesehen gefährlicher ist, eine Drehtür in Stockholm zu benutzen, als auf einem Marktplatz in Tel Aviv herumzustehen. Ich setze mich auf eine Holzkiste und zünde mir die Zigarette an. Der Schweiß auf meinem Rücken trocknet allmählich.

Nebenan jongliert ein Junge mit starr gegelten Haaren einen

Stapel Brote. Der Duft weht herüber, und mein Magen beginnt eine krampfende Gymnastik. Ich schaue auf die Hände des Jungen, die flink die Ware ordnen, Fladen mit Sesam auf der Kruste fliegen nach rechts, die mit Kräutern nach links, und ich denke, dass der Kerl einen phantastischen Job hat. Den ganzen Tag nur Brot sortieren und Geld abzählen, zehn Stunden lang, danach ist einfach Ruhe. Ich weiß schon, dass das Schwachsinn ist, wahrscheinlich schafft der Typ die Arbeit auf diesem Höllenmarkt nur, weil er in Gedanken gar nicht da ist, sondern woanders, in den Ferien oder in den Armen von jemandem, der ihn liebt, aber ich bilde mir ein, er hätte es besser, so wie ich mir meistens einbilde, dass die Entscheidungen, die andere treffen, immer irgendwie klüger und konsequenter sind. Selbst wenn ich an einem kläffenden Straßenköter vorbeikomme, frage ich mich, ob Bellen nicht auch für mich ein prima Lebensinhalt wäre.

Langsam wird es kühler, die Farben des Marktes verblassen.

Jemand redet mit dem Jungen von der Brottheke. Die Stimme kommt mir bekannt vor. Ich wende meinen Kopf und rufe überrascht »Hallo!«. Tom steht mit einem Stapel flacher Fladenbrote im Arm da, als gehörte er genau dort hin.

»So sieht man sich wieder«, stellt er fest.

»Sieht so aus.« Ich bin verlegen, obwohl er nicht wissen kann, dass ich seinetwegen hier bin.

»Wartest du auf jemanden?«

»Eigentlich nicht.« Ich zucke achtlos mit den Schultern, als würde ich es mir jeden Freitagnachmittag für ein Stündchen auf einer Holzkiste in der Einkaufs-Rushhour bequem machen.

Er raschelt mit seinen Tüten. »Weißt du, wie man hier rauskommt?«, frage ich.

»Ich weiß, wie man zu mir kommt«, antwortet er.

»Dann gehen wir doch zu dir.« So selbstverständlich, wie ich das gesagt habe, gehe ich einen Moment später neben ihm her. Es macht nichts, dass ich nicht verstehe, wieso.

3

Draußen fließt die Stadt vorbei. Ich sitze neben einer Frau, die ein großes, geblümtes Kopftuch trägt, Tom hängt mit den Armen in den Schlaufen, die von der Decke baumeln. Während unser Bus an einer roten Ampel hält, trägt ein alter Mann konzentriert einen riesigen Teller Suppe über die Straße. Ein paar Meter weiter vorne presst eine junge Frau an einem Saftstand mit einer silberglänzenden Maschine Granatäpfel aus, der dunkelrote Saft fließt in einen geschwungenen Plastikkrug. Jungs mit schwarzweißen Strickmützen rauchen im Eingang eines mehrstöckigen Wohnhauses, aus dessen Fenstern wilde, pinkfarbene Blüten hängen.

»Ich verstehe ja wirklich nicht, warum diese Stadt nicht voll ist mit Touristen«, sage ich.

»Was?«, ruft Tom. Der Busmotor dröhnt wie hundert kaputte Rasenmäher. Ich lege den Kopf zurück und wiederhole den Satz.

»Ja, komisch, nicht?«, ruft Tom, »wo es hier doch jeden Moment so einen super Krieg geben könnte. Ich meine, wo kriegt man bei dir zu Hause schon einen ordentlichen Krieg zu sehen?« Er ist wirklich gut darin, mich sprachlos zu machen. Ich merke, dass der Reißverschluss seiner Hose offen steht. Er trägt eine blauweiß gestreifte Unterhose, die Farben der Flagge Israels.

Durch die geschlossenen Wohnungsfenster dringt gedämpft das Heulen einer Krankenwagen-Sirene. Die schimmernde Anzeige des DVD-Players zeigt, dass es halb elf ist.

»Was möchtest du essen?«, fragt Tom. Er hockt vor dem Kühlschrank.

»Gar nichts, danke«, antworte ich nervös.

»Ich dachte, du hättest Hunger?«

»Bin noch satt von heute Mittag«, lüge ich, einigermaßen verwirrt darüber, auf einem Sofa zu sitzen, das in einem klinisch sauberen Wohnzimmer steht. Statt des Single-Dunstes aus ungewaschenen Kleidern und Essensresten, auf den ich vorbereitet war, schlug mir beim Reinkommen kühle Sauberkeit entgegen, vermischt mit einem Hauch von Bahnhofs-Wartesaal. Bei einem wie Tom habe ich eigentlich etwas in Richtung gemütlicher Höhle erwartet, mit Lavalampe, Teppichen an den Wänden und vielleicht einem Aschenbecher in Alien-Form. Stattdessen bringt er alle meine Schubladen durcheinander, das Zimmer wirkt wie die gut sortierte Bude eines pensionierten Buchhalters mit ernstem Nikotinproblem. Die geruchliche Erinnerung an unzählige Zigaretten, die man nie richtig wegputzen kann. Tom raucht mehr, als ich jemals möchte. Auch jetzt dreht er eine kalte Zigarette zwischen den Fingern.

Neben einer schmalen Küchenzeile ist noch eine Tür, die wahrscheinlich ins Schlafzimmer führt, aber sie ist geschlossen. Ansonsten gibt es einen großen Fernseher und das Sofa, mit abgewetztem Lederbezug, auf dem ich sitze. Davor steht ein niedriger Tisch mit schwarz eingefasster Glasplatte. Ich strecke die Beine aus und berühre mit den Zehen den Sockel des Fernsehers. An der Wand rechts neben mir steht ein Regal mit Büchern und geschnitzten Steinfiguren. Neben einem dicken Buddha aus blassgrüner Jade lehnt ein hölzerner Bilderrahmen, in dem ein Foto von Tom an irgendeinem Strand steckt. Es ist ein ziemlich gutes Bild, offenbar wusste Tom nicht, dass er fotografiert wurde. Die Augen leicht zusammengekniffen und mit zerzausten Locken, schaut er auf dem Bild in die Ferne wie einer, der mit einem Lächeln zu ergründen versucht, wo das Blau des Himmels aufhört und das Blau des Meeres anfängt.

»Hübsches Bild«, sage ich.

»Gefällt es dir? So sah ich mit zwanzig aus.«

»Hast dich gut gehalten.«

Toms T-Shirt ist aus der Hose gerutscht und legt ein Stück glatten Rücken und den Ansatz seines Hinterns frei. Er hat tatsächlich Grübchen dort.

»Ich weiß nicht, wie du das Zeug runterkriegst, das sie uns bei der Arbeit geben«, plaudert Tom in die Kälte hinein. »Diese

Frau kocht mit Hass, sonst könnte es nicht so schlimm schmecken.« Er meint die Köchin im Heim, eine dürre Frau mit aufgebauschter, roter Frisur, deren Gesicht immer wie mit Gewalt geschminkt aussieht. »Nicht, dass ich etwas gegen Huhn hätte«, fährt er fort, »aber was sie daraus macht ...« Ich denke an die glitschigen Klumpen, die heute Mittag in der orangefarbenen Plastikschüssel neben dem Reis gelegen haben, und gebe ihm recht. Seltsamerweise fallen die Autisten, die den gleichen Mist bekommen, über jede Mahlzeit her wie Kinder, die den ganzen Nachmittag im Schwimmbad waren. Vielleicht haben sie Essen als Mittel gegen Langeweile entdeckt. In den öden Nachmittagsschichten gehe ich selbst immer wieder hoffnungsvoll zum Kühlschrank, nur um festzustellen, dass sich der Inhalt leider nicht proportional zu der Häufigkeit, mit der man ihn öffnet, verbessert. Tom hat bei der Arbeit heute nur Zigarettenrauch und Kaffee zu sich genommen – diese graue Instant-Brühe, die hier fast jeder trinkt, was ich nie, nie verstehen werde. Wenn es ein Nahrungsmittel gibt, das ich anbete, ist es Kaffee.

Tom lässt sich mit zwei Flaschen Bier und einer Viertelkilo-Packung Erdnüsse in den Händen aufs Sofa fallen. Sein Bauch wölbt sich unter dem engen T-Shirt selbst im Sitzen nach innen. Die meisten Menschen legen eine Portion Verkrampftheit ab, wenn sie zu Hause sind, treten ihre Schuhe in die Ecke oder öffnen ein paar Hemdknöpfe. Bei Tom ist es umgekehrt. Er wirkt wie der schüchterne Zwillingsbruder des unbefangenen Typen, den ich bei der Arbeit kennengelernt habe. Ich greife nach der Tüte, Tom fällt mir in den Arm. Verwundert sehe ich ihn an. Er räuspert sich. »Weißt du, wie man die aufmacht?«

»Klar«, antworte ich erstaunt, »so«, nehme die Tüte in beide Hände und mache Anstalten, sie am oberen Rand auseinanderzuziehen. »Nein!«, ruft er panisch, nimmt mir die Tüte weg, dreht sie um und reißt sie quer auf, sodass die Tüte zur offenen Schale wird.

»Schön, aber so kriegst du die nie wieder zu.«

»Das ist der Sinn der Sache. Ich esse sie sowieso alle.« Er lächelt, sagt: »Ich bin ein Kontrollfreak«, und reicht mir eine der

Bierflaschen, zieht sie aber gleich wieder weg und öffnet beide Flaschen mit einem Feuerzeug, das er aus der Hosentasche kramt. Einer der Kronkorken springt durch die Luft und rollt hinter das Bücherregal. Keiner von uns macht sich die Mühe aufzustehen. Ich bekomme meine Flasche wieder, wir stoßen an. Die bittere, prickelnde Flüssigkeit läuft mir langsam den Hals hinunter.

»Machst du das öfter, fremde Männer auf dem Markt ansprechen?«, fragt er.

»Ständig«, sage ich mit einem Nicken, »man muss ja in Übung bleiben.«

»Und was machst du dann mit ihnen?«

»Ich tue so, als wäre ich eine psychopathische Mörderin, aber in Wirklichkeit stehle ich bloß ihre Kreditkarten.«

»Verstehe«, sagt Tom, »dann hast du dich jetzt aber ziemlich blöd verraten.«

Er grinst mich an, ich lächele zurück, er lacht leise, und dann müssten wir eigentlich aufhören mit dem Grinsen, aber es hängt uns beiden im Gesicht und wenn wir jetzt damit aufhören, sieht es komisch aus, also schmunzeln wir noch ein bisschen in den Raum hinein. Die Luft um uns scheint sich zu verdicken. Tom findet die Situation anscheinend auch seltsam, aber wir versuchen beide, es uns nicht anmerken zu lassen. Ich würde gern Musik anmachen, kann aber nirgends Lautsprecher entdecken.

Tom hustet in seine Hand, ich lehne mich zurück, nehme einen Schluck Bier, lasse den Blick durch den Raum wandern und stelle fest, dass er doch nicht so sauber ist, wie ich zuerst dachte. Jedes Ding steht an seinem Platz, aber alle Oberflächen haben einen Staubfilm, wie ein feiner, grauer Schatten.

Je mehr ich über ein Gesprächsthema nachdenke, desto weniger fällt mir ein. Dieses Schweigen hier geht mir auf die Nerven, denn es ist nichts Gemütliches daran, es ist ein Schweigen wie frühmorgens in einem vollbesetzten Aufzug, wenn sämtliche Mitfahrer versuchen, möglichst großen Abstand zwischen sich und den Typen zu bringen, der den Eimer Knoblauchsauce gefrühstückt hat.

»Ich wollte mich übrigens nicht über dich lustig machen,

heute auf dem Dach. Falls du das so verstanden hast«, sagt Tom beiläufig. Ich blicke auf mein zweites Ich, das sich in der Mattscheibe des Fernsehers spiegelt.

»Was wolltest du dann?«, frage ich.

»Ich weiß nicht«, er dreht sein Bier in den Händen, »ich schätze, ich wollte dich einfach kennenlernen.«

»Du hast mich durcheinandergebracht«, gebe ich zu und würde den Satz am liebsten gleich rückgängig machen.

»Das ehrt mich aber«, erwidert er.

»Wieso?«

»Du siehst nicht aus wie jemand, der sich leicht durcheinanderbringen lässt.«

»Oh, das täuscht.«

Er versucht es wieder mit seiner James-Dean-Masche, gerunzelte Stirn, eine gehobene Augenbraue, beredtes Schweigen. Ich reagiere mit freundlichem Unschuldsgesicht. Ich habe das Gefühl, dass wir weiterreden müssen, weil sonst etwas passiert.

»Was ich nicht verstehe, ist, wieso ich unbedingt einen Grund dafür brauche, hier zu sein, einen tieferen, meine ich. Kann es nicht Zufall sein? Vielleicht dachte ich: Ah, Israel, mehr Sonne als Deutschland, super, und dann habe ich mit Denken aufgehört und den erstbesten Job genommen.«

»Na klar«, meint er, »bisschen enttäuschend, aber ja, warum nicht.«

»Es gibt Leute, die das sehr anders sehen«, sage ich.

»Wen denn?«

»Doktor Lippster zum Beispiel.«

»Muss man den kennen?«

»Besser nicht. Das ist so ein Typ, der bei dem Vorbereitungstreffen war, das dieser Verein veranstaltet hat, über den ich den Job hier bekommen habe. Er hat eine Rede gehalten, in der es darum ging, dass er sich darüber freut, dass so viele junge Deutsche in seine Heimat gehen, um wiedergutzumachen, was ...«, ich stocke, weil ich nicht weiß, wie ich es sagen soll, »... den Menschen dort angetan wurde«, beende ich den Satz idiotisch. Wieso fällt es mir so schwer, »es« in Worte zu fassen? Wieso sage ich nicht einfach, »dass die Deutschen sechs Millionen Juden«, aber ich kann den Satz noch nicht einmal fertig denken, wenn Tom neben mir sitzt.

»Hm«, macht Tom wieder. Wir nehmen beide einen Schluck Bier. Mein Magen krampft schon wieder.

Wenn im Geschichtsunterricht wieder mal ein Auschwitz-Video gezeigt wurde, hat der Lehrer uns gedroht, dass wir verantwortlich dafür wären, »dass es nie wieder passiert. Nie wieder.« Dieses »Nie wieder«, immer wieder, wie eine Beschwörung, als würde er uns nicht trauen, als könnten wir uns, sobald er uns den Rücken kehrt, in die Monster verwandeln, die unsere Großeltern waren – vielleicht. Ich habe noch nie jemanden getroffen, der sagte: mein Großvater war Nazi. Wer das sagt, schreibt gleich ein Buch darüber. Alle anderen hatten Großeltern und Eltern, die irgendwie okay gewesen waren.

Wir bekamen Fotos zu sehen von ausgemergelten, gekrümmten Menschen und von Männern in Uniformen, deren Mundwinkel stramm nach unten zeigten, schwarzweiß. Ich erinnere mich daran, dass ich in diesen Stunden die Hände um den Rand meines Stuhls und meine Zehen in den Schuhen festgekrallt habe. Ich hatte Angst davor, dass die Beschwörung des »Nie wieder« ein paar von uns nicht erreichen könnte, dass sie »es« deshalb wieder tun könnten, später. Weil wir alle dazu fähig waren, sagte mein Geschichtslehrer, und ich hatte keinen Grund, das anzuzweifeln, denn er hatte Beweise, geschrieben, gefilmt und abfotografiert.

Nach der ersten Geschichtsstunde dieser Art ging ich nach Hause und betrachtete meine Eltern, die in der Küche saßen und Kaffee tranken. Wer waren sie? Gehörten sie zu der normalen, der Monstersorte, oder zu den Guten, die Leute in ihrem Keller versteckt hätten? Hatten wir überhaupt Platz im Keller? Ich rannte die Treppe hinunter. In der Speisekammer fand ich eine doppelte Wand, die Teile der Heizung enthielt. Konnte sich ein Mensch dort hineinquetschen? Ich leerte eine der Kisten meiner Mutter aus, in denen sie Bettlaken und Handtücher aufbewahrte, legte mein Kopfkissen und die Bettdecke hinein und schlief in der Kiste. Morgens wachte ich mit einem Rücken auf, der die Form eines stark gekrümmten Fragezeichens hatte, aber es funktionierte. Ich konnte auf diese Weise überleben.

Nichts kam in meiner Schulzeit so regelmäßig dran wie Sexualkunde und das Dritte Reich. Sex blieb auch später großes Thema, über das zweite sprach kaum einer freiwillig, zumindest nicht privat. Ich bekam das Gefühl, dass es sozial nicht okay war, sich mit deutscher Vergangenheit auseinanderzusetzen. Es gab nur zwei Arten, damit umzugehen: Entsetzen zeigen oder abwinken. Die meisten winkten ab. Und wenn es doch angeblich nichts mit uns zu tun hatte, wieso konnten wir dann nicht normal darüber reden? Angenommen, man hat einen Mörder in der Familie. Dann stellt man sich doch auch Fragen. Wahrscheinlich die, ob in einem selbst auch ein Mörder angelegt ist.

Tom holt mich zurück. »Und du dachtest, dass ich heute Morgen das Gleiche gemeint habe wie dieser durchgeknallte Doktor.«

»Ja«, antworte ich.

Er schüttelt den Kopf. »Nur um das klarzustellen, ich meine ganz bestimmt nicht, dass du an irgendetwas schuld bist«, sagt er ruhig.

Ich grinse unpassend. »Danke«, erwidere ich und würde mir am liebsten ins Knie beißen.

Tom redet weiter. »Ich meine, ich kann schon verstehen, wenn die alten Leute hier dich nicht mögen, weil du Deutsche bist, auch wenn das ungerecht ist. Sie haben vielleicht grauenvolles Zeug mitgemacht, was kann man da erwarten, dass sie dir mit offenen Armen entgegenlaufen und rufen: ›Hey, deine Leute haben sechs Millionen meiner Brüder und Schwestern umgebracht – macht doch nichts, setz dich, nimm dir einen Keks‹?«

Ich setze mich auf und nehme mir eine Erdnuss. Etwas drückt meine Innereien zusammen. »Nein, wohl nicht.« Ich muss das Thema wechseln. »Sag mal, hast du das ernst gemeint, dass du von hier wegwillst?«

»Klar ist das ernst gemeint.«

»Entschuldigung, aber warum denn? Glaubst du wirklich, dass es woanders besser ist?«, frage ich.

»Nein, ich weiß es.«

»Du weißt nicht, wovon du redest, glaub mir. Was immer deine Probleme sind, du wirst sie mitnehmen.« Er hebt die Augenbrauen.

»Sagst ausgerechnet du.«

»Ich bin ein Sonderfall.«

»Schön. Ich auch.«

»Aber Scheiße gibt es doch überall. Man kann nur die Scheiße finden, die einem am wenigsten ausmacht. Wenn ich mich heute entscheiden müsste zwischen Deutschland und Israel, dann würde ich Israel nehmen.« Er seufzt ungeduldig.

»Sorry, aber das ist wirklich Touristengequatsche. Du siehst nur die Hälfte, weil du zufällig eine Touristin bist, die mit privilegierten, offenherzigen Tel Avivern zu tun hat. Weißt du, warum ich hier wohne? Nicht, weil ich es von all den tollen Orten hier am besten finde, sondern weil es der einzig *mögliche* Ort in Israel für mich ist. Tel Aviv ist super, aber es ist nur ein winziger Splitter des Ganzen.« Er redet, als ginge ihm die Zeit aus. »Du kriegst hier nichts davon mit, weil sich in letzter Zeit niemand in die Luft gesprengt hat, aber auch nur deswegen, weil wir einen irrwitzigen Zaun durchs Land gebaut haben, der noch mehr Leuten einen Grund gibt, uns umbringen zu wollen. Red mal mit einem Siedler, der sich in einer Festung zwischen arabischen Dörfern verschanzt, weil er denkt, zu Gottes auserwählter Vorhut zu gehören. Oder geh mal mit dem Bewusstsein auf eine Party, dass es vielleicht die letzte für dich sein wird, weil jemand beschlossen hat, sich in die Luft zu sprengen.« Er hustet, findet wieder zu sich. »Ich klinge wie ein Zeitungsartikel, was?«

»Wie eine ziemlich schlechte Zeitung, ehrlich gesagt. Es geht mich ja nichts an, aber wenn du von hier weggehst, wird es auch nicht besser. Dann sind bald nur noch Fanatiker übrig.«

Er schüttelt heftig den Kopf. »Ich habe auch mal geglaubt, dass das Problem zu lösen ist, dass wir hier alle irgendwann miteinander kuscheln werden, aber das ist vorbei.«

Er seufzt und schaut auf den Boden.

»Ich bin müde«, sage ich verwirrt.

»Warte«, sagt er. »Bevor du gehst, muss ich dich was fragen.« Ein paar Sekunden lang sieht er mir gerade ins Gesicht, sammelt sich scheinbar, ich frage mich, was kommen wird, mein Puls nimmt wieder Fahrt auf.

»Schieß los.« Das tut er.

»Würdest du mich heiraten?« Ich entspanne mich wieder.

»Tom, ich bin zu müde für schlechte Witze.«

»Das war kein Witz.«

»Ja. Haha.«

»Ich meine es ernst.«

»O Gott, das hatte ich befürchtet. Bei dir klingen die ernsten Sachen komisch und die Unernsten schrecklich.«

»Versprich mir, dass du wenigstens darüber nachdenkst«, bittet er ernsthaft.

Meine Mundwinkel sacken wieder nach unten. »Hör mal, schlechte Witze werden echt nicht besser, wenn man sie zehnmal wiederholt.«

»Kein Witz«, sagt er einfach.

»Was dann?«, frage ich verwirrt.

»Hör zu. Ich war drei Jahre lang bei der Armee und das reicht, für immer, ich will nie wieder da hin, verstehst du? Ich will damit nichts mehr zu tun haben, mit Krieg und Armee und dass ich immer im Kopf habe, dass ich oder jemand, der mir wichtig ist, an einer Straßenecke in die Luft fliegen könnte, weil ein Irrer mit Sprengstoff rumläuft, weil meine Leute seinen Leuten das Haus und den verdammten Olivenbaum seiner Großeltern niedergewalzt haben, weil sie sein Land besetzt halten, seinen Sohn erschossen haben, was weiß ich!« Er atmet aus. »Ich kann hier nicht leben, Lena, ich kann hier nur sterben oder verrückt werden oder verdrängen, und das sind alles keine Optionen für mich.«

Ich nehme meine Hände aus den Taschen und streiche mit ausgestreckten Fingern über meine Oberschenkel. Ich fühle mich, als hätte man meinen Körper als Lappen benutzt, um ein Haus zu putzen.

»Tut mir leid, dass ich so dämlich mit der Tür ins Haus falle. Seit ich gehört habe, dass du Deutsche bist, bin ich Varianten durchgegangen, wie ich dich fragen könnte. Dann habe ich dich ein bisschen kennengelernt und gedacht, dass ich die Karten am besten ganz einfach auf den Tisch packe.« Ich schüttele den Kopf.

»Nerven hast du.«

»Ganz ehrlich, wenn du nicht willst, frage ich jemand anders. Aber jetzt frage ich dich, weil ich denke, dass du jemand Besonderes bist.«

Ich soll mich also geehrt fühlen.

»Tom, bei uns geraten die Leute auch in Panik wegen Terroristen. In Deutschland ist es nur weniger akut … bis jetzt.«

»Das reicht mir vollkommen.«

»Verstehe«, sage ich, obwohl ich in diesem Moment nicht mehr viel verstehe. Ich lasse mir durch den Kopf gehen, was er gesagt hat, aber die Worte schweben ziellos herum, wie Federn in einem leeren Zimmer. Er drückt meine Hand. Ich schaue herunter. Woher hat er meine Hand?

»Tom, du verlangst eine Kleinigkeit mehr als nett sein. Sag mir einen Grund, warum ich das tun sollte.«

»Ich weiß nicht. Wiedergutmachung, vielleicht.«

»Wie bitte?«

»Na, du bist Deutsche, du schuldest mir was, oder?«

Ich kippe den Kopf zur Seite, ziehe meine Hand aus seiner und massiere mir selbst den Nacken. Der ganze verdammte Tag rast in einer Endlosschleife hinter meiner Stirn im Kreis.

»Du hast einen Knall, der nicht mehr feierlich ist«, erwidere ich gleichgültig.

»Das kann schon sein«, meint er. In der Küche tropft der Wasserhahn. Ich denke an Wasser, das mir durch die Haare läuft, ein warmer Strom, duschen, ja, duschen wäre nicht schlecht. »Ich gehe jetzt besser«, sage ich in Richtung Fernseher.

»Bist du wütend?«, fragt Tom.

»Nein, nur wirklich müde.« Es stimmt, ich kann kaum die Augen offen halten.

Etwas zu unsanft stelle ich mein Bier auf dem Glastisch ab, sodass ein kleiner Schaumteppich den Flaschenhals herunterfließt, sage »Gute Nacht« und stehe auf.

Tom schaut mich von unten an und sagt: »Schon komisch, was? Wir wollen beide weg von zu Hause, aber in genau entgegengesetzte Richtungen.«

Schweigend ziehe ich den Reißverschluss meiner Jacke zu, die ich die ganze Zeit anbehalten habe. Ich fühle mich wie auf den Arm genommen und aus dem Fenster geworfen. »Versprich mir, dass du wenigstens darüber nachdenkst«, sagt er wieder, diesmal so dringend, dass es mich selbst durch den Schleier meiner Müdigkeit berührt.

»Okay«, sage ich, um ihn zu beruhigen.

»Du kannst auch hierbleiben, wenn du müde bist«, bietet er an. Ich zögere. Aber den Möglichkeiten, die mit einer Nacht in dieser Wohnung verbunden sind, bin ich jetzt nicht gewachsen.

»Nein, danke.« Ich hebe lächelnd die Hand, sage noch einmal »Gute Nacht« und mache, dass ich zur Tür komme.

Draußen fällt mir ein, dass ich den Weg nach Hause nicht kenne. Da ich aber auch keine Lust habe, noch einmal an Toms Tür zu klopfen, stapfe ich mit trotzigen Schritten auf ein paar Hochhäuser zu, deren Silhouetten im Abendhimmel mir bekannt vorkommen.

4

Überall weiße, kastige Häuser, wie alte Backenzähne in die Straßenränder gerammt. Eigentlich war ich mir sicher, dass ich Tel Aviv mittlerweile ganz gut kenne, aber mein Orientierungssinn lässt mich völlig im Stich. Sprinkler sprühen feinen Nebel auf mickrige Rasenflächen, die Straßen glänzen nass. Auf jeder Mülltonne hockt, in stummes Nachdenken versunken, eine Straßenkatze. Auch das gefällt mir an Städten. Die Tiere haben keine Angst, die Katzen, Spatzen, nicht mal die verdammten Tauben. Der Verrückte will mich tatsächlich heiraten. Als ich das letzte Mal in der Natur spazieren ging, kam ich mir vor wie Godzilla. Rehe brachen panisch durch die Felder von mir weg, Vögel hörten auf zu singen, und vor meinen Füßen flogen die Grashüpfer in die Luft wie Popcorn.

Eine Stunde Fußmarsch von Toms Raucherwohnung entfernt finde ich mich endlich am unteren Ende des Rothschild Boulevards wieder. Das gewaltige Loch einer Baustelle klafft im Boden, Kräne stecken darin und die Silhouette einer schlafenden Maschine, eine Art überdimensionales Teigrührgerät mit einem monströsen Schneebesen am oberen Ende. Davor liegt ein Haufen verbogener Eisenstangen. Es sieht aus, als wäre der Maschine schlecht geworden.

Carsten und Nina, meine Mitbewohner, sind noch wach. Sie hängen wie immer gemeinsam auf dem Sofa, das demnächst Carsten-und-Nina-förmige Ausbuchtungen bekommen wird, vor sich eine Rolle Alufolie, ein geriffeltes Buttermesser, ein Küchenbrett mit kleingehacktem Gras und einen großen, zu drei Viertel mit Wasser gefüllten Putzeimer. Wir teilen uns zu dritt eine Wohnung im dritten Stock eines sandfarbenen Gebäuderiegels im Zentrum der Stadt. Carsten macht Zivildienst, Nina macht in Menschenliebe, wir kommen alle von der gleichen

Organisation, alle Deutsche. Bis jetzt habe ich den Kontakt so gut wie möglich vermieden. Sie sind nett, wirklich, aber deutsch kann ich auch zu Hause reden.

Ich stelle keine Fragen, gehe sofort nach nebenan und lasse Wasser in die Badewanne laufen. Auf dem Boden der Wanne kleben raue, blasse Plastikblüten, die verhindern sollen, dass man ausrutscht. Eine Flasche mit grell orangefarbenem Seifenzeug steht auf dem Rand. Die hebräischen Buchstaben auf der Packung sagen mir gar nichts. Ich kippe eine Ladung davon ins Wasser, zu spät fällt mir ein, dass es auch Putzmittel sein könnte. Dann steige ich in das intensiv nach Orangensaft riechende Wasser, schließe die Augen und versuche, an nichts zu denken. Stattdessen erscheint in Großbuchstaben das Wort »Nichts« hinter meiner Stirn. Ich scheuche es weg, aber es kommt wieder, diesmal als Leuchtreklame. Ich mache die Augen wieder auf, fahre mir mit der linken Hand durch die Haare und stelle dabei fest, dass die Haut an meiner Hand Falten wirft wie eine alte Bluse. Die rechte Hand sieht genauso aus. Ich betrachte meine Hände und versuche zu begreifen, dass sie zu meinem Körper gehören und dass dieser Körper seit fünfundzwanzig Jahren durch die Welt kommt, ohne etwas über das Ziel zu wissen.

Zu Hause, München. In den letzten Monaten haben sich alle beklagt. Vor allem über ihre Studien, die unaufhaltsam dem Ende entgegenbröckelten. Natürlich lag das Problem nicht in den Seminaren, sondern darin, dass wir sie einst in der Hoffnung betreten hatten, etwas über das Leben zu lernen. Insgeheim fand ich, dass die Uni mir vor allem auf sehr sanfte Art erlaubt hatte, erwachsen zu werden, und empfand wilden Respekt vor Menschen, die mit sechzehn begonnen hatten, das harte Brot der Supermarktkassierer zu verdienen.

Abgesehen davon stellte sich das, was ich mir in der Grundschule unter einem glamourösen Studentenleben vorgestellt hatte, weil ich nach ein paar schwachsinnigen Soaps süchtig gewesen war, sehr schnell als müde Angelegenheit heraus, die ohne massenweise Bier einfach nicht funktionierte. Ab dem zweiten

Semester bekam ich chronische Rückenschmerzen von der krabbenhaften Haltung, die ich in den Holzsitzen der Hörsäle einnahm, während vorne ein akneverkrusteter Statistik-Tutor mit schwarzem Filzstift Projektor-Folien einsaute. Dazu kam das beklemmende Gefühl, dass wir alle an einem Spiel teilnahmen, das »Jung sein« hieß und das nur dann vorwärtsging, solange wir uns selbst darin ernst nahmen. Und weiter tranken. Wild finden so etwas nur Erstsemester und Menschen, die schon seit zwanzig Jahren mit ihrem Studium fertig sind und in der Rückschau die beste Zeit ihres Lebens an der Menge der gefeierten Partys festmachen, ohne daran zu denken, dass sie sich bei der Hälfte der Partys deprimiert gefragt haben, wozu sie überhaupt geboren wurden.

Bei mir stand »Kommunikation« auf dem Studienbuch, weswegen ich mit Menschen Referate hielt, die das Fach gewählt hatten, die wie ich keine Talente hatten, aber sprechen konnten. Die wenigen Jungs in meinem Studiengang hatten teure Haarschnitte und trugen eckige, schwarze Brillen; die weiblichen Studenten erfüllten die Bibliothek mit dem harten Stakkato ihrer Stilettos.

Ich fürchtete den Tag, an dem ich vor der Eingangstür einen röchelnden Menschenstapel finden würde, entstanden durch eine einzelne Studentin, die mit steilem Absatz in der Türschwelle stecken geblieben sein würde, und einer Masse Kommilitonen, die das Problem nicht rechtzeitig erkannt hatten.

Meine Freunde studierten Geistes- und Sozialwissenschaften, die meisten schrieben gelegentlich Bewerbungen für Praktika in Werbeagenturen und Verlagen, und ab und zu schickten diejenigen, die Absagen bekamen, eine Bewerbung für ein Millionenquiz im Fernsehen ab. Viele arbeiteten in Callcentern, wo sie Handys verkauften oder Tischstaubsauger-Kunden halfen, die ihre Geräte mit dem Aufsaugen einer Karaffe Apfelsaft geschrottet hatten.

Dabei konnte sich scheinbar niemand vorstellen, zwanzig Jahre lang denselben Job zu machen, aber alle versuchten, an genau so einen Job heranzukommen. Die Pärchen in meinem Freundeskreis zimmerten gemächlich immer stabilere Nester, zogen nach und nach zusammen und richteten Wohnungen ein, in denen die Tischsets farblich zum Teppichboden passten. Meine Freunde schienen das Leben stufenweise zu planen, und jede Stufe hatte ihre eigenen Regeln. Mit Erreichen des letzten Studiensemesters musste man offenbar das splitternde Secondhandzeug wegwerfen und solide Möbel besorgen. Mein Freund, der mir einst Kiffen und Klauen beigebracht hatte, fing an, samstags Ausflüge ins Möbelhaus zu machen und Birkenfurnier schön zu finden. Was natürlich nicht der Grund dafür war, dass ich von ihm weggegangen bin, aber es setzte dem Berg Zweifel, den ich privat gesammelt hatte, eine nette Spitze auf.

Allein, wenn ich an Bettwäsche im Zweierpack dachte, bekam ich das Gefühl, dass meine Atemluft dünner wurde. Bei allen anderen schien das Gefühl, dass etwas ganz grundsätzlich nicht stimmte, mit den Jahren schwächer zu werden, bei mir wurde es groß und stark und erdrückte mit seinem mächtigen Hintern den Teil meines Gehirns, der für Zukunftsplanung zuständig war. Es war, als würde ich durch Pudding waten, das Leben wurde immer langsamer. Wenn ich zwei, drei Bier getrunken hatte, erklärte ich jedem, der es wissen wollte, und auch allen anderen, dass ich demnächst wegfahren würde, weit weg, um meine Seele zu retten, bevor es zu spät war. Am nächsten Morgen lachte ich darüber. Aber diese Morgen wurden so häufig, dass mein eigenes Lachen zu einem Geräusch wurde, das mich im Schlaf verfolgen konnte.

Mein Freund wollte mit mir zusammenziehen. Das vor allem, weil ihm manches sinnlos schien und er wohl dachte, dass eine bröckelnde Beziehung immer noch besser war, als gar keine Aufgabe im Leben zu haben. Für mich wurde er damit zu einem weiteren Menschen, der Erwartungen hatte, die ich nicht teilen wollte.

Je mehr von seinem Zeug er in mein WG-Zimmer schaffte, desto mehr ging es mit meiner Stimmung bergab. Ich bin morgens aufgewacht und hätte das Tageslicht am liebsten sofort wieder abgeschaltet. Ich sah nach draußen, auf die Menschen, die Erdbeeren kauften, in Trambahnen stiegen, der Himmel ein stechendes, hässliches Blau. Elfjährige Mädchen trugen Tops und Hotpants und sahen darin aus wie 40-jährige Barkeeperinnen, die sich an ihrer Jugend festklammerten. Frauen in meinem Alter banden sich die Zöpfe mit rosafarbenen Blüten zusammen und kauften Ballerinaschlappen in Boutiquen, in denen Schalen mit sauren Gummischlangen herumstanden.

Ich dachte daran, dass jemand anders diesen Himmel vor meinem Fenster sehen und sofort einen Picknickkorb packen würde. Es war alles ein Trick des Gehirns, und ich hatte Phantomschmerzen: Mit den Jahren hatte ich etwas verloren, und ich spürte den Verlust, als wäre eine Abrissbirne durch mich hindurchgegangen. Ich wusste ganz sicher, dass ich es einmal geliebt hatte, hier zu sein. Ich dachte daran, wie es war, Kastanienbäume schön zu finden, und das verkniffene Gesicht der Käsefrau am Elisabethplatz potthässlich. Aber die Welt wurde weich, und nichts, nichts hatte wirklich eine Farbe, und alles tat weh. Ich dachte daran, wie verwöhnt ich war und wie es denn verdammt nochmal sein müsste, damit es sich besser anfühlte.

Die erschreckende Erfahrung bestand darin, dass ich feststellte: es gab keine Normalität. Es gab nur eine Idee davon, die Sicherheit versprach, in Wirklichkeit aber nichts mit dem wirklichen Leben zu tun hatte. Zweier-Beziehungen zum Beispiel. Auf einmal waren mein Freund und ich ein Paar gewesen, ein Zusammensein ohne Nachdenken. Nur weil wir gelernt hatten, dass man sich zu zweit zusammentut, wenn man sich liebt. Wieso sollte das glücklich machen?

Ich stand stundenlang am Fenster meines Zimmers und rauchte dramatisch eine Zigarette nach der anderen, bis alle Luft in meinem Zimmer grauer Nebel war. Dabei war mir klar, dass ich das perfekte Motiv für eine Titelgeschichte über die Quarterlife-Crisis abgab. Das widerte mich noch mehr an.

Meinen Freund hat es verrückt gemacht. Wenn er nach Hause gekommen ist, hat er sofort die Fenster aufgerissen, sich an den Computer gesetzt und Wohnungsannoncen durchsucht. Sobald er damit fertig war, kostenlos für Werbeagenturen zu arbeiten, also nachdem seine Praktika vorbei waren, lebte er fast nur noch zu Hause vor dem Monitor. Wohnungsanzeigen, eine nach der anderen, als hätte eine ordentliche Wohnung alles retten können, als hinge es nur von dem Verhältnis Quadratmeter zu Preis ab.

Und dann kam ich eines Abends vom Einkaufen nach Hause, ließ einen Rucksack voll Joghurt und vegetarischen Discounter-Burgern auf den Fußboden im Flur fallen und wünschte mir, dass er nur dieses eine Mal nicht auf mich warten würde. Ich drückte meine Zimmertür auf und fluchte innerlich, er saß wie immer auf dem hellblauen Teppichboden, in der linken Hand eine Kaffeetasse, die rechte Hand auf der Maus. Das Zimmer roch nach altem Rauch und Wäschekorb, in der Luft hing das hohe Sirren des Computers. Selbst nachts ließ er ihn an, damit er pausenlos Musik und Filme herunterladen konnte, die er dann auf CDs brannte, ins Regal stapelte und nie wieder ansah.

»Hey«, sagte er, ohne den Kopf zu mir zu drehen.

»Hallo«, erwiderte ich lahm. Neben ihm seine Kaffeetasse. Er durfte das; aber wann immer ich an seinem Computer Kaffee trinken wollte, bekam er hysterische Zuckungen. Meine Beine machten sich aus Gewohnheit selbständig, gingen durch das Zimmer, knickten neben ihm ein, brachten meine Lippen auf seine Wangenhöhe. Ich drückte zu, es knallte. Seine Wangen formten Grübchen.

»Ich hab vielleicht was gefunden«, informierte er mich geschäftsmäßig, »zwei Zimmer in Haidhausen, Altbau. Wir müssten renovieren, aber das dürfte ja kein Problem sein.« Ich ließ mich neben ihm auf den Boden fallen. Der Bildschirm war bedeckt mit Linien, Kästchen, Buchstaben und Fotos von leeren Räumen mit weißen Wänden und Parkettfußboden.

»700 Euro, kalt. Nicht wahnsinnig billig, aber machbar.«

Ich schüttelte den Kopf. »Nein.« Ich zerrte an einem länglichen Wollfaden, der aus dem Teppichboden ragte.

Er seufzte ungeduldig. »Wir haben doch alles besprochen.«

»Eben.«

»Was, eben?«

»Ich will immer noch nicht mit dir zusammenziehen.«

»Ach, das klang letzte Woche aber noch ganz anders.«

»Nein!« Ich stand auf, weil ich unmöglich ruhig sitzen bleiben konnte, blickte auf ihn herunter und sprach sehr deutlich, um den dumpfen, hundertmal gefühlten Ärger in meiner Stimme zu verbergen. »Ich habe gesagt, du sollst nach einer Wohnung für dich schauen, ja. Ich habe auch gesagt, dass wir dann *irgendwann* ... vielleicht zusammenziehen könnten. Nicht *jetzt*!«

Er stand auch auf, blieb aber ruhig.

»Aber das ergibt doch keinen Sinn. Wieso sollten wir zweimal Miete zahlen, wenn wir doch ohnehin am Ende zusammenleben. Das sind so um die fünfhundert Euro, die wir jeden Monat sparen könnten.«

»Ich ziehe ganz sicher nicht aus Geldgründen mit jemandem zusammen. Was kommt als Nächstes, heiraten, weil wir dann weniger Steuern zahlen?« Ich hörte mich selbst, eine Frau, die ihre wahren Gründe nicht ausspricht, und biss die Zähne zusammen.

Er lachte müde.

»Was ist am Steuernsparen so schlimm? Werd endlich erwachsen, Lena.«

Unsere Blicke trafen einander wie zwei Boxer, die klammern, um kurz Atem zu schöpfen. Ich wusste, irgendwann würde er mich heiraten wollen. Ich mochte das nicht, diese falsche Sicherheit, einen Ring anstecken, einen Ersatzdaddy an sich binden, was hatte das mit Liebe zu tun? Kein Problem für ihn, der glaubte, dass eine gute Ehe mehr als alles andere »auf Partnerschaftlichkeit basierte«. Zweckgemeinschaft, Kinderbrutkasten und später genug Geld für ordentlichen Rotwein. Er machte mich aggressiv.

Ich ging einen Schritt zurück und verschränkte die Arme vor der Brust.

»Erwachsen«, wiederholte ich nüchtern. Er verstand gar nichts. Erwachsensein war für mich das kleinste Problem. Ich habe keine Angst davor, meine Jugend zu verlieren. Ich kann mich noch gut daran erinnern, wie zermürbend und verwirrend das Leben mit fünfzehn ist, wenn man schon vieles ahnt, aber noch nichts entscheiden darf.

»Ja.«

»Was, bitte«, fragte ich und gab mir keine Mühe mehr, weniger wütend zu klingen, »was, bitte, hat Erwachsensein damit zu tun, dass man tut, was einem falsch vorkommt.«

»Oft eine ganze Menge«, sagte er kühl. »Wir Menschen nennen es langfristiges Denken. Vernunft, wenn dir das was sagt.«

»Für wen hältst du dich eigentlich?«

»Bloß für deinen Freund, also niemand Spezielles.«

»Du kannst mich mal.«

»So so.«

»Du kannst mich wirklich mal.«

»Okay, ich kann dich mal.«

»Ach, leck mich doch.« Während ich es sagte, stieg ein Hauch von Traurigkeit hoch, ich erinnerte mich an Zeiten, in denen ich so etwas nie zu ihm gesagt hätte. »Du kannst mich, echt.«

»Du wiederholst dich.« Diesmal schwang so etwas wie Schmerz mit. Er traf mich wie ein Fußtritt in die Herzgegend und machte mich noch wütender.

»Du hast gesagt, dass du nur für ein paar Tage hier wohnen würdest. Bis du eine eigene Wohnung –«

»Ich hatte gehofft, du würdest deine Meinung ändern.«

»Indem du einfach über sie hinweggehst und deinen Kram in meinem Zimmer parkst?«

Er sagte nichts, er betrachtete mich nur traurig, und das war viel schlimmer.

»Ich gehe jetzt«, würgte ich hervor.

»Wohin?«

»Weiß ich nicht!«

»Okay.« Er nickte. »Geh mal um den Block. Komm wieder, und dann reden wir miteinander.«

Ich wollte nichts mehr reden. Ich sprang in den nächsten Bus, ohne die Nummer vorne zu lesen, an der Endstation spuckte er mich wieder aus, Innenstadt. Ich lief ein bisschen ziellos durch die Fußgängerzone, die geschlossen, leer und still war, bis auf ein paar Absätze hier und da, die schnell über das Pflaster klackten, lauter und wieder leise wurden. Ein gemischtes Grüppchen angetrunkener Touristen schlenderte an mir vorbei und verschwand in der Filiale einer Cocktail-Kette, an deren Fassade grüne, kakteenförmige Lampen steckten. Ich fühlte mich entschieden zu einsam, um allein sein zu wollen. Ich ging hinterher und setzte mich an einen der hohen Tische am Fenster, der in einer rotbraunen Farbe lackiert war, die an tropisches Holz erinnern sollte, zog meine Kapuze vom Kopf und war froh, dass ich mein Gesicht nicht sehen konnte. Eine Kellnerin mit vor dem Bauch zusammengeknotetem weißem Hemd kam und gab mir mit falschem Lächeln die Cocktailkarte. Ich wusste, dass sie sich fragte, wieso jemand dermaßen schlecht gelaunt in einer Cocktailbar voll feiernder Austauschstudenten saß und ob mir nicht klar war, dass mich bei den Klamotten, die ich anhatte, kein Mann, der sich noch nicht um den Verstand gesoffen hatte, ansprechen würde. Die Karte enthielt ungefähr zwölfhundert Cocktails, ich bestellte den, der ganz oben stand. Die Kellnerin lächelte wieder und brachte mir einen ›Sex on the Beach‹, eine Pampe, die schmeckte, wie ich mir ein Getränk aus geschmolzenen Barbiepuppen vorstelle.

Ich kam mir ein bisschen lächerlich dabei vor, grimmig aus der Wäsche zu schauen und einen rosa Cocktail zu trinken, zu alt für Teenagerlaunen und zu jung für eine Midlife-Crisis, trotzdem tief verstört. Der Cocktail kostete so viel wie eine Stunde Call-Center-Arbeit. Das war ja das Unerträgliche an Studentenjobs, ich hatte das Gefühl, mein Leben stundenweise zu verkaufen. Ich fragte die Kellnerin, ob sie die Musik leiser machen könnte und bekam hochgezogene Augenbrauen zu sehen. Ich fragte, ob sie die Musik ändern könnte, denn die supergutgelaunte Salsa-Strandparty-Platte gab mir ganz einfach den Rest. Sie seufzte und stelzte davon, öffnete den CD-Player an der Bar, auf einmal hatte ich sie beinahe gern.

Das erste Lied war noch schlimmer, aber das danach warf mich um. Es kam »Suicide Is Painless«, in einer Art Pseudo-Reggae-Version, aber das machte nichts, den Text hatte einer geschrieben, der wie ich war, nur ehrlicher. Ich hörte der Musik zu:

Suicide is painless
it brings on many changes
and I can take or leave it
if I please

und dachte: »Mehr ist es nicht.« Der Gedanke setzte mich unter Spannung, er war wie eine Tür, die ich bis jetzt übersehen hatte, weil sie dunkel angestrichen war. Ich fragte mich, ob ich sterben wollte. Kein bisschen. Aber wenn das so war, wenn ich am Leben sein *wollte*, dann sollte ich, nein, musste ich etwas Besseres daraus machen, als gelangweilt am Fenster zu stehen, mir die Lunge zusammenzukleben und meinem Freund und mir dabei zuzusehen, wie wir uns nicht mehr wirklich liebten.

Warum nur fühlte sich mein Leben so falsch an? Ich war naiv genug gewesen, sofort nach der Schule zu einem Berufsberater zu gehen. Und dort nach einem Job zu fragen, der mir und anderen Menschen etwas geben konnte, aber nicht Krankenschwester, in dem man Geld verdiente, aber nicht als Banker, der Zukunft hatte, aber nichts mit Gentechnik. Ich sagte, dass ich in der Schule gut in Deutsch und Biologie gewesen war. Er gab mir ein Faltblatt mit Terminen für Medienworkshops. Ich sah es mir an und fragte mich, was für eine Ausbildung man machen musste, um Berufsberater zu werden.

Ich steckte mir das Stück Ananas von meinem Cocktailglasrand in den Mund, außer mir isst sicher kein Mensch das Zeug, das habe ich von meiner Mutter, die nie etwas wegschmeißt. Mein Freund gab mir das Gefühl, einen Zementblock um meine Füße zu gießen. Ich bin nicht gefühlskalt oder übertrieben unabhängig. Ich hätte mich freuen können. Es ist nur so, dass ich mich darin nicht wiederfinden kann, in dieser Idee, dass zwei Menschen zusammenziehen, mit der Absicht, die nächsten zwanzig Jahre in einem begrenzten räumlichen Radius zu verbringen. Ich kann nicht zu lange an einem Ort bleiben, Stillstand macht mich verrückt. Ich brauche Abwechslung, denn wenn ich zu lange an einem Ort bleibe, findet mich etwas wieder, spannt sich ein glühender Faden in meinem Kopf. Wenn ich etwas anfange, strotzt alles, aber langsam, langsam verblassen die Farben.

Den Rest der Nacht verbrachte ich in einem 24-Stunden-Internetcafé am Hauptbahnhof, und suchte nach Jobs, die weit, möglichst weit weg waren.

Im Morgengrauen holte ich den Schlüssel aus meiner Umhängetasche. Meine Hände zitterten, als ich ihn ins Schloss stecken wollte. Ich lehnte meinen Kopf gegen die kühle grauweiße Wohnungstür. Der Hausflur roch nach den alten, welkenden Blumen, die auf jedem Treppenabsatz standen, mein Herz klopfte hohl. Der modrige Nachgeschmack von vielen Tassen Filterkaffee lag auf meiner Zunge. In meiner linken Hand hielt ich den Stapel Papier, den ich ausgedruckt hatte. Die Blätter waren an der oberen Kante alle eingerissen. Ich hatte sie zu schnell aus dem Drucker gezogen.

In der Wohnung ging jemand umher, eine Tür klappte, leise Fernsehstimmen summten. Ich holte tief Luft, zog meinen Kopf ruckartig von der Tür weg, steckte den Schlüssel ins Schloss und drehte ihn um. Die Zimmer meiner Mitbewohner waren dunkel, nur über der Türschwelle meines Zimmers war ein Lichtstrahl. Mein Kopf war ganz leicht, meine Füße rutschten wie von selbst über den graublauen Teppichboden. Der Anrufbeantworter blinkte, mir fiel ein, dass ich seit einem Jahr die Standardansage hatte ändern wollen: »Zur Zeit ist niemand erreichbar.«

Ich öffnete meine Zimmertür und blickte auf seinen Rücken. Er hatte ein Fenster geöffnet, das Rauschen der vierspurigen Straße drang ins Zimmer.

»Hey«, sagte er über die Autos hinweg.

»Hallo.« Ich wartete im Türrahmen.

Er drehte sich um und lächelte. Dann hörte er auf zu lächeln, um zu fragen: »Alles in Ordnung?«

»Nein«, sagte ich und setzte mich hin, wo ich stand. Die Autos lärmten in einer Lautstärke, als würden sie den Weg zum Isarring durch mein Zimmer abkürzen. Er kam und hockte sich neben mich. Seine rechte Hand strich mir eine Haarsträhne aus dem Gesicht. »Was ist los?«, fragte er verwirrt. Ich schluckte an den Worten.

»Ich habe einen Job gefunden«, brachte ich heraus.

Er lächelte. »Toll, was denn für einen?«

»In Israel.«

Ich streckte ihm den Stapel mit den eingerissenen Papieren entgegen. Er nahm ihn nicht.

»Ach, Lena«, sagte er und seufzte.

»Ich meine es ernst.«

»Tust du nicht, und das weißt du.«

»Ich habe die Bewerbung abgeschickt.«

»Schön, das heißt noch lange nicht, dass sie dich nehmen.«

Ich sagte nichts. Seine Stimme gewann an Schärfe, als er sagte: »Warum fährst du nicht einfach verdammt nochmal in Ferien?«

»Ich brauche keine Ferien.«

Er lachte trocken. »Weil dir das nicht besonders genug ist. Jeder hat mal eine kleine Sinnkrise, und wir werden alle irgendwie damit fertig. Nur du spielst die Drama-Queen.«

»Hör auf.«

»So wirst du nicht glücklich, Süße.«

»Kann schon sein.« Er warf einen Blick auf die Papiere. »Wenn's nicht klappt, gehe ich woanders hin.«

Er schüttelte den Kopf. »Ich verstehe dich nicht mehr«, stellte er nüchtern fest. »Aber das ist nichts Neues, ich verstehe dich schon lange nicht mehr.«

»Ich dich auch nicht.« Die Worte taten weh, weil sie wahr waren.

»Dein Studium?«

»Ich weiß nicht.«

»Und wir?« Ich schüttelte den Kopf. »Und wenn ich dich darum bitte, dass du bleibst?« Ich schwieg. »Dann ist also alles klar.« Ich nickte. »Dass du ganz schön egoistisch bist, brauche ich dir ja nicht zu erklären.«

Ich schüttelte den Kopf. »Nein, wirklich nicht.«

Sein Blick wurde leer. »Okay«, flüsterte er, schlug sich mit den Händen auf die Oberschenkel und stand auf. »Okay«, sagte er nochmal.

Ich hatte nicht erwartet, dass es so leicht gehen würde. Aber er ging zum Kleiderschrank, öffnete die Tür, griff mit beiden Händen hinein und schaufelte sein Zeug heraus. Er leerte den türkisfarbenen Seesack aus, in dem die Dreckwäsche war, und stopfte ihn voll, seine Kleider, seine Kabel, seine Bücher, ohne darauf zu achten, was er zerdrückte oder zerknickte. Zuletzt steckte er seinen Computer aus. Das Sirren erstarb.

Als er gegangen war, schloss ich die Fenster. Zum ersten Mal seit Wochen herrschte Stille. Ich legte mich aufs Bett und schlief sofort ein.

5

Das Wasser rauscht durch meinen Kopf hindurch. Das Badezimmer ist direkt neben mir. Ich betrachte die Decke und brauche einen Moment, bis ich sie wiedererkenne. Richtig, Israel. Es überrascht mich immer noch. Meine Arme und Beine fühlen sich an, als wären sie mit nassem Sand gefüllt, ich liege im Bett wie eine Pfütze.

Gestern, nach dem Baden, habe ich mich zu Carsten und Nina aufs Sofa gesetzt. Der Kiffdunst, der aus dem zur Wasserpfeife umfunktionierten Putzeimer gequollen ist, hat sich wie eine Saugglocke auf mein Gehirn gesetzt und mich in einen Zustand versetzt, in dem ich kurz vor Morgengrauen halb schlafend vom Sofa gerollt bin.

Ich bleibe für ein paar stockende Herzschläge liegen und ordne meine Gedanken. Langsam steigt die Erinnerung an den gestrigen Abend an die Oberfläche meines Bewusstseins. Mittendrin treibt Tom. Mein ganzer Körper verkrampft und löst sich wieder. Ich brauche sofort die größte Tasse im Haus, randvoll mit Kaffee.

Ich laufe am Badezimmer vorbei, in dem einer meiner Mitbewohner hörbar Wasser auf seinen Körper schleudert.

Das Apartment hat ein Wohnzimmer mit gewaltigem Panoramafenster, im Flur wächst schwarzer, flaumiger Schimmel an den Wänden. Wasserschaden. Jemand hat hier vor gar nicht langer Zeit gewohnt, jemand sehr Altes, wir haben Kisten voller Briefe, dünnes, gelbliches Papier, zitternde Schrift, auf die Ablage im Flur verfrachtet, Briefe eines ganzen Lebens, dazu etwa hundert Bücher. Wir haben noch anderes gefunden, eine Gasmaske mit einer Anleitung von 1990. Carsten hatte etwa zwei Abende lang Spaß daran, mit der Maske auf dem Kopf wie Darth Vader schwer atmend durch die Wohnung zu schreiten, dann wanderte sie auch auf die Ablage. Die übrigen Sachen benutzen wir.

Die elfenbeinfarben und braun gestreiften Plastikschüsseln, die durchgelegenen Matratzen, die mit festem Stoff bespannten Lampenschirme. Am beliebtesten ist ein Werkzeug, das wir »die Kralle« nennen: ein beweglicher Griff an einer langen Stange. Wenn Carsten und Nina abends bekifft sind, bedienen sie damit vom Sofa aus den Fernseher.

In der Küche haben die Hells Angels Polterabend gefeiert, das Ergebnis einer Woche, in der wir alle hemmungslos aneinander vorbeigemüllt haben. Ich schalte den kleinen Fernseher ein, der auf der Mikrowelle steht, »Breaking News« flattert das rote Band über den Bildschirm, dazu zerbrochene Häuser und Staubwolken. Die gleichen Nachrichten wie zu Hause, nur dass sie hier um die Ecke stattfinden. Mit voller Blase schraube ich die Kaffeekanne auf, ein Rest Kaffee platscht auf meine nackten Füße. Als ich den Siebeinsatz der Kanne gefüllt habe, ist die Dose mit dem Espressopulver leer. Fast die Hälfte meines sowieso eher symbolischen Gehalts im Autistenheim gebe ich für italienisches Pulver aus.

Zu Hause gab es eine Zeit, in der ich dachte, ich müsste schöne Dinge besitzen, Weingläser, ein Bett aus Massivholz, Zahnbürstenhalter. Dann habe ich gemerkt, dass Dinge zu besitzen mich verrückt macht. Ich kaufte hübsche, gestreifte Topflappen, hängte sie neben meinen Herd, bemerkte Disharmonie und ging sofort zurück in den Laden, um passende Geschirrtücher zu kaufen. Das Problem ist, dass ich wahnsinnig gerne Geld ausgebe und keine Grenzen kenne. Ich verstehe Geld nicht. Ich bin kein Idiot, ich weiß, dass es einen Zusammenhang zwischen Ware, Arbeit und Wert gibt. Ich begreife, dass eine Kartoffel Geld kostet, weil sie jemand aus der Erde graben, waschen und verladen musste. Aber ich begreife nicht, wieso ich mit einer Stunde Arbeit im Callcenter, einer Stunde Headset-Gerede, Geld verdienen kann. Eine Stunde sinnlos vertane Lebenszeit, verkauft für acht Euro. Preise erscheinen mir willkürlich. Zu Hause habe ich Computerprogramme verkauft, nachts Post sortiert, in Großküchen gefrorenen Lachs durch Fleischwölfe gedreht. Ich hätte gern Geschirr gespült, weil man dabei völlig weggetreten sein kann, die Hände im warmen, anspruchslosen Seifenschaum, aber der Lohn war lausig, die Spüler waren immer, wirklich immer Schwarze. Wenn ein Topf dreckig war, hieß es: »Bring den zur Spülmaschine«, dann gab ich ihn dem Mann, der an der Spüle stand, grundsätzlich mit Kopfhörer auf den Ohren, aus denen es den ganzen Tag lang gedämpft wummerte. Es gab zwei Jobs, die ich nicht machen wollte, dummerweise waren es diejenigen, in denen Leute wie ich das meiste Geld machen konnten. Die Hälfte meiner Freundinnen zogen Röcke an, schnallten riesige Portemonnaies um und gingen kellnern. Ich hab's auch versucht, aber mein Cappuccino-Schaum fiel zusammen, und ich hasste die Kunden. Zweimal rief ich in Callcentern an, in denen die andere Hälfte meiner Freunde arbeiteten, bekam Termine für Vorstellungsgespräche und ließ sie verstreichen, ohne hinzugehen.

Ich glaube, wenn man den Zustand der Welt betrachtet, sind Callcenter Teil des Gesamtproblems. Und ich möchte Teil der Lösung sein. Ich kann das nicht, Leuten Blödsinn erzählen. Einmal habe ich es gemacht, habe unbescholtenen Bürgern Geld aus den Rippen geleiert, für ein Projekt, das angeblich Kindern in Krankenhäusern Spielzeug verschaffen sollte. Ich rief die Leute an und stellte Fragen, die auf einem Zettel vor mir auf dem Callcenter-Tisch lagen, Fangfragen, immer die gleichen: »Glauben Sie nicht auch, dass es für kranke Kinder besonders wichtig ist, Freude zu haben?« Wer mit »Ja« antwortete, und wer sagt da schon nein, denn »Nein« war ja gleichbedeutend mit »Ich bin ein kinderhassendes Arschloch«, der konnte sich als Nächstes schlecht dagegen wehren, dass ich seine Kontonummer haben wollte.

Ich war gar nicht übel in dem Job, aber nach acht Stunden war ich fertig mit den Nerven, saß heulend auf der Treppe des Hauses herum, in dem mein Freund wohnte. Der kam die Treppen herunter, meinte, dass ich mich zu sehr anstellte, nahm mich trotzdem in den Arm, roch an meinem Pullover und fragte misstrauisch: »Ist der neu?« Er bekam fast immer mit, wenn ich unnötig

Geld ausgab. Ich antwortete nichts, und er sagte: »Wieso kaufst du dir neue Klamotten, wenn du kein Geld hast?« In diesem Moment hasste ich ihn fast. Mein Freund war auf seine eigene, heimliche Weise in den Konsum verliebt, er kaufte und verkaufte Zeug im Internet, dass seine Computer-Tastatur rauchte, ein ewiger Kreislauf aus Paketen, die die Postbotin brachte und die er selbst zur Post brachte. Als ich neulich wissen wollte, wie es ihm geht, habe ich mich auf der eBay-Seite mit seinem Kennwort eingeloggt, er benutzt für alles das gleiche, mein Geburtsdatum. An dem Tag, an dem ich nach Tel Aviv geflogen bin, hat er die Sachen verkauft, die er noch von mir hatte. Der Titel der Auktion war »Eine Kiste mit dem Kram meiner Exfreundin«, Startpreis ein Euro. Ich habe das als Zeichen genommen, dass ich in der nächsten Zeit nicht bei ihm klingeln sollte.

Ich stelle das Gas an, schaue auf meine braun gefleckten Füße herunter und bemerke, dass meine Beine immer noch weiß sind. Ich habe einmal eine Woche auf einem Surfbrett im Pazifik verbracht, Robben schwammen im Wasser um mich herum, und die Sonne knallte wie durch ein Brennglas. Danach sahen bei mir Gesicht und Arme aus wie die eines Stammeshäuptlings, nur meine Beine waren noch bleich wie Elefantenzähne. Ich denke an Tom, dessen langer Körper scheinbar zu drei Vierteln aus Beinen besteht. Ein Fluchttier.

Ich bücke mich, um einen leer gekratzten Hummus-Becher vom Boden aufzuheben, merke dann, dass die Mülltonne bereits überquillt, und lasse ihn wieder fallen. Der Kaffee spritzt aus der Kanne und verteilt braune Flecken auf der Wand, über die Carsten neulich schon eine halbe Flasche Rotwein geschüttet hat.

Mittlerweile haben wir der Wohnung so viel angetan, dass die Vorbesitzer sofort einen Weinkrampf bekommen würden, wenn sie jemals zurückkommen sollten.

Den Mund voll Kaffee, betrachte ich die Weltkarte neben dem Kühlschrank. Nina hat vier Stecknadeln hineingesteckt, in Stuttgart, Erfurt, München und Tel Aviv. Als könnten wir sonst vergessen, wo wir herkommen oder wo wir sind. Der Kaffee ist zu stark, Milch ist keine da, deshalb drehe ich den Hahn auf und verdünne mit Wasser. Meine Zigaretten finde ich unter dem Küchentisch, Teller mit Aschehaufen stehen überall. Der erste Zug bearbeitet meinen Hals wie eine Parmesanreibe. Die meisten Menschen fangen mit vierzehn das Rauchen an und steigen zehn Jahre später auf Nikotinpflaster, Kaugummis und Yoga um. Ich habe Zigaretten erst vor einem Jahr für mich entdeckt und rauche mit größerem Elan als alle, die ich kenne. Lange Zeit habe ich Antiraucherkampagnen ernst genommen und geglaubt, Zigaretten seien etwas für Menschen, die als Kinder Fläschchen statt Brust bekommen haben und die deshalb später etwas nachholen müssen. Wenn ich gewusst hätte, dass Rauchen außerdem Spaß macht, hätte ich viel früher damit angefangen. Nebenbei habe ich herausgefunden, dass Arbeitgeber Rauchen als eine Art Krankheit betrachten und Raucher sich dafür jede Stunde fünf Minuten freinehmen können. Trotzdem behalte ich meine Begeisterung für mich. Mit vierzehn heimlich paffen ist in Ordnung, wer mit fünfundzwanzig damit anfängt, erntet selbst von Teenagermädchen mütterliche Besorgnis.

Die Tür zum Badezimmer quietscht, Nina schleicht vorbei und jault.

»Hallo.« Wahrscheinlich hat ihr Computer einen Virus. Für Nina ist das Internetkabel das, was für andere Leute ein Schlauch mit Nährlösung ist. Charakterlich ähnelt sie stark dem Sofa, auf dem sie ihre Freizeit verbringt. Es ist beige.

Während ich mich aufs Waschbecken stütze, betrachte ich mein Spiegelbild auf den Türen des vergilbten Arzneischränkchens. Manchmal wirft es mich um, wie wenig das Bild im Spiegel meiner Innenansicht ähnelt. Früher war ich von Spiegeln geradezu besessen. Ich suchte mein Bild in Schaufenstern, in Rückspiegeln und in der Metallschüssel, in der meine Mutter den Pizzateig knetete. Noch vor ein paar Jahren ging ich extra Umwege, um an einem Spiegel vorbeizukommen. Ich habe es beinahe geschafft, den Tick abzuschütteln, aber wenn ich nervös bin, kommt er zurück. Dann erwische ich mich selbst dabei, wie ich mein Spiegelbild in einem Löffel ansehe, in einem ausgeschalteten Computerbildschirm oder in den Augen von jemandem, mit dem ich gerade rede.

Wenn es mir gutgeht, mag ich mich, die breiten Wangenknochen, die weit auseinanderstehenden grauen Augen, die starken Brauen. Heute bin ich unsicher. American Beauty, hat Tom gesagt. Mit den Fingern fahre ich durch meine Haare, der neue Schnitt ist noch ungewohnt. Am Tag, bevor ich nach Israel geflogen bin, habe ich die Hälfte meiner Haare bei einem türkischen Friseur gelassen. Er schnitt entschlossen, schweigend und konzentriert, bis ich einen Schnitt hatte wie ein Gemüsehändler in Istanbul.

Ich frage mich, wie Tom mich sieht. Ich schüttele den Kopf und versuche, mir selbst in die Augen zu sehen, und schaffe es nicht, ich kann mich nur auf ein Auge konzentrieren. In meinem Bauch breitet sich eine flatternde Spannung aus. Dieser Spinner hat mir einen Heiratsantrag gemacht, den unromantischsten, den man sich vorstellen kann, das genaue Gegenteil von Rosen und Sahnetorte. Ich stehe vor meinem Spiegelbild, das von meinem Atem weiß beschlägt, und versuche zu verstehen, warum ich mir die Sache nicht sofort aus dem Kopf schlage. Ich halte nichts vom Heiraten. Ich verstehe die Romantik, aber ich glaube nicht daran. Warum nicht gleich Blutsbrüderschaft? Es bleibt Hokuspokus. Eine Scheinehe dagegen hat einen Zweck, der Sinn ergibt. Vielleicht gefällt mir das.

Nina und Carsten sitzen schon wieder auf dem Sofa und frühstücken Toast mit löffelweise Hummus, den sie bei der Arbeit mitgenommen haben. Nina trägt ein enges, blaues Oberteil, unter dem im Sitzen ihr kleiner, weißer Bauch hervorsteht. Carsten sieht besorgt aus, wie immer. Er bringt es fertig, die Stirn zu runzeln, wenn er Zuckerwatte und Smarties verteilt.

»Hast du dich geschminkt?«, fragt Nina verwundert.

»Bisschen«, antworte ich.

»Ich dachte, du wärst mehr so der natürliche Typ«, meint Nina.

»Wir dachten, du wärst lesbisch«, sagt Carsten. Nina senkt den Blick auf ihren Teller.

»Und weil ich jetzt zufällig geschminkt bin, denkt ihr das nicht mehr?«

»Na ja«, sagt Carsten.

»Bist du's?«, fragt Nina.

»Nein«, sage ich.

Ich setze mich an den Küchentisch, greife nach dem Topf und gieße den letzten Rest Milch in meine Tasse. Am Topfboden klebt eine feste, braune Schicht. »Und, wie geht's?«, fragt Carsten neutral.

»Weiß nicht«, sage ich wahrheitsgemäß.

»Was ist los?«, will Nina wissen, ich zucke die Schultern, nehme einen Schluck Milch, mache den Mund auf, will wieder mal ausweichend oder gar nicht antworten, aber bevor ich mich versehe, habe ich ausgerechnet ihnen von Tom erzählt.

»Was meint ihr, was soll ich machen?«, frage ich. Nina blickt zur Seite.

»Ignorieren, natürlich«, sagt Carsten selbstverständlich, »dieser Heiratsantrag ist die dümmste Anmache, von der ich je gehört habe.«

»Du könntest ihn auch einfach flachlegen«, schlägt Nina trocken vor und greift nach der Tüte mit Toastbrot. Keinen von beiden scheint meine Geschichte besonders zu interessieren.

»Wir wollen uns eine Ausstellung ansehen, Fotos aus der ersten Intifada«, wechselt Carsten das Thema, »willst du mit?«

Ich schließe kurz die Augen. Der Drang, weit wegzufahren, trifft mich wie ein Kälteschock. »Ich fahre nach Jerusalem«, sage ich. Carsten zuckt die Schultern. »Auch gut.« Ich nehme meine Schüssel, gehe in die Küche, hole eine Packung Erdnüsse aus dem Fach über der Spüle. Im Fernsehen erscheint der Wetterbericht. Die Moderatorin hat ein Kind unter dem T-Shirt. »Nicht normal«, höre ich Ninas Kommentar, als ich die Wohnungstür öffne. »Um die Zeit dürfte es nicht ständig diesen Regen geben.«

»Wenn sie bei der Arbeit wollen, dass ich die Klimaanlage

einschalte, sagen sie mir: ›Carsten, could you turn on the global warming?‹«

»Tschüs«, sage ich leise.

Die Straßen, die gestern noch vollgestopft mit einer beweglichen Menschenmasse waren, sind jetzt wie leer geräumt, der Asphalt glitzert pudrig in der Sonne, und Papiertüten mit durchscheinenden Fettflecken treiben sachte in Richtung Meer. Ich mag diese Samstage, die heiliger und ruhiger sind als die Sonntage in Deutschland.

Der Bus bringt mich zur Central Bus Station. Das Haus ist eine Schachtel, in die ein Mensch ohne Sinn und Verstand für Dinge wie »oben« und »unten« Etagen hineingeplant hat, die keinen Zweck erfüllen außer dem, Reisende zu verwirren, bis sie in Tränen ausbrechen und nach Hause gehen. Auf einer der gelb gestrichenen Bänke im Abfahrtsterminal reiße ich die Packung Erdnüsse auf, wie Tom es mir gezeigt hat, und esse eine salzige Handvoll. Busfahren ist meine Standardlösung für Situationen, in denen ich verwirrt bin, mir geht es am besten, wenn ich in etwas drinsitze, das sich bewegt, auch in Zügen, Autos, Flugzeugen. Vielleicht bin ich ein kranker moderner Mensch, der nach Abwechslung süchtig ist, ein Kind, das nicht still sitzen kann. Aber ich glaube eher, dass ich so sorglos bin, wenn ich reise, liegt daran, dass es einen eindeutigen Anfang und ein definiertes Ziel gibt.

Ich habe Glück, der nächste Bus fährt nach Jerusalem.

6

Wenn Tel Aviv ein Teenager ist, der alles sein möchte, nur nicht langweilig, ist Jerusalem seine schön gealterte, leidgeprüfte Großmutter, die mehr Aufregung abbekommt, als ihr eigentlich lieb ist.

Das kleine, dreckige Backpacker-Hotel am Eingang zur Altstadt kenne ich schon von meinem ersten Besuch. Es gibt nie genug saubere Bettlaken für alle Gäste, aber dafür kostet eine Übernachtung so viel wie Falafel mit Fritten. Seit ich hier angekommen bin, liegt auf dem abgeschabten Sofa im Flur ein alter Mann, der mir bekannt vorkommt. Er starrt auf den Fernsehbildschirm, der eineinhalb Meter über seinem Kopf in Schräglage von der Wand hängt. Es läuft CNN. Der Ton ist zu leise, um etwas zu verstehen. Nachrichten ohne Ton verlieren völlig ihren Sinn. Ich stehe hinter dem Kopfende des Sofas und sehe auf dem Bildschirm eine dunkle Frau mit einem goldbraun geblümten Schal um den Kopf, die tonlos berichtet. Etwas ist mit dem Haus los, das hinter ihr steht, immer wieder deutet sie in dessen Richtung, ein grellweißes, flaches Ding. Vielleicht haben Soldaten sie aus ihrem Haus verjagt. Vielleicht hat sie es in der Lotterie gewonnen. Ihre Miene verrät gar nichts.

Draußen, auf dem Platz, stehen die Fahrer der Taxis und Minibusse, die in die Westbank fahren. »Bethlehem, Bethlehem!«, rufen sie, »Ramallah, Ramallah, Rama-llaaaaah!«

Nach einer Weile fasse ich mir ein Herz, beuge mich vor und tippe dem Mann auf dem Sofa an die Schulter. »Entschuldigung«, sage ich leise. Er wendet seinen Kopf. »Kennen wir uns?«, frage ich. Er verdreht seinen Hals nach hinten, um mich anzusehen. »Wer will das wissen?«, blafft er zurück. Seine Stirn ist in einem dauerkritischen, faltigen Ausdruck gefroren. Ich entschuldige mich noch einmal. Sein Blick wird weicher. »Ich glaube nicht, dass wir uns schon einmal begegnet sind«, sagt er, »du bist aus Deutschland?«

»Woher wissen Sie das?«

»Ich erkenne den Akzent.«

»Aaah!«, rufe ich übertrieben, anerkennend. Ich mag es nicht, wenn man mir sagt, dass ich einen Akzent habe.

»Wo wohnst du?«, will er wissen. Ich sage es ihm. »Ach, Tel Aviv. Du weißt schon, dass das eine falsche Stadt ist, oder? Da wohnen Menschen, die vor der Realität flüchten.«

»Ja«, antworte ich zögernd, in Gedanken an die bunte Beliebigkeit dieser Stadt, der niemand auf den ersten Blick ansehen könnte, in welchen Teil der Welt sie hineingebaut ist. »Man kann dort sehr gut verdrängen«, setzt er hinzu. Unbehaglich setze ich mich auf die Kante des Tisches, der neben dem Sofa steht. Offenbar ist er einer dieser Menschen, die sehr gut darin sind, anderen ihre Unzulänglichkeit in Sachen Verantwortungsgefühl bewusst zu machen. Obwohl er gar nicht wissen kann, wer ich bin. Das erinnert mich plötzlich an das Gespräch mit Tom, bei dem die erste längere Unterhaltung auch eher so etwas wie ein Verhör war. Was ist das mit euch Israelis, denke ich, seid ihr alle so perfekt, dass ihr selbstverständlich andere beurteilen dürft? Dieser Typ hier auf dem Sofa nimmt anscheinend automatisch an, dass ich meine Nächte auf Strandpartys verbringe und tagsüber die leer gesoffenen Bierdosen ins Meer werfe. Dabei arbeite ich mit Autisten! Wie sieht es aus, alter Mann, was machst du?

»Vielleicht kennen Sie mich aus dem Fernsehen«, spricht er in das Gewitter meiner Gedanken hinein. Das wirft mich aus der Bahn.

»Aus dem Fernsehen?«

»Den Nachrichten.«

Was für Menschen kennt man aus den Nachrichten? Politiker, Mörder, Helden. Meine Handflächen fangen an zu jucken. Ich komme nicht drauf.

Er greift in seine Brusttasche, zieht eine Visitenkarte hervor und reicht sie mir schweigend. »Ach«, sage ich fast erschrocken und bin kurz davor, mir demonstrativ mit der Hand gegen die Stirn zu schlagen, um klarzustellen, dass ich ihn ja längst erkannt haben müsste. Dieses Gesicht, es ist viel älter geworden, seit ich es vor Jahren im Fernsehen gesehen habe, in einem Dokumentarfilm. Es hieß, Israel habe in seiner Wüste an Atombomben geforscht, in einem Gebäudekomplex, der als Textilfabrik getarnt war. Der Mann auf dem Sofa, ein Mitarbeiter des Programms, floh nach London, und während die britischen Journalisten noch das Material, das er ihnen gegeben hatte, prüften, fand ihn eine blonde Agentin, die ihn zu einer Reise verführte, nach Rom, wo ihn der israelische Geheimdienst filmreif, aber heimlich, in sein verratenes Heimatland zurückentführte. Als ich in Deutschland meinen ersten Freund hatte, kam dieser Mann hier gerade aus der Einzelhaft. Ich bin kurz davor, zu sagen: »Komisch, dass Sie noch niemand umgebracht hat«, und kann mich gerade noch davon abhalten.

»Seit wann sind Sie draußen?«, frage ich stattdessen, um Fassung bemüht. Ich habe mich noch nie mit einem weltbekannten Spion unterhalten.

»Seit zwei Jahren«, antwortet er im Plauderton.

»Wie lang waren Sie im Gefängnis?«

»Achtzehn Jahre.«

»Herrje«, sage ich und erinnere mich sofort selbst an eine Krankenschwester, die sich über einen schwerkranken Patienten beugt. Ich habe mit seinem Tod gerechnet. Das tut mir jetzt, wo ich ihm in die Augen sehe, sehr leid.

»Das ist lang«, erklärt er überflüssigerweise. Ich nicke. Jeder Kommentar scheint falsch. Er sagt nichts. Draußen, auf dem Platz, lassen Promoter Luftballons mit dem Logo eines Handy-Anbieters aufsteigen. Sie fliegen an unserem Fenster vorbei, an den Schnüren hängen Postkarten »What goes up, must go down«, steht darauf. Ich hasse es, wenn das Leben maßgeschneiderte Kommentare liefert. »Möchten Sie einen Tee?«, frage ich ratlos.

Fünf Minuten später stehe ich in der ranzigen Küche des Hotels, stopfe Minzeblätter in Glastassen, schütte Zucker darüber und warte, dass das Wasser kocht. Ich kann nicht sagen, ob er das Richtige getan hat. Eine klare Meinung zu der politischen Situation hier, das habe ich schnell gemerkt, kann man eigentlich nur dann haben, wenn man weit weg davon ist. Der Mangel an einfachen Wahrheiten macht die Wirklichkeit zu einem verdammt komplizierten Lebensraum, das merke ich hier mehr, als ich es je zu Hause gewusst habe. Neue Erfahrungen wie die, diesen Mann hier zu treffen, machen es auch nicht leichter. Wie kommt es nur, dass das Leben diejenigen am härtesten zu zerbrechen scheint, die einmal die stärksten Ideen hatten? Ich schütte kochendes Wasser in die Tassen und bringe Israels Staatsfeind seinen Tee.

»Und was machen Sie jetzt?« Verdammt, ich höre mich an, als wäre er auf Weltreise gewesen. Was kommt als Nächstes, Sie alter Draufgänger? Er nimmt einen Schluck aus seiner Tasse.

»Ich warte darauf, dass ich das Land verlassen darf.« Einen kindischen Moment lang frage ich mich, mit einem gewissen Trotz, ob ich nicht verdammt noch mal endlich jemand treffen kann, der zu Hause bleiben möchte.

»Und was machst du?«, fragt er nach langer Pause. Ich erkläre es und warte darauf, dass er mich verurteilt.

»Gib dich damit nicht zufrieden«, sagt er, »du musst versuchen, etwas zu tun, was die Welt verändert. Sei mutig, die Menschen sind nicht mutig genug.« Ich lächele, es fühlt sich schief an.

»Glauben Sie wirklich, mit Ihren Erfahrungen, dass Einzelne etwas bewirken können?«

Er betrachtet die Minzblätter, die in seinem Tee schwimmen »Nun ja, schau mal in ein Geschichtsbuch, es sind meistens Einzelne, die etwas ändern«, weicht er aus. Ich sehe zu, wie er seinen Tee trinkt und empfinde gleichzeitig Mitleid und Hochachtung.

Später, als ich auf der dünnen, blau geblümten Matratze in einem der Schlafsäle liege, das Metall des Bettgestells drückt sich in meinen Rücken und zwei Japanerinnen essen in dem Bett unter mir leise schmatzend Schokolade, fällt mir plötzlich ein: ich habe ihn gar nicht gefragt, wie es ihm geht. Vielleicht kam mir die Frage seltsam vor bei einem, der 18 Jahre lang lebendig begraben war. Noch mehr ärgert mich, dass ich nicht gewagt habe, zu fragen, was mich am dringendsten interessiert hätte: War es das wert?

Morgen geht es zurück in die Stadt der Verantwortungslosen. Ich hoffe, Tom kommt zur Arbeit.

7

Ich bin dabei, mir die Zähne zu putzen, als es an der Tür hämmert.

»Telefon!«, ruft Carsten.

Die Zahnbürste quer in den Mund geschoben, nehme ich den Hörer entgegen. »Lena?«, fragt Tom am anderen Ende. Ich lege eine Hand auf das Mundstück und lache leise. Seine Stimme ist ein bisschen hoch und gestresst, ich muss an eine Ente denken, die mit dem Kopf in einer Schublade feststeckt. Erst als er »Wo steckst du?« quäkt, wache ich richtig auf.

»Wie spät ist es?«, frage ich nervös.

»Zu spät. Seit einer Stunde schmeiße ich den Laden hier allein«, raunzt er.

Ich habe seit dem Aufstehen auf keine Uhr gesehen, normalerweise wache ich immer von selbst auf, sobald der Morgen graut. »Ich komme«, rufe ich, werfe das Telefon zur Seite, spucke die Zahnbürste aus, *shitshitshitshitshit*, springe in die erste Hose, die mir aus dem Schrank entgegenfällt, und renne los. Verdammt, er wird mich dafür hassen.

Als ich an der Bushaltestelle ankomme, bin ich vollkommen durchnässt, im Himmel hat es einen Rohrbruch gegeben. Der Busfahrer will meinen 50-Schekel-Schein nicht annehmen und wartet grimmig und mit laufendem Motor, bis ich einen Mitfahrer mit Wechselgeld gefunden habe. Böse Blicke treffen mich, während ich mich an den Plastikschlaufen, durch den Bus hangele. Ich bin der Feind sämtlicher Menschen, die verschlafen haben. Der Busfahrer gibt Gas, um die Verspätung aufzuholen, bei jeder Kurve rutschen meine Turnschuhe über den nassen Boden. Ich atme den Geruch von feuchten Gummimänteln und Stress ein und frage mich wütend, wo mein Leben schon wieder hin ist. Ich hätte schwören können, dass ich es bis vor kurzem noch hatte.

Dass es immer dieses Auf und Ab ist, dass man nicht irgendwann an einem Punkt ankommt, der einfach okay ist und so bleibt, das macht mich fertig. Aber muss man denn Zen-Mönch sein, um einfach nur da sein zu können? Was soll denn dieses ganze Begehren und dieses Bedürfnis nach Lieben und Geliebtwerden und diese Verlorenheit und dieses Nicht-in-die-Zukunft-sehen-Können? Bewegt man sich wenigstens irgendwie automatisch auf einen Punkt zu, an dem man sich umblickt und sieht, dass alles seinen Sinn und man selber einen Platz darin hat?

Wenn ich wüsste, dass es tatsächlich so ist, dann wäre ich insgesamt ruhiger. Vielleicht.

Das Wasser läuft in Bächen an den Fensterscheiben herunter, rinnt auf die Straße und bildet einen reißenden Fluss, der neben dem Bus herrast.

Die Stadt hat ein Abwasserproblem, die Wellen, die über die Straße rollen, könnten Kleinwagen ertränken. Die ganze Fahrt über starre ich einen schwarzgekleideten Teenager mit langen graublonden Haaren an, der im vertraulichen Tonfall einer Puffmutter hinter vorgehaltener Hand in sein Handy spricht.

Ich drehe den Schlüssel im Tor, renne an dem Schwimmbecken vorbei, das bereits überläuft, und komme mit quietschenden Turnschuhen vor der Tür meiner Station zum Stehen. Ich atme durch und reiße die Tür auf.

Es ist niemand da. Die Hand an der Klinke, klebe ich im Türrahmen, das Wasser tropft aus meinen Haaren und landet mit leisem Platschen auf dem Plastikbelag des Fußbodens. Meine Mundhöhle schmeckt immer noch nach Zahnpasta. Ich trete ein paar Schritte in das Zimmer. Die drei Cordsofas stehen in der Mitte des Raums, auf dem Fernsehbildschirm watscheln und winken drei stumme Teletubbies, die Türen zu den Zimmern der Autisten stehen offen. Es sieht alles wie immer aus, nur dass das Wichtigste fehlt: die Leute. Der Dienstplan in der Küche bringt mich darauf, was ich vergessen habe: den Ausflug. Tom hat mich gar nicht von hier aus angerufen, denn Tom ist allein unterwegs mit zwölf erwachsenen Autisten, darunter eine Epileptikerin und

Amir, der jeden Zigarettenstummel vom Boden klaubt, den er in die Finger kriegen kann. Ich lehne mich an den Kühlschrank und zähle mit zusammengebissenen Zähnen bis zehn. Dann packe ich das Telefon, das an der Wand hängt, und rufe bei der Pforte an. Wenn ich herausbekomme, wo genau sie sind, kann ich vielleicht noch hinterherfahren. Die Pforte teilt mir freundlich mit, meine Chefin sei bereits informiert und auf dem Weg zu Tom. »Danke«, gebe ich lahm zurück, lege den Hörer auf, stapfe ins Bad und pelle die nassen Kleider von mir herunter. Wenn man etwas richtig in den Sand setzt, kann man wenigstens nichts mehr falsch machen. Tom wird mich verfluchen, Olga mich der Köchin als Fleischration übergeben. Wenigstens kann ich noch ein bisschen schlafen, bis sie wiederkommen.

»Amir«, sage ich beschwörend, »Amirchen.« Wir sind allein in der Werkstatt, alle anderen liegen ein Stockwerk höher in ihren Betten und auf den braunen Cordsofas, sehen fern oder betrachten unsichtbare Vögel in der Luft. Alle haben einen netten Vormittag im Sportcenter verbracht und eine Pause verdient. Nur ich und Amir nicht. Ich habe alles verschlafen, Amir dagegen ist mehr als wach gewesen, hat sich richtig danebenbenommen, hat auf dem Weg an die sechs Zigarettenstummel gegessen und einen Eisstand umgeworfen. Als sie wiederkam, hat Olga uns mit einer Stimme aus zerbrechenden Eisschollen gemeinsam zum Nachsitzen in die Werkstatt geschickt. Ich habe meine nassen Klamotten im Hof aufgehängt und trage ein T-Shirt aus dem Heimfundus, pink und viel zu weit, dazu eine Hose mit einem albtraumhaftem Muster. Spätestens jetzt kann mich niemand mehr von einem der Bewohner unterscheiden.

»Wir hängen da doch zusammen drin«, schmeichele ich Amir, »denkst du, ich finde das toll hier? Schau mal, meine Beine schwitzen so sehr, dass sie am Stuhl festkleben, das ist wirklich widerlich. Ich schwöre dir, ich will einfach nur raus. Kannst du mir nicht bitte dabei helfen?« Ich nehme seine Hand, zum zehnten Mal in der letzten Viertelstunde, und führe sie zu der Kiste mit den Hustenbonbons, die er abpacken soll. Einen Herzschlag lang bleibt sie zitternd darüber hängen, dann zieht er sie wieder weg. Der Schweiß, der an meinen Oberschenkeln herunterrollt, Amirs abwesender Blick. Die Uhr an der Wand, die eine Sekunde nach der anderen wegtickt. Es ist lächerlich. Ich kann Amir zu gar nichts zwingen, was ihm nicht passt, er ist viel größer und stärker als ich. Wenn er will, kann er mir einfach den Arm auf den Rücken drehen und mich die Arbeit der nächsten drei Wochen für ihn erledigen lassen. Netterweise kommt er nicht darauf.

»Okay!«, rufe ich resigniert, »du hast gewonnen. Du weißt genau, dass das Ganze ein Witz ist, dass ich als Aufpasserin ein Witz bin. Weißt du auch, wie blöd ich mir dabei vorkomme? Diese Bonbons sind mir genauso egal wie dir.«

Ich schließe die Augen. Wenn jetzt meine Chefin vorbeikommt, bin ich geliefert. Na wenn schon, denke ich. Im Gegensatz zu Olga fehlt mir wohl der Drill einer Jugend auf dem Kartoffelacker. Morgen könnte ich schon zurück nach Deutschland fliegen und mir eine Beschäftigung suchen, die besser zu mir passt. Vielleicht bekomme ich einen Job in einer Wattefabrik. Besser noch, ich gehe zurück an die Uni. Wie es aussieht, atme ich hier nur den fähigen Leuten unnütz den Sauerstoff weg.

Etwas streicht vorsichtig über meine Haare. Ich öffne die Augen und drehe den Kopf zur Seite. Amirs Blick hängt noch immer irgendwo im Raum, aber seine linke Hand liegt auf meinem Kopf. Ich rühre mich nicht, mein Herz klopft.

War das Zufall oder Absicht? Dann bemerke ich Tom, der hinter Amir steht, eine kalte Zigarette in der Hand. Ich schwöre, er hat das Talent, lautlos aus dem Nichts hervorzubrechen. »Hey«, rufe ich erschrocken und ziehe meinen Kopf unter Amirs Hand weg.

»Unterbreche ich euch bei etwas?«, fragt Tom.

»Ja, wenn du nicht hier reingeplatzt wärst, hätte er mich vielleicht endlich geküsst«, antworte ich.

»Du kriegst ihn nicht zum Arbeiten, was«, stellt Tom fest und schwingt sich auf die Tischplatte. Meine aufgesetzte Nonchalance fällt in sich zusammen wie ein Häufchen Schaum.

»Nein«, sage ich leise.

»Tja, Amir ist eben nicht blöd«, meint Tom, »warum sollte er den Scheiß auch machen?« Mir fällt beim besten Willen keine Antwort ein. Weil »der Scheiß« im Jargon der anderen Pfleger »Arbeitstherapie« heißt? Weil angenommen wird, dass Bonbons-Eintüten eine sozial wichtige Tätigkeit für einen Menschen ist, der sonst nichts Nützliches kann?

»Weißt du, Lena, Amir hat Eltern wie jeder andere, die können es einfach nicht ertragen, wenn ihr Sohn den ganzen Tag nutzlos herumhängt. Aber ich sage dir was, mit dem Geld, das Amir am Tag verdient, kann er sich in zwanzig Jahren vielleicht mal einen Hamburger kaufen. Wenn du ihn tun lässt, was er will, liegt er vormittags auf dem Boden seines Zimmers und wichst halt rum, und nachmittags guckt er in die Luft. Was ist daran falsch? Er hatte heute einen Heidenspaß, hättest mal sehen sollen, wie er diesen Eisverkäufer erschreckt hat. Alles war super, bis Olga aufgetaucht ist. Das war vielleicht eine miese Überraschung. Ich sage dir was, langsam habe ich das Gefühl, du magst mich nicht. Wenn wir uns sehen könnten, rennst du entweder weg oder du kommst gar nicht erst.« Er greift in die Kiste mit den Bonbons, nimmt eine Handvoll heraus, zählt zweimal zwanzig Stück ab, langt hinter sich in das Fach mit den Tüten, verpackt die abgezählten Bonbons, wirft die fertigen Tüten auf den Tisch und sagt: »Das reicht.« Ich blicke den Hustenbonbons hinterher und spüre, wie eine Welle der Zuneigung durch mich hindurchgeht. »Tom«, sage ich, »es tut mir leid, dass ich dich heute Morgen im Stich gelassen habe.«

»Vergiss es«, entgegnet er, »jetzt lass uns endlich nach draußen gehen. Wir sind verabredet.«

Vor der Tür wartet bereits eine junge Frau, die ich kenne – eine der Pflegerinnen, die in einem anderen Teil des Hauses arbeitet. »Hi«, sagt sie und lächelt mich an. Sie hat ein schmales, braunes Gesicht, das auf eine hübsche Weise etwas pferdig wirkt, langgezogen und mit großem Mund, dazu wallende, schwarze Haare, ein weißes T-Shirt und eine Jeans mit einem kurzen, grünen Rock darüber. Sie grinst Tom auf eine Weise an, die keinen Zweifel daran lässt, dass sie genau Bescheid darüber weiß, wie er unter seinen Kleidern aussieht. Der Mann, der neben ihr steht, trägt Klamotten, die so hässlich sind wie meine, weswegen ich annehme, dass er ein Heimbewohner ist. »Hadar, Arik«, sagt Tom mit einer Geste zu den beiden, »das sind Lena und Amir.« Ich bin mir nicht sicher, wer von den beiden wer ist. Israelische Namen haben meistens kein Geschlecht. »Hi«, sage ich übertrieben herzlich, ich kann es nicht leiden, wenn ich eifersüchtig bin.

Der Regen hat aufgehört. Wir spazieren in einen kleinen Park hinein. Menschen laufen mit ihren Hunden vorbei, ein halbes Dutzend Teenager schubsen sich gegenseitig über den Weg. »Hier«, sagt das Mädchen, das entweder Hadar oder Arik heißt, und setzt sich auf eine Bank. Tom lässt sich neben ihr nieder.

»Und Amir und ... – ich meine, was ist mit den Jungs?«, frage ich.

»Die kommen schon klar«, sagt Tom, und tatsächlich verhalten sich die beiden Autisten, als wären sie an Ausflüge mit Pausen gewöhnt, Amir setzt sich auf den Boden und lässt konzentriert den Dreck durch seine geballten Fäuste gleiten, der andere stellt sich hinter das Mädchen, nimmt ihre Haare und kämmt sie mit seinen Fingern.

Sie lacht. »Arik, du wärst ein phantastischer Friseur«, sagt sie. Jetzt, wo ich ihren Namen weiß, setze ich mich auch auf die Bank.

»Hast du ein Feuerzeug?«, fragt Tom. Ich gebe ihm meins. Erst beim zweiten Hinsehen merke ich, dass das, was er anzündet, ein Joint ist. Ich versuche, nicht allzu nervös auszusehen. In einem fremden Land mit Drogen erwischt zu werden steht auf der Liste der Dinge, die ich nie erleben möchte, ziemlich weit oben. Ich ziehe einmal und gebe ihn an Hadar weiter, eine Welle der Benommenheit wabert durch meinen Kopf. Hadar nimmt einen tiefen Zug, inhaliert und nimmt noch einen. Dann legt sie mit einer eleganten Bewegung den Kopf zurück, zieht dabei ihr Haar aus den Händen des Autisten hinter ihr und lockt: »Arik, komm.« Auch das macht er nicht zum ersten Mal, ohne jedes

Zögern beugt er seinen Kopf über ihr nach oben weisendes Gesicht und atmet tief den Rauch ein, den sie ihm entgegenbläst.

»Bist du sicher, dass sich das mit seinen Medikamenten verträgt?«, frage ich. Tom und Hadar sehen sich an und lachen.

»Es wirkt wahrscheinlich noch besser«, sagt Tom, greift in die Tasche seiner Jeans, zieht einen Zigarettenstummel hervor und gibt ihn Amir, als wäre es ein Kaugummi. Der Autist nimmt das Stück Kippe in Zeitlupe entgegen und steckt es sich sofort in den Mund. »Der Junge will auch was vom Leben haben«, sagt Tom achselzuckend, als er mein Gesicht sieht.

Als der Joint aufgeraucht ist, steht Hadar auf und verabschiedet sich mit je zwei Küsschen auf unsere Wangen. Tom blickt ihr hinterher, wie sie langbeinig um die Ecke schreitet, und fragt: »Wie findest du sie?« Gestern Abend hat er noch gefragt, ob ich ihn heiraten will, und nun soll ich ihn wegen einer anderen Frau beraten?

»Wenn ich ein Mann wäre, würde ich wahrscheinlich auf sie stehen«, antworte ich halbwegs neutral.

»Da wärst du nicht der erste«, sagt Tom leichthin, »ich war zwei Jahre mit ihr zusammen.«

»Ach.«

»Nicht jede rennt weg, wenn sie mich sieht.«

»Redest du gerade über mich?«

»Durchaus.«

Ich bekomme Herzklopfen und fühle mich auf dieser Parkbank ausgeliefert. Er schaut mich an, voll ins Gesicht, ich erkenne die Sprenkel in seinen Augen. Mein Mund wird trocken.

Auf keinen Fall, das kann ich überhaupt nicht gebrauchen.

Ohne seinen Blick von meinem Gesicht abzuwenden, schiebt er seine Hand zentimeterweise nach vorn, bis sie mein linkes Knie erreicht. Langsam streicht er meinen Oberschenkel entlang, bis die Fingerspitzen meine Hüfte berühren, dort lässt er die Hand liegen. Seine Schaufelhand auf dem Stoff meiner lächerlichen Hose. Ich würde gerne aufstehen, aber meine Beine haben Schüttelfrost. Ich versuche ein Lächeln, um den Bann zu brechen. Er lächelt nicht zurück, sieht mich weiter unverwandt an. Verdammt, was mache ich hier, was macht er mit mir, so war es nicht gedacht, so war es nicht – dann lasse ich meinen Kopf nach vorne fallen, vergrabe mein Gesicht in der Kuhle zwischen seinem Hals und seiner Schulter und atme seinen Geruch ein. Seine rechte Hand drückt meinen Oberschenkel ein bisschen zusammen, seine linke wandert über meinen Rücken, überquert eine Schulter und schiebt sich mit den Fingerspitzen in den Ausschnitt meines T-Shirts. Ich hebe den Kopf, sehe ihn an. Seine Hand streichelt meinen Hals. Sein Blick ist mir ein Rätsel.

8

Irgendwo in Deutschland klingelt ein Telefon. Dann fällt etwas krachend auf den Boden, wird aufgehoben und die Stimme von Natalie krächzt halb wütend (welches Arschloch ruft um diese Zeit an?), halb besorgt (ist etwas passiert?) in den Hörer: »Ja?«

»Entschuldigung, dass es so spät ist«, sage ich.

»Lena«, kommt es nicht sehr überrascht zurück.

»Ich brauche deinen Rat.«

»Sag schon«, fordert sie gähnend.

»Soll ich einen Kerl, den ich kaum kenne, aber mag, heiraten, damit er einen deutschen Pass kriegt?«

»Was?«

»Soll ich einen Kerl, den ich –«

»Ich habe schon verstanden. Nein. Sollst du nicht. Wieso. Spinnst du? Es ist zwei Uhr nachts.«

»Sogar drei Uhr.«

»Bei dir ist eine Stunde später, Schwachkopf.«

»Ich habe mich doch schon entschuldigt. Du meinst also, ich soll ihn nicht heiraten? Wieso nicht?«

»Liebst du ihn?«

»Ich kenne ihn erst seit einer Woche.«

»Das ist keine Antwort.«

»Eine bessere habe ich gerade nicht.«

»Warum solltest du ihn denn dann heiraten. Spinnst du?«

»Das hast du eben schon gefragt. Die Antwort sollte dir klar sein.«

»Hör zu, ich habe keine Ahnung, worum es geht, aber ich bin sicher, dass das einer dieser Pläne ist, der vielleicht mit deiner eigenen Sonderlogik Sinn ergibt, den aber niemand sonst verstehen kann.«

»Falsch. Ich weiß, es klingt komisch, aber ich glaube, ich sollte es machen.«

»Warum?«
»Ich habe das im Gefühl.«
»Nicht sehr überzeugend.«
»Ich weiß.«
»Wieso fragst du mich dann?«
»Keine Ahnung. Vielleicht wollte ich deinen Segen haben. Ich dachte, du verstehst mich.«
»Tut mir leid, ich verstehe gar nichts.«
»Ich möchte einfach mal etwas tun, was nicht nur für mich ist.«
»Noch mehr? Du machst doch gerade so etwas wie Sozialarbeit, oder?«
»Das reicht nicht.«
Wir schweigen eine Weile. Mein Herz klopft ins Leere. Dann meldet Natalie sich wieder.
»Willst du wissen, was ich denke?«
»Her damit. Bitte.«
»Du bist doch in ihn verliebt.«
»Sehr originell. Warum?«
»Ich habe das im Gefühl?«
»Nicht sehr überzeugend.«
»Tja, aber dagegen kannst du nicht argumentieren.«
»Hm.«
»Wem sagst du das.«
»Hm.«
»Ich habe noch eine Frage. Kommst du bald von diesem seltsamen Trip herunter?«
»Welchem Trip«, entgegne ich verärgert.
»Ach, ich meine die Kleinigkeit, dass du mal eben kurz vor dem Diplom, von einer Woche auf die andere beschlossen hast, deinen Freund und das Land zu verlassen, um – wie war das: deine Seele zu retten? Man kann auch weniger dramatisch an seiner Persönlichkeit arbeiten, weißt du?«
»Musst du unbedingt väterlicher klingen als mein Vater?«
»Beantworte meine Frage: Wann kommst du wieder?«
»Vielleicht«, antworte ich und lege auf.

9

»Das klingt, als müsste ich eine Spermaprobe abgeben, damit sie wissen, dass ich zur Zucht geeignet bin.«

Der Text auf dem Computer-Bildschirm vor uns ist mehrere Seiten lang. Gerade habe ich versucht, Tom den besonders monströsen Begriff »Ehefähigkeitszeugnis« zu übersetzen.

»Hier steht, es geht darum, zu beweisen, dass du nach den Gesetzen deines Landes heiraten darfst.«

»Und wie soll ich das machen, Lena?«

»Ich nehme an, der Staat Israel muss dir ein paar Dokumente faxen.«

Er seufzt. »Ich würde lieber in ein Reagenzglas wichsen.«

»Das wäre uns allen lieber.«

»Wahnsinn, diese Formalitäten.«

»Dachtest du, wir schicken dem Amt einfach ein Foto von einem Hochzeitskuchen, damit sie unsere Ehe anerkennen?«

»Nein. Aber ich weiß nicht, ob Israel diesen Ehefähigkeitskram ausstellt.«

»Wieso sollten sie nicht?«

»Weil bei uns offiziell nur religiös geschlossene Ehen gelten. Zwischen Juden. Kein Rabbi würde mich mit einer Christin verheiraten.«

»Ist nicht dein Ernst.«

»Doch. Sie erkennen es im Nachhinein an, wenn man im Ausland heiratet, aber sie werden uns kaum offiziell die Erlaubnis geben.«

Mir fällt auf, wie absurd es ist, dass ich mir Gedanken ums Heiraten mache, vor einem Vierteljahr wollte ich nicht einmal zusammenziehen mit dem Mann, den ich wahrscheinlich doch noch irgendwie geliebt habe.

»Wir finden einen Weg. Wir sind sicher nicht die Ersten, die das machen.« Er klingt zuversichtlich.

»Was machen wir denn nur, wenn wir nach Deutschland fahren, heiraten und nach drei Wochen anfangen, uns zu hassen – o Gott. Das kann nicht passieren, oder?«, frage ich nach einer Pause.

»Klar kann es«, antwortet er ruhig.

»Du weißt schon, dass wir zwei Jahre zusammenbleiben müssen. Offiziell.«

»Weiß ich, aber das Risiko würde ich eingehen. Wenn du willst.«

»Hm«, mache ich zweifelnd.

»Was haben wir schon zu verlieren?«

»Kleinigkeiten. Geld, Freiheit.«

»Dazu wird es nicht kommen.«

»Woher weißt du das?«

»Ich weiß es eben. Du kannst mir vertrauen, Lena. Ich werde dir keine Probleme machen. Wenn dich das Ganze irgendwie in Gefahr bringt, bin ich schneller wieder in Israel, als du ›Bleib doch, Schatz‹ sagen kannst.«

Ich gucke auf den Bildschirm:

»Das Eingehen einer (Schein-)Ehe mit einem Ausländer allein zu dem Zweck, diesem den Aufenthalt in Deutschland zu ermöglichen, erfüllt den Straftatbestand des Einschleusens von Ausländern iSd § 92 a AuslG. Beschluss des OLG Düsseldorf vom 22. 12. 1999.«

Nachdem ich Tom den Text übersetzt habe, sagen wir zehn Minuten lang gar nichts.

»Ich kann verstehen, wenn du es nicht machen willst«, bietet Tom schließlich zögernd an.

»Ich auch.« Mir war klar, dass eine Scheinehe strafrechtlich mehr ausmachen musste als Kaugummidiebstahl. Aber *Einschleusen von Ausländern*? »Mein Gott, es klingt, als ginge es um Krankheiten«, sage ich. Ich denke an das Gespräch vor drei Nächten, mit Natalie, erinnere mich an die Sorge in ihrer Stimme. »Was ist besser: es riskieren oder es sein lassen – und immer denken, dass ich etwas verpasst habe?«, frage ich in den Raum hinein. Tom wartet ab. Ich schlage mit der flachen Hand auf den Tisch. »Scheiß auf alles, wir machen es.« Er öffnet weit die Augen.

»Wirklich?«

»Ja, in Gottes Namen, in wessen Namen auch immer.«

»Darf ich die Braut umarmen?«

»Ja. Schnell.«

Er legt seine Arme um mich, ein fester Ring aus Knochen und Muskeln.

»Außerdem gibt es ja immer noch Eheverträge«, murmele ich in seine Brust hinein.

10

Es ist einfach, sich mit Tal zu verabreden. Man stellt sich auf die Straße und brüllt seinen Namen. Er hat einen Balkon im zweiten Stock, der zur Straße herausgeht, und sein Haus ist praktischerweise nur ein paar Schritte von Toms Wohnung entfernt. Ich bin nicht sicher, ob ich ihn mag. Er ist ein Aufreißer-Typ, aber er ist Toms bester Freund, und dafür kriegt er von mir einen Sympathie-Vorschuss, neun von zehn möglichen Punkten.

Das La Tortuga ist so etwas wie die Stammkneipe der beiden, falls sie so etwas überhaupt haben, denn wenn sie zusammen losgehen, meinte Tom, drehen sie meistens eine Runde durch den ganzen südlichen Teil der Stadt und halten überall, wo Bier gezapft wird. Und wo es hübsche Frauen gibt, darauf besteht Tal, deswegen überlässt Tom meistens ihm die Entscheidung. »Er läuft in einen Laden rein, und nach zehn Sekunden kann ich an seinem Gesicht sehen, ob wir bleiben oder weiterziehen«, hat Tom erzählt. Ihm war es peinlich, das hat mich neugierig gemacht.

Nun sitzen Tal und ich also an der Theke im La Tortuga. Tal trinkt Bier aus einem Halbliterglas, Weihenstephan Pils, ausgerechnet, ich nippe an meinem Milchkaffee. Endlich verstehe ich, warum ich Milchschaum so gerne mag: Ich wollte schon immer den Schaum in der Badewanne essen. Wir warten auf Tom, der noch Geld ziehen wollte, bevor wir die Verlobung feiern. Es ist wirklich nett im La Tortuga. Kleine, dunkle Holztische, orangefarbenes Licht, eine schwangere Barkeeperin, und aus den Lautsprechern singen die Beatles.

Tom liebt die Beatles. Ich bin mir sicher, wenn er könnte, würde er eine Zeitreise in die 60er antreten, zu langen Haaren, freier Liebe und so weiter. Er hat nicht diesen Hippie-Hass wie viele Leute in unserem Alter. Ich nehme an, sie können es denen einfach nicht verzeihen, dass ihre Ideen gescheitert sind. Jetzt müssten sie sich selber neue Ideen ausdenken, aber die interessanten Konzepte scheinen alle verbraucht zu sein. Leichter ist, sich mit einer Wand aus Sarkasmus gegen alles Bunte, Blumige abzugrenzen.

Etwas ist in Gang gekommen, bei der Arbeit schmelzen die Stunden, die sich sonst immer ewig dahingezogen haben, einfach eine nach der anderen weg. Olga hat uns den Gefallen getan, krank zu werden, also hatten Tom und ich das Sagen, und wir feierten unsere neue Macht, als gebe es kein Morgen. Am ersten Tag waren wir noch vorsichtig. Ab dem zweiten setzten wir nach und nach alle Vorschriften außer Kraft, die uns schon immer genervt haben. Wir gingen zwar mit den Autisten in die Werkstatt, aber ob gearbeitet wurde oder nicht, war egal. Die einen kauten auf den Hustenbonbons herum, andere kneteten ihre Ohren oder sangen ihre seltsamen, wortlosen Lieder, während Tom und ich im Türrahmen standen, Zigaretten rauchten und einander angrinsten. Amir konnte man zu allen Zeiten in seinem Zimmer finden, wo er mit heruntergelassenen Hosen auf dem Teppich herumrutschte, bis er befriedigt aufseufzte. Wir warfen die orangefarbenen und die grünen Teller durcheinander, verteilten völlig unkoschere Sandwiches mit Wurst und Frischkäse, einmal stellten wir sogar die Boxen des Computers in die Fenster und tanzten mit Amir, Hadar und Arik im Innenhof. Wir hatten befürchtet, dass wir zu weit gehen könnten, aber niemand hatte etwas gegen unsere Arbeit. Nur die Socken der Autisten legten wir vor dem Duschen in der gewohnten Reihenfolge in den Wäschekorb, das war wichtig.

Tal hat den Kopf in die rechte Hand gestützt, und schaut seit geraumer Zeit in die gleiche Richtung, als wollte er die Etiketten aller Flaschen in der Bar auswendig lernen. Sein violett gemustertes Hawaiihemd steht weit offen, hellbraune Haare wachsen auf seiner Brust, wie Moos auf einem Baumstamm, was seinem jungen Körper eine seltsame Reife gibt. Er erinnert mich an ein Tier, aber ich komme nicht darauf, an welches. Ein Kalb vielleicht, sein Hals ist kurz und kräftig, aber ein Kalb ist zu langsam, Tal ist schnell, seine Augen wandern flink von einer Flasche Whiskey zur nächsten. Er dreht seinen Kopf zu mir, hebt eine Hand und wedelt mir damit vor den Augen herum. Ein Affe. »Träumst du?« Ich schüttele den Kopf. Das werde ich oft gefragt, ich hasse es.

»Nein«, sage ich. »Was meinst du, was für ein Tier könnte ich sein?«

Die Frage scheint ihn nicht zu überraschen. Er überlegt, macht ein ernstes Gesicht. »Ein Eichhörnchen.«

»Oh, bitte!«, rufe ich angewidert. Irgendjemand hat mal gesagt, dass Eichhörnchen immer aussähen, als würden sie sich fragen, ob sie das Bügeleisen zu Hause angelassen haben.

»Man kann sich sein Tier nicht aussuchen«, erklärt Tal weise und wirft einen intensiven Blick auf die Barfrau, die sich nach einer Flasche Whiskey reckt. »Ich bin ein Panther«, meldet er ungefragt.

»Darauf wäre ich nie gekommen«, entgegne ich grinsend.

»Liegt doch auf der Hand, Panther sind stark und schlank und schnell. So wie ich eben«, verkündet Tal großspurig. Ich mustere ihn genauer. Die Schatten um seine Augen sind ziemlich groß.

»Ich denke bei dir eher an einen Waschbären«, sage ich.

»Unmöglich«, erwidert er empört, »Waschbären sind dumm. Sind das nicht die Viecher, die in Mülltonnen leben? Degenerierte Bastarde.« Ich lege ihm eine Hand auf die Schulter.

»Man kann sich sein Tier nicht aussuchen«, sage ich. Er grinst und wiegt seinen Kopf wie ein Geisteskranker.

»Touché.«

Ein Mädchen im roten T-Shirt läuft an uns vorbei und setzt sich drei Stühle weiter an die Bar. Tal mustert sie und versucht sofort, ihren Blick einzufangen.

»Was für ein Tier könnte Tom sein?«, frage ich. »Ich würde sagen: ein Hund. Ein hübscher, großer Hund.«

Tal schüttelt den Kopf. »Kein Hund«, sagt er bestimmt, »eher das Gegenteil. Eine Katze.«

»Hunde sind das Gegenteil von Katzen?«

»Du weißt schon.«

»Weil er weich und verschmust ist?«

Tal tippt sein Glas rhythmisch auf die Theke. »Nein, weil er sehr, sehr unabhängig ist. Und weil er gerne spielt.« Es entsteht eine Pause.

»Ich weiß nicht, ob mir das gefällt«, sage ich langsam. Das Mädchen mit dem roten T-Shirt guckt herüber, Tal lächelt breit, sofort schaut sie wieder weg. Tal zuckt die Schultern.

»Man muss ihn nehmen, wie er ist. Viele Leute haben ein Problem mit ihm. Er sagt, was er denkt, und das kommt natürlich nicht immer an. Und er macht sich nicht gerade beliebter damit, dass er allen erzählt, wie scheiße er es hier findet. Das ist gegen diesen ganzen Mythos, du weißt schon, Israel, das Gelobte Land, und so weiter. Die Leute denken sich: Unsere Großeltern haben hart daran gearbeitet, dieses Land aufzubauen, das lassen wir uns doch nicht von einem dahergelaufenen Hippie-Bengel kaputtreden.«

»Tal, ich wollte dich ohnehin fragen …–«

»Hast du einen Stift?«, unterbricht er mich.

»Ja, warum?«

»Gib«, verlangt er.

Er nimmt den Filzdeckel unter seinem Glas weg und schreibt etwas darauf. Dann schiebt er ihn mit Schwung zu dem Mädchen hin und wendet sich wieder mir zu.

»Was war die Frage?«, will er freundlich wissen.

»Was du von dieser Heiratsgeschichte hältst.« Ich lächele verlegen. »Nach außen hin wirkt es komplett wahnsinnig, oder?«

»Eigentlich nicht«, antwortet er sofort, »es passt zu Tom. Und wenn ihr beide da ähnlich gestrickt seid …«

»Aber warum will er so dringend weg?«

»Hat er dir das nicht erklärt?«

»Doch. Nein. Nicht so richtig.«

»Moment mal, du willst ihn heiraten, weißt aber gar nicht, warum?«

»Er hat mich darum gebeten.«

»Verstehe. Und da hast du einfach ja gesagt.«

»Mehr oder weniger, ja.«

»Gib mir deine Kreditkarte.«

»Was?«

»Ich meine: bitte. Bitte, Lena, gib mir deine Kreditkarte.«

»Sehr witzig. Ein bisschen mehr Mühe musst du dir schon geben, sonst falle ich nicht darauf rein.«

»Das heißt, wenn die Geschichte gut genug ist, kriege ich deine Kreditkarte?«

»Vielleicht. Ich bin im Moment zu ziemlich vielem fähig.«

Er lacht. »Entweder du bist naiv, oder du bist ein echter Menschenfreund.«

»Wahrscheinlich ein bisschen von beidem«, sage ich ungeduldig, »aber was ist mit Tom?«

Der Bierdeckel kommt zurück. Er liest, was das Mädchen unter seinen Text geschrieben hat, verzieht das Gesicht, murmelt: »Hat natürlich einen Freund«, nimmt den Stift, dreht den Deckel um, schreibt zwei Zeilen und schickt den Deckel wieder auf die Reise.

»Tja … Tom …«, sagt er. »Ganz ehrlich, ich verstehe Tom nicht. Ich sehe auch, dass hier viel Scheiße passiert, aber ich könnte niemals weg. Tel Aviv ist … so wie hier ist es nirgends.« Er grinst und schüttelt den Kopf. »Ich kann das nicht erklären. Es ist mein Zuhause, und das wird es immer bleiben.« Sein Blick wandert wieder zu den Flaschen, scheint aber durch sie hindurchzugehen.

Der Bierdeckel schlittert über die Theke, ich stoppe ihn und gebe ihn an Tal weiter. Er liest, lächelt, soweit ich sehen kann, stehen Zahlen darauf, und steckt den Deckel in seine Jackentasche.

»Ich habe neulich einen Film über die Nazizeit bei euch gesehen«, sagt Tal. Er hebt die Hand, ich zucke ein bisschen zusammen, er kratzt seinen Kinnbart.

»Jude«, sagt er auf einmal, auf Deutsch.

»Was?«

»Das kam in dem Film vor. Ein Mann musste es auf sein Schaufenster schreiben, quer drüber, mit Farbe. Benutzt ihr dieses Wort noch?«

»Ja.« Ich probiere ein Lächeln. Es bleibt irgendwo in meinem Gesicht hängen.

»Heißt das, wenn ich jetzt nach Deutschland fahre, würde man Jude zu mir sagen?«

»Nicht wirklich. Du sagst ja auch nicht Christ zu mir.« Er stutzt.

»Ist Jude nicht ein Schimpfwort?«

»Nein. So heißen einfach die Leute, die jüdisch glauben.«

»Ach«, sagt er nachdenklich. »Ach.«

Ich fürchte mich ein wenig vor dem, was er als Nächstes sagen wird.

»Und ›Judenschwein‹, was ist das?«

»Das ist ein Schimpfwort.«

»Ist das so was wie ›Scheiße‹?« Heftig schüttele ich den Kopf.

»Nein, das, das ist diskriminierend, das benutzt man nicht mehr.«

»Hm«, macht er unbeeindruckt. »Wie ist es, das Monster zu sein?« Er hebt sein Glas und trinkt, bis nur noch ein kleiner Rest Schaum darin ist. Scheinbar genießt er es.

»Das was?«

»Vergiss es.« Er macht eine wegwerfende Handbewegung, mit der er sein Glas umwirft. Ich kann es gerade noch auffangen.

»Tal, dein wievieltes Bier war das?«

»Das dritte. Wenn Tom nicht gleich kommt, trinke ich noch eins.« Er schaut nach der Kellnerin und sieht, dass sie in einer winzigen Küchennische neben der Theke konzentriert Gurkenscheiben auf ein aufgeklapptes Käsesandwich legt.

»Vielleicht will Tom ja die Seite wechseln«, meint er unvermittelt.

»Hä?«

»Na ja«, sagt Tal gedehnt, »es ist schon so eine Sache mit den Leuten hier. Es steckt uns stark in den Knochen, dieses Gefühl, dass die ganze Welt uns an den Kragen will. Wenn man dann ausgerechnet eine Deutsche heiratet ... versteh mich nicht falsch, aber dann wechselt man eben sozusagen die Seite.«

»Aber«, sage ich, »das kann er doch nicht ernsthaft ...«

»Hey Tom!«, ruft Tal. Ich drehe mich um, Tom steht ein paar Meter weiter vorne an der Tür, die Klinke in der Hand.

»Sag ihm nicht, was ich dir hier erzählt habe, okay? Ist vielleicht auch kompletter Blödsinn. Mach dir keine Sorgen, mit euch wird alles gut«, flüstert Tal.

»Okay«, verspreche ich verwirrt.

»Tom, wenn du etwas zu essen sein könntest, was wärst du?«, ruft Tal Richtung Tür.

»Eine Ananas!«, antwortet Tom, »feiern wir jetzt endlich?«

»Ananas«, murmelt Tal, während er ein übertrieben hohes Trinkgeld für die Kellnerin aus seinem Portemonnaie klaubt, »der hat ja keine Ahnung, wovon er redet. Ananas, ich lach mich tot.«

Zwanzig Minuten Taxifahrt vom La Tortuga entfernt ziehe ich die Tür zur nächsten Bar auf und werde sofort in ein vollkommen magisches Ding gesaugt, da ist ein Knäuel aus Menschen, die sich tanzend und hüpfend umeinanderwickeln, einige schreien. Es gibt eigentlich keinen Platz zum Tanzen, außer dort, wo das Büffet steht, niemanden scheint es zu stören, dass der Schal eines Mädchens mit einer blutüberströmten Plastikmaske auf dem Kopf bei jeder Drehung gefährlich nah an einer Schale mit Joghurtsauce vorbeischleift.

Als Tom mir vorgeschlagen hat, auf eine Purim-Party zu gehen, war ich erst ein bisschen genervt, denn Purim ist israelischer Karneval, und den Karneval, wie ich ihn in Deutschland kenne, hasse ich. Weil er erst ab dem vierten Bier funktioniert, und dieses ganze Getue mit schlechter Musik und hässlichen Kostümen, Blechorden und Witzen, die erst ab dem fünften Bier lustig werden, doch irgendwie unwürdig ist. Am meisten hasse ich die Clowns. Ich habe einmal eine Dokumentation über einen professionellen Clown gesehen, der sich mit Fettcreme und Watte das riesige Lächeln vom Gesicht gewischt hat. Darunter waren die staubfarbenen, dünnen Lippen eines kleinen Kerls, der vor laufender Kamera die Nachbarskinder anschrie. Ich schwöre, dieses Bild verfolgt mich in meinen Träumen. Ich halte das Konzept des Clowns für einen Irrtum.

Aber das hier ist anders, hier sind keine Komiker und Prinzessinnen unterwegs, sondern bizarre Phantasiemenschen, in Tüchern und Masken und Hüten, es sieht so gar nicht wie die besoffenen Kindergeburtstage aus, die bei mir zu Hause unter dem Titel Karnevalsparty laufen.

Ein Mädchen kommt mir entgegen. Sie trägt ein perlmuttfarbenes Bikinioberteil und mustert mich ausgiebig durch fast bodenlange Plastikwimpern. Im nächsten Moment beugt sie sich vor: »Warum hast du dir nicht was anderes angezogen, ich meine, uuh, etwas mit, uuh, uuh«, raunt sie und drückt im Rhythmus der »uuhs« ihre Brüste zusammen. Zum ersten Mal in meinem Leben bekomme ich ernsthaft Herzklopfen, weil ein Mädchen mit mir flirtet. Ich bin außerdem sehr geschmeichelt und werde zu Stein. Bevor mir etwas Schlaues, Witziges oder Laszives einfallen kann, hängen mir türkisfarbene Zöpfe ins Gesicht. Sie hat mir eine Perücke aufgesetzt, flüstert: »Du kannst die hier tragen« und verflüssigt sich in Richtung Büffet-Tanzfläche.

Zum Tanzen sind wir noch nicht locker genug, wir setzen uns also, Tom, seine beiden Freunde Tal und Jarif und ich, an die Bar, eine glänzende, U-förmige Holztheke, deren Sitze zur Hälfte aus Schaukeln bestehen, die an dicken Seilen von der Decke hängen. »Wieso haben wir uns keine Kostüme besorgt«, hat Tom auf dem Weg immer wieder gejammert. In den Stunden, in denen die Läden noch geöffnet waren, haben wir faul auf dem Sofa gelegen. Ich habe das Problem nicht gesehen. Jetzt verstehe ich. Alle, wirklich alle haben sich verkleidet, und es macht ganz eindeutig Sinn, hier kann, nein, hier will man verkleidet sein. Ich fühle mich sofort viel besser in meiner türkisfarbenen Perücke. Jemand reicht den Jungs Federboas und glitzernde Masken, und so albern der Anblick sein könnte, so unfassbar gut und richtig sehen sie genau jetzt darin aus. Was natürlich auch an der Stimmung liegt und an dem Licht und der Musik und daran, dass uns der als Teufel verkleidete Besitzer des Ladens später in sein unfassbar vermülltes Zimmer im zweiten Stock führt, wo ich zum ersten Mal eine Shisha rauche und danach zunächst denke, dass der Abend für mich gelaufen ist, weil der Apfeltabak meinen Magen schräglegt, aber irgendwie geht es doch weiter. Ich sehe Tom an, der seinen Kopf im Takt der Musik hin- und herwirft, das breiteste Lachen der Welt auf dem Gesicht, und denke kurz, es kann doch nicht sein, dass das Glück so dahergeschwommen kommt? Mir scheint, dass jede Minute dieses Abends mehr Freude enthält als ein ganzer Tag zu Hause. Tom betrachtet mich mit einem Blick, der massive Goldklumpen schmelzen könnte. Ich komme für einen Moment zu mir, um mich zu fragen: Mag er mich wirklich, oder verwechselt er mich mit jemanden, in den er sich gerade verliebt? Dann schluckt mich das Fest wieder, und als es mich Stunden später auf die Straße spuckt, lache ich unkontrolliert, weil Tal auf einmal riesige, halb zerfetzte Schmetterlingsflügel auf dem Rücken trägt, die ihm ein Passant im Vorbeigehen geschenkt hat, und nun steht er aus Gründen, die nur er versteht, mitten auf der Straße und pisst, ein zerbrochener, urinierender Nachtfalter, der ungeniert den Leuten, die sich fragend aus vorbeifahrenden Autos lehnen, den Weg zum nächsten Fest erklärt. »Es gab 120 Bombendrohungen für heute Nacht«, schreien die Leute. »Euch auch viel Spaß!«, ruft Tal zurück.

Jarif droht, nach Hause zu gehen, und bricht den Anwesenden damit fast das Herz, aber die beiden anderen Jungs fassen ihn an den Armen und zerren ihn mit zuckersüßen Worten und sanfter Gewalt die Straße hoch, er wehrt sich läppisch, halb gerührt und halb verärgert, bis es ihm schließlich selbst einleuchtet. Bei einem Straßenhändler, der eine Nachtschicht einlegt, lassen wir uns Shots mit Wodka einschenken. »Auf eure Verlobung!«, ruft Tal, wir schlucken den Schnaps, fallen uns zu viert in die Arme, und die anderen, die vorbeikommen, werfen sich einfach oben drauf.

Irgendwann später, als wir alle schon richtig betrunken sind, wird Tal mit mir darum wetten, dass er seinen Schwanz in sein Bierglas tunken wird. Ich werde 50 Schekel auf den Tisch legen, und dann wird er mitten in einer kleinen, grauen Kneipe voller Kunststudenten mit Löwenmähnen und lauter, elektronischer Musik seinen Hosenstall aufmachen.

Ich erwache mit dem Durst eines Menschen, der in der Wüste verlorengegangen ist. Sofort merke ich, dass etwas nicht stimmt. Die Zimmerdecke über mir ist weiß, nicht braun, und sie hat Risse wie ein alter Porzellanteller. Das ist nicht mein Zimmer. Ich stelle fest, dass ich alle meine Kleider noch anhabe. Kein Wunder, dass mir heiß ist, ich ziehe mir die verfilzte Perücke vom Kopf. Dann höre ich ein Seufzen. Tom. Er liegt neben mir, in engen Unterhosen und geringeltem Pullover, die Beine angezogen. Die Wimpern seiner geschlossenen Lider berühren die Wangen, und er hat einen Blasebalg verschluckt. Mit jedem tiefen Atemzug presst er Luft durch die geschlossenen Lippen. Ich weiß noch nicht mal seinen Nachnamen. Ich schwinge meine Beine aus dem Bett und strecke meine Arme Richtung Decke. Mein Kopf benimmt sich, als hätte ich auf einer vibrierenden Betonplatte geschlafen. Der Drang, mich zu sortieren, ist überwältigend. Ich denke schnell, ich wäre verliebt, aber dann ist es meistens nichts.

Eine Stunde später stehe ich auf dem Balkon. Tom tappt verschlafen um die Ecke, riesige Hausschuhe in Form zotteliger Hundeköpfe an den Füßen. Die Zigarette zwischen meinen Fingern qualmt zarte, graue Fäden in das weiße Licht der Mittagssonne. »Ich dachte schon, du wärst wieder verschwunden«, bemerkt er beiläufig, als wüsste er es besser, während er eine Plastikschüssel Hummus aus dem Kühlschrank nimmt und zwei kleine Fladenbrote auf den Toaster legt.

»Ach was«, sage ich mit einem Lächeln, so breit, dass es fast weh tut. Als ich aus seinem Zimmer herausgekommen bin, hatte ich schon die Hand an der Klinke der Wohnungstür, aber wie ein Schock ist es dann über mich gekommen: Es war zu spät. Ich wollte nicht weg. Ich wollte tatsächlich da sein, wo er ist. Ich hielt mich an der Klinke fest, ich bekam kitschige Visionen, um mein Herz herum gingen tausend Blüten auf einmal auf, ich sah mich vom Dach springen und war mir sicher, dass die Menschen, die mich von oben kommen sehen würden, ihre Hände heben müssten, um mich aufzufangen und über ihren Köpfen weiterzureichen.

Durch die offene Balkontür betrachte ich Tom, der am Herd steht und sich den Kopf kratzt, in seinem Pullover, der ihm V-förmig um den Rücken hängt, und dann tue ich es einfach, gehe hin und umarme ihn von hinten. Er langt mit einer Hand hinter sich und streichelt mir über die Hüften, als hätte er noch nie etwas anderes gemacht. Der Satz geht mir über die Lippen, bevor ich es verhindern kann: »Sind wir eigentlich zusammen?«

Schnell wendet er mir sein Gesicht zu, öffnet den Mund und schließt ihn gleich wieder. Ich bin über mich selbst erschrocken. Ich habe eine Regel gebrochen, ich habe das Ritual des Zögerns nicht eingehalten. Tom macht ein Gesicht wie ein Fisch auf dem Trockenen. Das ist doch mein Gesicht, ich mache nie den ersten Schritt, normalerweise, denke ich und lächele ihn an. Locker bleiben, ganz locker, Menschen erschrecken sich, wenn sie denken, dass man sie zu schnell zu echten Gefühlen verpflichten will. So fühlt es sich also an. Ich habe mich immer gefragt, wo die Leute den Mut hernehmen. Sich einfach herzuschenken, ohne ahnen zu können, was daraus wird. Mein Exfreund war so. Ich fürchte, ich habe ihn selbst in unseren besten Momenten auf Abstand gehalten, aus Sicherheitsgründen. Kein Wunder, dass wir nicht zusammenziehen konnten.

»Ich weiß es nicht«, sagt Tom und klappert mit den Streichhölzern.

»Ich auch nicht«, entgegne ich wahrheitsgemäß, »ich dachte nur, es wäre eine interessante Frage.«

»Klar«, sagt er. Das ganz normale Atmen fällt mir auf einmal schwer. Mit einem letzten Streicheln nimmt er die Hand weg, greift nach der Streichholzschachtel und zündet den Herd an. Ich schaue unter seiner Achselhöhle hindurch, auf die strahlend blaue Flamme. »Ich liebe Gas«, sage ich übermütig.

Er greift nach dem Wasserkessel. »Ja klar, tun das nicht alle Deutschen?«

Der Satz fällt zwischen uns wie ein Stein. Ich nehme meine Arme weg. Er dreht sich um und macht ein bestürztes Gesicht. »Hey«, ruft er überrascht, »ich wollte nicht, das war doch nur ein Witz«, er nimmt mich in den Arm, »du darfst dich von blöden Witzen doch nicht fertigmachen lassen.«

Ich drücke mein Gesicht gegen seine Brust, die warm ist und nach Schlaf und Rauch riecht, und die Schwere, die mein Herz nach unten gezogen hat, weil er mir auf einmal doppelt fern war, verflüchtigt sich. Ich kippe meinen Kopf zurück und lächele ihn an. Er lächelt zurück. »Wir sind ja so was von dritte Generation«, sagt er.

Der Balkon ist nicht schlecht, fast größer als das Wohnzimmer, es gibt noch ein Sofa, einen Blumenkasten mit vertrockneten Stängeln und einen weißen Plastiktisch. Direkt gegenüber steht ein Haus mit einem Balkon auf gleicher Höhe, auf dem eine alte Frau an einem identischen Plastiktisch sitzt, Tomatensalat isst und uns beobachtet. Tom stört es nicht. »Endlich Essen«, ruft er, reißt ein Stück Fladenbrot ab, zieht es durch den Kichererbsenbrei, kaut und schmatzt ein bisschen, und das alles scheint mir so vertraut, als hätten wir unser ganzes Leben auf diesem Balkon verbracht. Mit zwei Fingern breche ich ein Stück Brot ab, es ist weich, weiß und glänzend, Sesamkörner kleben auf der Kruste, es schmeckt süß.

Eine frische Brise kommt vorbei und bläst den Rauch der Zigarette weg. Ich verschlucke mich. Tom klopft mir auf den Rücken. Als ich wieder Luft bekomme, lässt er seine Hand liegen. »Lass uns einen Ausflug machen, ich habe ein Auto«, schlägt er vor. Ich nehme einen Schluck aus meinem Glas. Es ist bloß Wasser, aber ich könnte schwören, dass es mir zu Kopf steigt.

»Okay«, sage ich. Er lächelt.

»Wie können wir zusammen sein, wenn wir uns noch nicht einmal geküsst haben?«, fragt er nachdenklich. Ich sehe ihn mir an, wie er seine bloßen, kaum gebräunten Arme auf dem weißen Plastiktisch abstützt, auf seiner Oberlippe ist ein zarter, goldener

Flaum, den man nur in diesem Licht und von der Stelle aus, wo ich stehe, sehen kann.

»Ach, was soll der Geiz«, erkläre ich gut gelaunt und stelle mein Glas auf den Tisch. Bevor er reagieren kann, küsse ich ihn, dass der alten Frau auf dem Balkon vor uns die Brille in den Tomatensalat fällt.

Minuten später, im Schlafzimmer, ist mein Mut schon wieder irgendwo, wo ich ihn nicht finden kann. »Was ist los?«, fragt Tom. Sein Gesicht sieht so offen aus, dass ich sofort weinen könnte. Für ihn scheint alles klar zu sein. Für mich fühlt es sich an, als würde mir demnächst die Stirn platzen.

Es erscheint so sinnlos, mich auf jemanden einzulassen, alles in mir rät dringend, in Deckung zu gehen. Es ist immer so leicht, etwas anzufangen, und so schwer, damit aufzuhören. Warum lieben, warum immer wieder zu lieben versuchen, wenn doch so vieles dafür spricht, dass Menschen einfach nicht zusammen glücklich werden können? Mir wird eiskalt, wenn ich alte Paare in Parkcafés sitzen sehe, still, frustriert und scheinbar überhaupt nicht schlau geworden. Mir ist danach, mich an Toms bunt gestreifte Brust zu werfen und zu heulen, hemmungslos wie eine Sechsjährige, deren Hund im Gartenteich ertrunken ist, und die zum ersten Mal begreift, dass nicht immer alles wieder gut wird. Aber ich behalte stumm die Kontrolle und kämpfe mit mir, während er vor mir auf dem Bett sitzt und mich freundlich und verwirrt betrachtet, denn das ist es ja, was man beim Älterwerden vor allem lernt, aus so vielen Gründen: Vorsicht. Auf eine unbestimmte Weise wünsche ich mir, dass er mir über die Haare streicht und dass damit alles getröstet und vergeben ist, was ich jemals in der Liebe falsch gemacht habe, dass ich wie nebenbei das Herz von jemandem gebrochen habe, als ich nach Israel gegangen bin, weil ich mehr Lust hatte, mich mit mir selbst zu beschäftigen als mit ihm. Aber ich kann Tom unmöglich bitten, mir etwas zu verzeihen, das nichts mit ihm zu tun hat. Also rede ich in der wortlosen Sprache, die er versteht, ein paar seiner Haare verfangen sich zwischen unseren Mündern, ich fühle an seinen Lippen, dass er lächelt, und stelle mir vor, dass die alberne, kürbisförmige Nachttischlampe dieses goldene Licht auf ihn wirft, meine Kehle wird eng, und ich fürchte, dass er sich vielleicht gleich unter meinen Händen auflösen wird. Der Pullover, den er trägt, ist kratzig und wollig und bereits vertraut, die Haut darunter glatt und warm wie Wachs, das in der Sonne gelegen hat. Aber es ändert nichts, die Alarmglocken in meinem Kopf werden lauter. Und dann fällt mir ein, dass er ja kein Deutsch versteht, und ich erzähle ihm alles, flüstere ihm zwischen den Küssen meine ganze Angst zu. Er fährt mir mit den Fingern durch die Haare, ich erkläre hastig: »Ich würde dir so gerne trauen, aber ich habe Angst, dass wir uns unglücklich machen, dass es ein Fehler ist, dich näher an mir dran zu haben, ich weiß doch gar nicht, wer du bist.« Und während ich das sage, öffnet er auf einmal die Augen und sieht mich überrascht an. Einen Moment lang glaube ich, dass er alles verstanden hat, aber dann macht er ein schnurrendes Geräusch und sagt auf Englisch: »Hey ja, erzähl mir sexy Zeug.« Ich brauche eine Sekunde, um zu begreifen. Dann muss ich wirklich beinahe lachen, aber ich rede weiter, es tut gut, alles sagen zu können, gerade weil er es komplett falsch versteht. »Wozu ist es denn gut«, sage ich in dieser erstickten Stimme, die wirklich ein bisschen nach Schlafzimmer klingt, ziehe wie nebenbei meinen Pulli aus, mein Bauch wird sofort orange eingefärbt von der Kürbislampe, »Wer bist du bloß?«, er legt seine Arme um mich, unsere Bauchnabel berühren sich, ich fahre seine Augenbrauen mit der Unterlippe nach und flüstere: »Tom.«

Dann schläft er wieder. Ich kann nicht, liege einfach daneben, mit dem Rest seiner Wärme auf meiner Haut. Er hat mir durch den Vorhang meiner Haare ins Gesicht gesehen, während wir uns bewegt haben, seine Augen standen offen. Auch seine Hände waren vorsichtig, als hätte er Angst, mich zu zerbrechen. Sein honigfarbener Körper in dem Zimmer mit Lichtpunkten auf den Vorhängen, seine Unterhose schwarz wie ein Zensurbalken.

Jetzt liegt er unter der nackten Glühbirne, die von der Decke hängt, und einer himmelblau gestreiften Bettdecke. Er liegt auf meiner Hand, die langsam taub wird, aber das stört mich nicht. Im Gegenteil, es beruhigt mich. Also bleibe ich einfach und höre dem Geräusch der Luft zu, die in den Menschen neben mir eingesaugt und wieder ausgestoßen wird. Einfach machen, das ist der Trick. Machen macht glücklich.

Nach einer Weile begreife ich, dass ich nicht wieder einschlafen werde. Also stehe ich doch auf, sobald das Gefühl seiner Wärme an meiner Haut abgeklungen ist. Ganz langsam ziehe ich meine Hand unter seinem Rücken hervor, strecke meinen tauben Arm Richtung Decke mit dem Gefühl, dass alles an mir klebt. Ich habe schrecklichen Durst, aber die Wasserflasche, die neben dem Bett steht, ist leer. Ich suche in meinem Geldbeutel nach Kleingeld, finde keins, zögere kurz und nehme dann Toms Portemonnaie vom Tisch, ein glänzendes Rechteck aus braunem Leder. Ich klappe es auf und nehme ein paar Münzen aus dem Kleingeldfach, er sollte jetzt nicht aufwachen und mich für eine Heiratsschwindlerin halten, die hinter seinem Kleingeld her ist. Er atmet tief und ruhig. Unschlüssig betrachte ich das Portemonnaie, meine Neugier ist wach, und ich kenne mich gut genug, um zu wissen, dass sie sich nicht so leicht wieder schlafen legt. Vorsichtig gehe ich mit den Fingern über die Schlitze, da steckt seine Kreditkarte, ein Fach ist voller alter Bustickets, in einem anderen finde ich ein Passfoto von Tom. Seine Haare sind viel heller, so wie auf dem Foto, das nebenan im Wohnzimmer steht. Ich drehe das Bild um, jemand hat etwas auf die Rückseite geschrieben. Mein Hebräisch reicht, um es zu entziffern: »Für Itaj.« Ich schiebe das Bild zurück in seinen Schlitz und ertaste einen Zettel. Ich ziehe ihn heraus und falte ihn auseinander, in der Mitte stehen, in Toms krakeliger Schrift, drei Wörter, »Are you dreaming?« Ohne nachzudenken, stecke ich den Zettel zurück, nehme das Passfoto wieder heraus und schiebe es unter den Münchner Studentenausweis in meinem eigenen Geldbeutel. Dann lege ich Toms Portemonnaie wieder zurück auf den Tisch, stehe hastig auf, er muss gespürt haben, wie ich aufgestanden bin, die Matratze hat geschwankt.

Ob er mich im Tageslicht vor dem Bett stehen sieht, die himmelblaue Bettdecke halb um meinen nackten Bauch gewickelt, in dem sommerschwülen, verrauchten Zimmer?

»Ich komme wieder«, sage ich und nehme den Schlüssel aus einer Tasche seiner Jeans, die zusammengestaucht auf dem Boden liegt. Er rührt sich nicht.

12

Kotzen und Fieber, drei Tage vor der Abreise nach Israel war ich krank geworden, richtig krank, als hätte mein Leben mit einem Schlag erschrocken verstanden, dass es sich ändern sollte. Ich trank Wasser mit aufgelöstem Traubenzucker für den Kreislauf, stolperte durch mein leeres Zimmer, der leichte Reiserucksack, den ich mir gekauft hatte, stand in der Ecke, der Nachmieter würde die restlichen Möbel übernehmen, den Schrank, mein Bett, mein geliebtes Echtholz-Bett, das ich mir gekauft hatte, als ich dachte, ich würde länger bleiben. Ich wusch meine Kleider, legte sie auf die Heizung, eine Hand auf dem Magen, eine im Wäschekorb, richtete mich auf und war mitten in einem Traum. Ich träumte, dass ich schlief, dann schlug etwas gegen meinen Kopf. Der Fußboden. Meine Kleider auf der Heizung rauchten bereits, als ich aufstehen konnte.

Im Flugzeug aß ich eine Tomate; mein übel gelaunter Magen gab mir sofort zu verstehen, dass das keine gute Idee war. Ich gab den Fehler an die metallene Schüssel der Flugzeugtoilette weiter. Anschließend las ich in der britischen Zeitung meines Sitznachbarn, dass Fettleibigkeit mittlerweile angeblich ein größeres Weltproblem als Hunger ist.

In Tel Aviv glitzerte die Landebahn. Die Sonne schien überraschend brutal, kein Mensch wartete auf mich, aber überall war Werbung mit bekannten Logos und fremden Schriftzügen. Ich erkannte Coca-Cola an den Farben, am Getränkeautomat hinter dem Zoll konnte ich mit meiner Kreditkarte bezahlen. Ich trank langsam eine Dose eiskalte Zuckerbrühe. Sofort meldete mein Magen, dass auch das kein Geistesblitz gewesen war. Meine erste Stunde in Israel verbrachte ich liegend auf einer Bank. Über mir fiel Licht durch ein sandfarbenes Dach. Viel mehr konnte ich nicht sehen, aber das war mir vorerst ganz recht.

Der Schlüssel von Toms Wohnung kratzt an meinem Oberschenkel. An einem kleinen Kiosk in der Nähe kaufe ich mit Toms Kleingeld eine Flasche Wasser. Auf dem Weg Richtung Meer trinke ich sie langsam aus. Ich bin immer noch fremd, aber weniger frei, als ich es gestern war. Die Ampeln blinken orange, die Geschäfte am Rand haben die Rollläden heruntergelassen. Es riecht nach Mülltonnen, die den Tag über in der Sonne gestanden haben. Ein Kater schreit obszöne Katzenflüche. Ich stoße auf eine Querstraße, auf der die Autos schnell vorbeifließen. Ich kann das Meer hören, das im gleichmäßigen Rhythmus um die Felsen spült. Sobald die Autos mir eine Lücke lassen, trabe ich auf die andere Seite. Der Strand ist ein Schlachtfeld, wie an jedem Wochenende. Das Heer der Plastiktüten hat gegen eine Armee aus Glasflaschen gekämpft, wer gewonnen hat, ist nicht auszumachen, im feinen Sand liegen die Überreste beider Seiten. Ich ziehe meine Schuhe aus, und wo ich schon dabei bin, lege ich auch noch mein Kleid daneben. Das Meer schluckt den letzten Rest Sonne herunter, meine Beine bekommen sofort eine Gänsehaut. Ich winkele die Arme an und laufe den Strand entlang, es kracht unter meinen Füßen, und zum ersten Mal, seit ich hier bin, nehme ich die Muscheln wahr, die auf dem Sand unter mir leuchten. Blaugraugestreife, glatte, kleine Schalen, beigefarben und rotgefleckt, poliert und blendend weiß. Mein Verstand befiehlt mir, nicht den Rhythmus zu verlieren, aber ich kann nicht anders, immer wieder bleibe ich stehen und starre auf die Muscheln, die das Meer mit verschwenderischer Großzügigkeit über den Strand gekippt hat, wie Tausende kleine, handgeschliffene Schmuckstücke. Als Kind hätte mich das wahnsinnig gemacht. Die Vorstellung, einmal Kind gewesen zu sein, bringt mich durcheinander. Ich bücke mich und greife zu, weiß nicht, wohin damit, früher gab es dafür Eltern, schließlich stecke ich die Muscheln in meine Unterhose, wo sie beim Laufen leise klimpern. Kurz wate ich bis zu den Oberschenkeln ins Wasser, schneidende Kälte, zitternd kehre ich zu meinen Kleid zurück. Während ich mich damit abtrockne, weht mir süßlicher Rauch um die Nase.

Nicht weit entfernt sitzt ein Pärchen, ein Mädchen im kurzen schwarzen Kleid und ein blonder Junge in Badeshorts. Zwischen seinen Fingern glimmt es. Ich bemerke einen weiteren Jungen, der gerade aus den Wellen schlüpft. Er trägt ein langes, schlankes Surfbrett den Strand hoch, lässt sich neben das Pärchen fallen und nimmt dem anderen Jungen das Glimmende aus der Hand. Keinem scheint kalt zu sein, man sieht ihnen an, dass sie in der letzten Zeit eine Menge Sonne abbekommen haben. Ihre Haut glüht in der Dämmerung.

Der kleinere der beiden Jungs bemerkt, dass ich sie beobachte, und winkt mich heran. Ich streife das feuchte Kleid über und setze mich zitternd neben das Mädchen. Die Surfer sind nett. Sonnig. Alles Australier und dreiundzwanzig. Das Mädchen und der größere der beiden Jungs sind ein Paar und zu Besuch bei dem kleineren Jungen, der behauptet, nur noch von Strand zu Strand zu reisen, seit er die Schule kurz vor Schluss geschmissen hat. Genau die Art Karriere, die ich mir immer verkniffen habe, weil ich keine dieser zerfurchten Dreadlock-Gestalten werden wollte, die vor Touristendiskos selbstgedrehten Schmuck verkaufen, um das Sexwax für ihre Surfbretter zu finanzieren. Der Junge kennt diese Angst nicht. Gelegentlich fährt er für ein paar Monate nach Hause ins Yarra Valley, um bei der Weinernte zu helfen. Sie werfen mich um, alle miteinander, es ergibt keinen Sinn, dass sie echt sind, diese Art Mensch kenne ich nur aus Werbefilmen für Biermixgetränke. Alle drei sehen auf puppenhafte Art sehr gut aus. Ihre Körper sind wie aus Plastik gegossen, gleichmäßig braun gebrannt. Ihre Haare wie Perücken, zu perfekt, um wahr zu sein. Immer wenn sie lächeln, zeigen sie weiße, polierte Zähne. Falls Äußerlichkeiten ein Hinweis darauf sind, dass man etwas richtig macht, dann sitze ich hier mit einer Gruppe von Meistern. Heimlich halte ich Ausschau, ob Drähte aus ihren Köpfen ragen. Ich könnte schwören, dass irgendwo an diesem Strand jemand sitzt, der seine drei Surf-Roboter fernsteuert. Niemand kann so leben, nur für das Wasser und das Salz, und ein Brett unter den Füßen. Ich beneide sie alle, vor allem den Kleinen.

»Wo warst du schon überall?«, frage ich ihn.

»Kalifornien, Hawaii, Mexiko, Frankreich, Spanien, Thailand, Indonesien, Indien, Israel«, rattert er herunter.

»Und, wo war es am schönsten?«

»In Indien. Goa«, sagt er sofort. Ich zucke überrascht zusammen. Er betrachtet mich verdutzt.

»Mein Vater lebt in Goa«, erkläre ich.

»Wirklich?«, fragt das Mädchen interessiert, »was macht er da?« Ich zucke die Schultern.

»Rumhängen, schätze ich.«

Der größere der beiden Jungs stößt einen leisen Pfiff aus. »Geil!«, sagt er anerkennend, »gute Wellen in Goa?«

Der Kleine wiegt den Kopf in einer Weise, die für einen Dreiundzwanzigjährigen unangemessen großväterlich wirkt. »Wellen schon, aber zum Surfen ist Goa nicht das Wahre, jedenfalls nicht für Profis. Tel Aviv übrigens auch nicht. Aber es gibt nette gleichmäßige Wellen. Sie brechen langsam und haben nicht viel Kraft, dafür saubere Qualität, am besten vormittags, bei wenig oder mittlerer Flut.« Er reicht den Joint an das Mädchen weiter.

Der Große sieht mich erwartungsvoll an. »Hat dein Vater ein Haus am Strand?«, will er wissen.

Ich zucke die Schultern. »Keine Ahnung.«

»Du hast ihn noch nie besucht?«

»Nein.«

»Warum nicht?«

»Kein Geld.«

»Aber du bist doch auch hier.«

»Wir kommen nicht so gut miteinander aus«, vereinfache ich die Wahrheit.

»Weil er gegangen ist?«

»Nein, weil wir uns zu ähnlich sind. Versteht ihr?«

Der Kleine nickt und sieht mich intensiv an. Ich frage mich, wie oft er nach Hause fährt.

»Was hat dein Vater für ein Problem? Es ist doch sehr schön in Deutschland, besser als in Indien. Zumindest seid ihr reich und ihr hängt nicht so an Amerika dran wie wir. Australische

Politiker sind wie Schafe für Amerika«, stößt das Mädchen hervor. Ihre Wut überrascht mich. Ich lächele halb.

»Mein Vater hat schon immer gejammert, er würde es in Deutschland nicht aushalten. Als meine Eltern sich dann getrennt haben, ist mein Vater sofort nach Indien ausgewandert. Jetzt arbeitet er in einer Zahnklinik in Goa und hat, soviel ich weiß, eine zwanzigjährige Freundin. Ich denke, vielleicht hat mein Vater mehr ein Problem mit sich als mit Deutschland.«

»Dann geht es ihm in Indien also auch nicht gut.«

Ich schweige kurz. »Doch, ich glaube schon.«

»Verstehe ich nicht.«

»Ich auch nicht ganz«, behaupte ich. Eigentlich verstehe ich ihn jetzt besser, als ich immer dachte, aber darüber muss ich nicht mit Surf-Robotern reden. Die Surfer schweigen. Dann fangen sie an, über das Wetter zu reden, mit den Mienen von Rednern bei der UN-Vollversammlung.

»Wind«, sagt der eine und wiegt den Kopf.

»Wind«, bestätigt der andere optimistisch.

»Wellen«, stellt das Mädchen fest.

Sie sagen schon noch den einen oder anderen Satz zu dem Thema, aber der Inhalt bleibt der gleiche, und dafür bin ich ihnen sehr dankbar. Eine Weile sehe ich ihnen beim Reden und Rauchen zu und stehe auf, als der Joint nichts mehr hergibt. »Danke«, sage ich. Die Jungs nicken. Das Mädchen hebt grüßend die Hand. Sie trägt eine Uhr, die mir bekannt vorkommt. »Genau die gleiche habe ich auch zu Hause«, sage ich.

Sie hebt das Handgelenk. »Die hier?«, fragt sie. Ich nicke und lächele. Auf einmal fühle ich mich bestärkt. Ich habe etwas mit einem ziemlich glücklichen Menschen gemeinsam.

Bevor ich eine halbe Stunde später wieder zu Tom ins Bett schlüpfe, beuge ich mich über den Tisch und stülpe meine Unterhose nach außen, sodass die Muscheln auf den Tisch fallen, zusammen mit einer Ladung Sand. Mit einem angeleckten Finger fahre ich über meine Haut, stecke den Finger in den Mund und habe das Salz der Muscheln auf der Zunge.

13

Morgens meldet jeder von uns sich krank, dann gehen wir zusammen duschen. Es ist kalt im Bad, das Fenster lässt sich nicht richtig schließen, an der Wand glüht ein nutzloser Heizkörper. Der Duschkopf gibt nur einen schwachen Strahl ab. Ich lasse das Wasser über meinen Rücken laufen, während Tom zitternd vor mir in der Wanne steht.

»Zusammen duschen ist ja super, solange man das Wasser hat«, stellt er unschuldig fest. Mein Herz wird buttrig, ich gebe ihm den Duschkopf. Sofort wird es so kalt, dass ich die Hände über der Brust zusammenschlage.

»Gib mir das Wasser wieder«, bitte ich. Er schüttelt den Kopf und lässt die heiße Brühe genießerisch über sein Gesicht laufen. Ich tue mein Bestes, den Blick eines sterbenden Kätzchens zu imitieren. Er presst den Schlauch an sich.

»Nein, ich habe es jetzt«, sagt er angstvoll.

»Her damit«, verlange ich, »oder zeigst du jetzt dein wahres, grausames Ich?« »Niemals!«, ruft er theatralisch. Er wendet seinen Kopf ab und streckt mir den Duschkopf hin, als wär's sein letztes Stück Brot. Das Wasser läuft über meinen Bauch wie ein warmes Versprechen. Tom klappert demonstrativ mit den Zähnen. »Vergiss es!«, rufe ich.

»Gib es mir!«, fleht er. Ich kann nicht widerstehen. Es dauert eine Ewigkeit, bis wir fertig sind. Einen Tag später werden wir beide einen phantastischen Schnupfen haben.

Erst am Nachmittag laufen unsere Gedanken wieder in sauberen Bahnen. Wir liegen nebeneinander auf dem Bett, sein Gesicht ist so nah an meinem, dass ich die dünnen, schwarzen Stoppeln auf seinen Wangen zählen könnte, aber wir berühren uns nicht.

»Du nimmst nicht zufällig die Pille, oder?«, fragt er. Ich schüttele den Kopf. »Wir Idioten«, sagt er und setzt sich auf, die weiße

Bettdecke um die Schultern gewickelt. Es sieht aus, als wäre er einem biblischen Gemälde entkommen. »Wir sind wirklich alt genug, um es besser zu wissen, Lena.«

»Mal ganz abgesehen von Aids.«

Die Sätze bleiben in der Luft hängen, und einen Moment lang kommt es mir vor, als wären wir Schauspieler, die in einem Lehrfilm über Kondome mitspielen. Nervös versuche ich, mich auf meinen Unterleib zu konzentrieren, um festzustellen, ob dort Kräfte, die ich überhaupt nicht beeinflussen kann, ein Baby oder eine tödliche Krankheit zusammenbauen.

»Na ja, selbst wenn etwas passiert sein sollte, ist es nicht das Ende der Welt«, meint Tom.

»Meinst du?«, frage ich.

»Klar«, sagt er, »hey, eine Woche nachdem meine Ex mich verlassen hat, hat sie gemerkt, dass sie schwanger ist. Wir sind zusammen ins Krankenhaus gegangen, und es war wirklich nicht schlimm. Kein Trauma.«

Auf einmal fällt mir sehr deutlich auf, dass er ein Leben hatte, bevor er mich kennengelernt hat. Ein Leben, in dem Dinge passiert sind, mit denen ich nichts zu tun habe, ein ungeborenes Baby zum Beispiel. »Ich wusste gar nicht, dass du so ein kalter Fisch sein kannst«, sage ich, selbst kühl geworden.

Er sieht mich verwundert an. »Hör mal, das war noch kein Kind, das waren nur ein paar Zellen«, sagt er. »Wenn man es früh genug merkt …–«

Ich schließe die Augen, ich möchte etwas werfen, etwas Schweres, das ihn sofort zum Schweigen bringt. Mir wird klar, wie wenig ich von ihm weiß. Es besteht noch immer die Möglichkeit, dass er ein kompletter Idiot ist. Ich rücke ein Stück ab.

»Verstehe«, sage ich.

»Lena«, sagt er nervös. Er ist so leicht zu reizen.

»Was denn?«, frage ich verärgert.

»Es wäre viel zu früh, verstehst du? Wer weiß denn, was aus uns wird?«

»Ja, wer weiß schon was«, sage ich langsam, mit einem tauben Gefühl im Herzen.

Entschlossen schwinge ich meine Beine aus dem Bett. »Dann lass uns mal etwas unternehmen«, schlage ich nüchtern vor.

In der Miene des Apothekers rührt sich nichts, als wir ihm erklären, worum es geht. Da findet sich kein stummer Vorwurf, wie ich ihn bei deutschen Apothekern in ähnlichen Situationen gesehen habe. Dieser Apotheker verschwindet gemütlich hinter einer Reihe von weißen Regalen voll kleiner, bunter Kartons und kommt mit einem Päckchen zurück. Er legt es auf die Theke und erklärt: »Es sind zwei Pillen. Eine nimmst du sofort.« Ich betrachte die Packung und stelle verwirrt fest, dass sie mit rosafarbenen Blütenranken bedruckt ist. Unwillkürlich frage ich mich, wieso immer alles, dessen Wirkung unter der Gürtellinie stattfindet, feige verpackt ist. Als würden die Päckchen nicht Kondome, Tampons oder zwei hochdosierte Anti-Baby-Pillen enthalten, sondern Duftseife oder weiße Söckchen.

Der Apotheker zieht das Päckchen über den Scanner und nennt mir die Summe. Die beiden Pillen, die verhindern sollen, dass Tom und ich demnächst Eltern werden, kosten so viel wie ein Latte Macchiato in München. Ich halte ihm meine Kreditkarte hin. In der Schlange hinter mir rülpst einer. Ich drehe kurz den Kopf und sehe einen Typen, der sich die Hand vor den Mund hält. Ihm fehlen Daumen und Zeigefinger. »Schön aufpassen in Zukunft«, mahnt der Apotheker und verzieht seinen Mund zu einem vertraulichen Grinsen, das sein dickes Gesicht in zwei Hälften spaltet, oben Augen und Nase, unten eine Handbreit Doppelkinn. Ich hasse ihn dafür.

Draußen nehme ich sofort eine Tablette. Sie ist so klein, dass ich sie beim Schlucken nicht spüre. Tom liest konzentriert den Beipackzettel. »Erbrechen, Leberschäden, Brustkrebs, Thrombosen«, doziert er, »und in zwölf Stunden musst du die zweite Pille nehmen, Darling.« Er zieht sein Handy aus der Hosentasche und tippt darauf herum. »Schau«, sagt er gut gelaunt. Auf dem Display steht: *03:00 Uhr Erinnern an: Baby.*

»Du bist geschmacklos, so was von unerreicht geschmacklos.« Ich lache ihn an, aber ich meine es ernst.

Später liege ich mit angezogenen Knien auf seinem Bett und warte darauf, ob mir schlecht wird. Er sitzt sehr weit weg, auf dem Drehstuhl vor seinem Computer, der Bildschirm ist abgeschaltet. In diesem Licht ist alles an Tom karamellfarben, seine Haut, seine Haare, seine Bartstoppeln. Es müsste eine Brücke zwischen uns sein, etwas, das uns verbindet, wenn wir uns nicht berühren.

»Kommt es dir auch manchmal so vor, dass du mit dem Älterwerden immer unvorsichtiger wirst?«, frage ich. Er schüttelt den Kopf. »Mir schon. Da stimmt doch etwas nicht, eigentlich müsste es umgekehrt sein.« Ich warte auf eine Antwort, aber er lächelt nur still und schaut aus dem Fenster. Ich wälze mich auf den Bauch und stelle fest, dass es mir ganz gut geht. Ich könnte etwas essen. Vielleicht sollten wir zu diesem Restaurant in King George Street gehen, wo die Nudeln mit Kürbis billig und gut sind … Dann höre ich Tom kichern. »Was ist?«, frage ich irritiert.

Er nimmt die Hände vom Gesicht, schenkt mir einen Blick wie ein Junge, der seiner Schwester im Schlaf die Haare geschnitten hat, und sagt: »Ich hatte nur gerade so einen Gedanken.«

»Vielleicht lässt du mich mitlachen.«

»Hm«, sagt er, »ich glaube nicht, dass es deine Art von Humor ist, aber ich finde es gerade ziemlich lustig, ich meine, du bist Deutsche und nimmst diese Pillen … du vernichtest vielleicht jüdische Gene!« Ich drehe die Augen zur Decke.

»Wahnsinnig lustig. Kannst du auch Witze, die weniger krank sind?«

»Ich sage doch, es ist nicht dein Humor.«

»Du bist ja vielleicht ein Arschloch.« Der Geschmack der Pille klebt noch auf meiner Zunge. Fast hätte ich geschrien. Ich wundere mich selbst darüber. Er hebt die Hände.

»Langsam, ja? Mein Gott, es ist doch nicht meine Schuld, dass du es nicht lustig findest.«

»Was für ein Witz sollte das sein? Sag mir schnell, wie man so zynisch wird, damit mir das nicht passiert.« Es ist so befreiend, ihn anzumotzen.

»Ich weiß es nicht, aber ihr Deutschen seid ja bekannt dafür, dass ihr keinen Spaß versteht.«

Ich lege alle Kälte, zu der ich fähig bin, in meine Stimme. »Ja klar, nicht dein Humor ist abartig, sondern ich bin einfach humorlos geboren.«

»Lena, streiten wir gerade?«

»Ja!«

»Okay, ich wollte nur sichergehen, dass man sich wegen einem solchen Blödsinn streiten kann, ich dachte …–«

»Hey, hier in Israel seid ihr doch Experten darin, aus Schwachsinn Konflikte zu machen.«

»Mein Gott, du kannst dich ja aufregen, aber du übertreibst wahnsinnig. Was machst du als Nächstes, dich in die Luft sprengen?«

»Sind wir jetzt alle Klischees durch?«

»Oh, keine Sorge, wo das herkam, ist noch viel mehr.«

Der Streit hat einen Schliff, als wären wir seit zwanzig Jahren verheiratet und könnten die Macken des anderen nicht mehr ertragen. Er scheint das Gleiche zu denken, denn er steht auf und kriecht auf allen vieren über das Bett, legt den Kopf schief und sagt: »Es war wirklich nicht so gemeint, Lena.«

»Und du denkst, es ist alles wieder prima, wenn du mit der Hündchenmasche ankommst.«

Ich kippe mein Kinn zurück und betrachte ihn abschätzig. Sein Gesicht ist erhitzt, die Locken stehen ab, seine langen Finger greifen ineinander wie fleischfarbene Aale. Ich bin leer und erschöpft.

»Okay«, stimme ich zu.

»Dann lass uns aufhören.«

»Sag nie wieder, dass ich keinen Spaß verstehe«, fordere ich leidenschaftslos.

»Nein, ich bin sicher, dass dein Humor toll ist.«

»Gut.«

»Du müsstest ihn mir nur mal zeigen … O Gott, sieh mich nicht so an, du willst mich ja wirklich umbringen.«

»Du würdest nicht mal lachen, wenn ich dir ein preisgekröntes humoristisches Werk schenken würde, dafür müsstest du nämlich Ahnung von Humor haben«, knurre ich.

Er kneift die Augen zusammen.

»Okay, das reicht. Langsam tut es weh«, sagt er und reicht mir die Hand. Sie ist riesig. Ich greife danach und halte sie fest. Er streichelt sie lange. »Nur, weil ich jetzt kein Baby von dir möchte, heißt das nicht …«

»Ist schon gut«, sage ich. Langsam strömt Wärme in mich zurück.

Tom liest den Beipackzettel meiner Pille noch einmal durch, über Alkohol steht nichts drin, er holt eine Flasche Rotwein vom Kiosk. Wir trinken ihn auf seinem Bett, die Köpfe auf die Fensterbank gelegt, der Wind streicht uns durch die Haare.

»Nimm mich nicht dauernd so ernst«, bittet er. »Zumindest nicht meine Witze, mein Gott. Dir muss doch klar sein, dass ich das nicht meinen kann. Denkst du wirklich, ich finde den Holocaust lustig?«

»Natürlich nicht«, sage ich.

»Also lass uns nicht wieder über solchen Blödsinn streiten.«

»Ja«, sage ich. Meine Haare schaben beim Nicken über die Fensterbank.

Als er nachschenkt, fragt er: »Was haben deine Großeltern damals eigentlich gemacht?«

Ich nehme mein gefülltes Glas aus seiner Hand. Auf die Frage bin ich schon lange vorbereitet.

»Die Eltern meiner Mutter«, sage ich, »waren, glaube ich, in Ordnung. Sie haben sich rausgehalten. Wenn man das so sagen kann.« So weit der einfache Teil. »Die Mutter meines Vaters«, fahre ich fort, drehe meinen Kopf und betrachte einen großen, weißen Stofffussel, der auf Toms Schulter sitzt, »war Hausfrau. Sie haben in einem winzigen Dorf in Norddeutschland gelebt, ich glaube nicht, dass sie viel verstanden oder mitbekommen hat von dem, was die Nazis gemacht haben. Der Vater meines Vaters ist vor ein paar Jahren gestorben.« Ich schiebe meine freie Hand in die Hosentasche und mache eine Faust. »Ich habe ihn nicht besonders gut gekannt.«

»Also war er vielleicht ein Nazi?«, schlägt Tom fast beiläufig vor, als ginge es um die Frage, ob in einen Pizzateig Salz gehört.

Ich nicke. »Ich glaube, ja.« Meine Faust wird innen feucht. »Ich weiß es, meine ich. Ich habe meinen Vater einmal gefragt, er wollte nicht darüber reden. Natürlich habe ich mir gedacht, dass etwas nicht stimmt.« Ich drehe meinen Kopf zu Tom.

»Wie hast du es dann herausgefunden?« Seine Miene verrät nichts als Neugier.

Ich nehme meine Hand aus der Tasche und trockne sie an dem Stoff der Bettdecke.

»Er ist vor acht Jahren gestorben und hat ein ganzes Haus voll mit altem Zeug hinterlassen. Mein Vater wollte ein Entrümpelungsteam bezahlen, aber meiner Mutter war das zu teuer, sie hat durchgesetzt, dass wir das selber machen. Es waren Kisten im Keller, mit Fotoalben. Ich habe sie mir heimlich angesehen, nachts, im Wohnzimmer meines Großvaters. Das meiste waren alte Familienfotos, Ausflüge und so weiter. Aber es gab auch ein Foto, auf dem mein Großvater als Soldat zu sehen war, mit zwei Kollegen, Freunden, was weiß ich. Mein Großvater war der wirklich hübsche Kerl rechts, der mit der SS-Uniform.« Tom pfeift leise durch die Zähne.

»Hast du ihn denn nie gefragt, was er im Krieg gemacht hat?«

»Ich …– nein.«

»Warum nicht? Das ist doch interessant.«

»Ich schätze, ich habe mich nicht getraut.«

Mein Herz klopft auf einmal laut, wie ein Mensch, der in einem dunklen Zimmer eingeschlossen ist.

»Er war mein Opa. Er war nett. Als ich klein war, haben wir zusammen die Spatzen vor dem Küchenfenster mit Kuchenkrümeln gefüttert. Es ist schwer, einen Opa aufzugeben, vor allem, wenn sich damit nichts mehr ändern lässt. So gab es zumindest die Möglichkeit, dass er unschuldig war, oder wie nennt man es noch gleich, wenn man selbst niemanden umgebracht hat.«

Mein Körper wird immer mehr Teil der Matratze, auf der wir liegen.

»Man muss sie fragen«, sagt Tom, »von allein erzählen sie nichts.«

»Ja«, sage ich.

»Meine Großeltern haben auch nicht geredet.«

»Leben sie noch?«

»Nein.«

»Du hättest sie fragen sollen.«

»Habe ich.«

»Und?«

»Meine Großmutter ist in den 30ern nach Holland geflohen. Dann haben die Nazis Holland erobert und sie zurück nach Deutschland gebracht.«

»Und dann?«

»Kam sie nach Theresienstadt.«

Ich schweige.

»Nach dem Krieg kamen Freiwillige aus Israel, die durch die Lager gegangen sind. Die Leute wussten nicht, wo sie hin sollten, nachdem sie befreit waren, wusstest du das?«

Ich schüttele den Kopf.

»Mein Großvater hat sie nach Israel gebracht. Vor zwei Jahren ist sie gestorben.«

Er reibt sich die Augen und gähnt.

»Scheiße«, sage ich. »Das tut mir leid.«

»Ich hätte euch gerne vorgestellt. Sie hat sich immer mittags deutsche Gerichtsshows angesehen.« Stumm liegen wir nebeneinander.

Nachdem mein Großvater beerdigt war, hatte ich nachts einen Traum von einem Jungen, der ins Naturkundemuseum geht, die ausgestopften Rehkitze betrachtet und die Natur dafür hasst, dass Menschen immer sterben und Rehe immer niedlich aussehen.

»Tom, wenn du diese Witze machst … bist du sicher, dass nicht vielleicht ein kleiner Teil von dir mich ein bisschen hasst?«, frage ich, die Augen geschlossen.

»Schau mich an«, sagt er. Ich versuche, meine Augen zu öffnen, aber es hängen Gewichte an den Lidern. Sie flattern. »Lena, ich würde dich auch mögen, wenn dein Großvater Hitler persönlich wäre«, sagt er sanft.

Woher wusste er, dass ich genau das hören musste? Seufzend vergrabe ich eine Hand in seinen Locken.

»Meine andere Großmutter unterrichtet Hebräisch in Barcelona«, sagt Tom. »Sie meint, ihre Schüler fühlen sich immer noch schuldig wegen der Judenvertreibungen in Spanien. Die waren vor 500 Jahren. Du siehst, es könnte bei euch Deutschen noch ein bisschen dauern.«

»Verdammt.« Ich lächele mit geschlossenen Augen.

»Vielleicht erwacht ja eines Nachts dein Killerinstinkt und du bringst mich doch noch um.«

Ich seufze und rolle mich zur Seite. »Du kannst es einfach nicht lassen, oder?«

Abends liege ich im Bett und beobachte Tom. Er macht an dem Regal neben seinem Schreibtisch herum, etwas hat sich verzogen und die Lautsprecherbox steht schief. Ich sehe zu, wie er ein Buch in die Hand nimmt und es unter den Kasten klemmt. Dann kommt er zu mir. Ich öffne die Arme, er legt sich hinein, seine Haare kitzeln mein Kinn. Er atmet langsam. Ich streichele seinen Arm. Dann richtet er sich wieder auf, »Entschuldigung«, streift die Decke ab und geht auf langen Storchenbeinen zurück zum Regal. Hält mit der einen Hand die Box fest, zieht mit der anderen das Buch heraus, greift nach links, nimmt ein anderes und stützt den Kasten damit. »Was?«, frage ich. Er dreht sich um, auf dem Gesicht das Lächeln eines Menschen, der gerade bewusst eine Zwangshandlung begangen hat, und zeigt mir den Titel des ersten Buchs. *A History Of The Holocaust.* Ich lege den Kopf zur Seite und lächele zurück. Ich würde damit auch keine Lautsprecher abstützen.

14

Ich habe beschlossen, ihn zu heiraten, jetzt will ich ihn endlich kennenlernen.

Wir haben uns schon wieder bei Olga krankgemeldet, getrennt voneinander natürlich, jetzt sind wir unterwegs in unsere Verlobungsferien, unsere Flitterwochen auf Probe. Das Land zieht rechts und links an uns vorbei. Grün bewachsene, runde Hügel, manchmal mit Dörfern darauf, kahl gebaut, braun und eckig, ohne jeden Schmuck, und ein Haus wie das andere. Wir sitzen im Auto, besser gesagt in dem, was von Toms Auto übrig ist. »Du schaffst das, Kleiner«, murmelt Tom, umklammert das Lenkrad, während der schrottreife, taubenfarbene Wagen sich die gewundenen Serpentinen nach Jerusalem hochschraubt.

Mir ist klar, dass diese Geschichte auch ein Aufbegehren ist, wenn ich auch nicht ganz verstehe, wogegen. Meine Eltern würden meine Entscheidung sofort akzeptieren, wenn sie davon wüssten. Sie sind so tolerant, dass ich mir manchmal wünschte, sie hätten mir als Teenager Ausgangssperren verordnet oder mich später zu einem Zahnmedizinstudium gezwungen. Dann hätte ich mich gegen etwas wehren können.

Immer wieder werfe ich Tom von der Seite Blicke zu und bin überrascht, dass wir nebeneinandersitzen, obwohl wir vor ein paar Wochen noch nicht einmal wussten, dass der andere auch durch diese Welt spaziert. Toms Profil trägt seine Polizisten-Sonnenbrille. Hallo Fremder, denke ich und frage mich glücklich, wie es sein kann, dass man manchmal nur einen kleinen Schritt nach links geht und plötzlich eine ganz andere Straße herunterläuft. Es stecken so viele Fragezeichen in unserem Verhältnis, dass ich sie alle einzeln ablecken möchte.

Mitten auf einer Kreuzung geht das Auto aus und weigert sich, wieder anzuspringen. »Scheiße«, schimpft Tom. Mein Hochgefühl senkt sich deutlich. Andere Autos fahren mit wütendem

Hupen an uns vorbei. »Das war's dann wohl«, murmelt Tom verbissen, zieht sein Handy aus der Tasche, wählt und wartet. Dabei sieht er stur geradeaus. Als das Gespräch zu Ende ist, packt er das Handy wieder weg und sieht mich an.

»Es dauert mindestens zwei Stunden, bis jemand kommt.«

»Shit«, sage ich.

»Es tut mir leid.« Sieht aus, als wäre Tom einer dieser Männer, die technisches Versagen persönlich nehmen.

»Ist doch nicht deine Schuld.«

»Ach, Scheiße.«

Draußen fängt es an zu regnen. Die Luft im Auto scheint sich zu verdicken. Tom trommelt mit den Fingern auf das Lenkrad.

»Lass uns ein Spiel spielen«, schlägt er vor.

»Was für ein Spiel?«

»Worauf würdest du lieber verzichten: auf Computer oder auf Bäume?«

»Was? Computer natürlich. Wie, ist das etwa das Spiel?«

»Ja. Süß oder salzig?«

»Salzig.«

»Selbstbefriedigung oder Sex ohne Liebe?«

»Selbstbefriedigung.«

»Blau oder Rot?«

»Rot.«

»Ich fass es nicht.«

»Was denn?«

»Rot ist viel wichtiger als Blau, das ist doch klar. Was ist mit Sonnenuntergängen? Was ist mit Bordellen?«

»Ich will einen blauen Himmel, okay? Nicht rot, nicht lila, nicht gelb. Und Sonnenuntergänge, na komm, die kriegt man eh nur zweimal im Jahr mit, bewusst, meine ich. Und mit Bordellen habe ich kein Mitleid. Meinetwegen gibt es die dann eben im Blaulichtviertel.«

»Blau ist nicht sexy«, gibt er zu bedenken.

»Natürlich ist blau sexy, sehr sogar.«

»Nein.«

»Doch.«

»Nein.«
»Was weiß ich denn, was du sexy findest.«
»Okay, anderes Spiel.«
»Tom, ich weiß nicht, ob ich deine Spiele so super finde.«
»Das hier ist besser: Wie viele Leben müssten gerettet werden, damit du bereit bist, dafür zu sterben?«
»Uff. Ich weiß nicht. Kommt auf die Leute an, kenne ich sie?«
»Nein.«
»Dann: viele.«
»Wie viele?«
»Keine Ahnung, für wie viele würdest du denn sterben?«
»Fünfzigtausend.«
»Wow. Müssen es Israelis sein oder gehen auch Mexikaner?« Er zögert.
»Das spielt keine Rolle.«
»Glaube ich dir nicht.«
»Du nimmst das Spiel zu ernst.«
»Kann schon sein. Stell mir noch eine Frage.«
»Na schön. Würdest du für den Rest deines Lebens auf Kaffee verzichten, wenn du damit das Leben des Hundes meiner Mutter retten könntest?«
»Ho, das ist mir zu gefährlich.«
»Was? Du würdest den Kaffee nehmen?«
»Ich will dazu nichts sagen.«
»Du würdest ein Lebewesen sterben lassen, damit du weiter Kaffee trinken kannst?«
»Hör mal, ich trinke wirklich sehr gerne Kaffee.«
»Ich glaube das nicht. Der Hund meiner Mutter, das süßeste Tier, das du dir vorstellen kannst, liegt im Sterben, er hebt den Kopf, sieht dich an, und du, du hast die Chance, ihn zu retten, und du trinkst in aller Seelenruhe deinen Kaffee.«
»Okay, ich würde auf den verdammten Kaffee verzichten! Aber ich würde es für dich tun, nicht für den Hund.«
»Hm.«
»Ich bin nur ehrlich.«
»Fein. Würdest du für mich sterben?«

»Oh, bitte.«

»Sag.«

»Ich weiß nicht, Tom. Vielleicht.«

»Ich glaube, ich würde für dich im Moment noch nicht sterben. Vielleicht später.«

»Aha.«

Der Regen wird stärker. Tom schaltet die Scheibenwischer ein. Wir schauen beide geradeaus, durch die Windschutzscheibe, auf die verregnete Silhouette von Jerusalem.

»Bist du jetzt sauer, Lena?«

»Nein.«

»Es tut mir leid. Das Spiel ist zu weit gegangen.«

»Hm.«

Nach einer Weile bemerke ich ein penetrantes Quietschen. »Der Regen hat aufgehört«, sage ich. Tom sieht mich an, als wäre er gerade aus einem Traum aufgewacht. Dann hebt er eine schlaffe Hand und schaltet die Scheibenwischer aus.

»Alles in Ordnung?«, frage ich.

»Nein.«

»Was ist los?«

»Ich habe das Gefühl, du hasst mich jetzt.«

»Spinnst du? Ich hasse niemanden, schon gar nicht dich.«

»Wegen des Spiels.«

»Mach dir keine Sorgen deswegen.«

»Doch. Ich hätte gern gesagt, dass ich für dich sterben würde.«

»Das ist schon okay, du musst nicht für mich sterben wollen.«

Er schweigt.

»Weißt du, was ich komisch finde?«, sage ich, »die meisten Leute hätten nach fünf Minuten das Spiel abgebrochen. Du wolltest weitermachen, bis es anfängt, weh zu tun.«

Er hat die Augen halb geschlossen und schaut wie betrunken auf die Straße. Seine Schultern werden schlaff, er legt den Kopf aufs Lenkrad. Unter meinen Füßen knackt leise ein Dutzend leerer Plastikflaschen.

»Shit«, sagt Tom wieder.

»Ist dir eigentlich jemals selbst etwas passiert?«, frage ich vorsichtig, »etwas Schlimmes, meine ich.«

»Nein. Das ist ja das Problem.«

Ich lache nervös. »Abgesehen davon, dass du in diesem Land lebst, das ein paar Millionen Menschen ausradieren möchten.«

»Ja, das schon.«

»Ich verstehe nicht, wie ihr damit umgeht.«

»Jeder macht es anders. Manche haben Angst, kommen aber damit klar. Die anderen haben auch Angst, tun aber so, als hätten sie keine.«

»Wie machst du es?«

»Ich mache Witze, was sonst.«

»Hast du sehr viel Angst?«

»O Gott, ja.«

»Vor dem Tod?«

»Ja. Hast du etwa keine?«

»Nein.«

»Warum nicht?«

Ich weiß es nicht. Wenn mir etwas irrational Angst macht, dann ist es nicht der Tod, sondern Menschen. Was Menschen einander antun können, ohne dass sie es müssen, einfach, weil zufällig der Teil von ihnen überhand genommen hat, der bösartig ist oder gleichgültig oder was auch immer – das macht mich fassungslos. Der Tod dagegen, der macht mir keine Sorgen.

»Ich habe höchstens Angst vor dem Sterben, aber vor dem Tod habe ich keine.«

»Du bist schon ein komisches Mädchen.«

»Vielleicht.«

Wir schweigen. Er schaut auf die Straße. Dann sagt er: »Ich glaube, man hat am meisten Angst vor dem Tod, wenn einem das Leben wirklich wichtig ist. Dann hat man nämlich am meisten zu verlieren.« Das trifft mich. Ich betrachte ihn, sein Gesicht ist bleich, seine Stirn glänzt.

»Kann ich etwas für dich tun?«, frage ich.

»Ich weiß nicht«, sagt er. Er tastet nach seinem Rucksack,

öffnet den vorderen Reißverschluss und holt ein Stück Frischhaltefolie heraus, das um ein paar weiße Pillen gewickelt ist.

»Bloß Aspirin«, beantwortet er die Frage, die ich nicht gestellt habe. »Kannst du mir Wasser geben?« Ich finde im Fußraum noch eine volle Flasche unter einem Haufen Papier. Er schluckt zwei Tabletten, schließt die Augen und verschränkt die Arme hinter dem Kopf. »Kannst du jetzt noch Musik anmachen? Irgendwelche.«

Ich nehme seinen MP3-Player, der am Radio hängt, und wähle auf gut Glück einen hebräischen Titel aus. Als die ersten Takte aus den Lautsprechern dringen, lacht er leise. Er schließt die Augen und hört zu. Als das Lied zu Ende ist, spielt er es noch einmal ab. Diesmal lehnt er sich zu mir herüber und übersetzt, fast synchron zu der Stimme des Sängers, den Text in mein Ohr hinein:

Eines Tages saß ich da, mit der Fernbedienung in der Hand,
schaltete zu einer extra gewalttätigen amerikanischen Serie
um den übrigen Kanälen zu entkommen

Eine gewalttätige, irritierende und vorausschaubare Serie
und trotzdem suchte ich Schutz in ihrem Licht
um den übrigen Kanälen zu entkommen

Wo sie gerade anfingen, die Namen der Toten zu nennen

Schlimmer noch
Ist die Tatsache
Dass ich mich an irgendeine Fernsehserie erinnere
und nicht an diesen Terroranschlag.

nicht an diesen Terroranschlag!
nicht an diesen Terroranschlag!
nicht an diesen Terroranschlag!

Ich würde gerne etwas Kluges, Hilfreiches sagen, aber mir fällt beim besten Willen nichts ein. Es fällt mir schwer, zu verstehen, dass ich in einem Land bin, in dem solche Lieder gesungen werden. Beinahe finde ich es aufregend, so wie: Ah, Lebensgefahr! Das ist doch mal ein reales Problem. Fast verstehe ich Elendstouristen, die absichtlich Länder bereisen, in denen sie Slums zu sehen bekommen. Vielleicht brauchen sie das, damit sie vergessen können, dass sie zu Hause einen halben Tag lang geweint haben, weil die Waschmaschine ihr teuerstes T-Shirt verfärbt hat. Leute, die wegen so etwas ernsthaft schlechte Laune haben können, verachte ich. Andererseits – was sind schon Probleme, die gelten? Die einen machen sich das Leben schwer, die anderen haben ein schweres Leben. Und ich? Ich drücke Toms Schulter. Er nimmt seinen Kopf weg.

»Mal sehen«, sagt Tom. Er dreht den Zündschlüssel um. Der Motor macht ein hustendes Geräusch, das gleich wieder erstirbt.

»Warten wir noch«, schlage ich vor.

»Okay.«

»Vielleicht müssen wir gar nicht abgeschleppt werden.«

»Vielleicht.«

Nach einer Stunde springt das Auto mit einem Geräusch an, als würden wütende Katzen unter der Motorhaube kämpfen. Wir fahren bis zur nächsten Tankstelle, wo ein gelangweilter Typ in Latzhose um das Auto herumgeht, die Motorhaube hochklappt und eine ganze Weile dort bleibt. Während wir warten, bestelle ich einen Hot Dog mit Hummus. Das Zeug kaut sich wie eine feuchte Daunendecke. Immer, wenn ich etwas Schnelles essen möchte, kriege ich irgendetwas mit Hummus. Die Leute verwenden den Brei wie Spachtelmasse.

Tom hat wieder mehr Farbe im Gesicht. Er blättert durch die Zeitung, die jemand auf dem Tisch liegengelassen hat. »Immer das Gleiche«, sagt er verärgert, »jeden Tag steht drin, dass wir demnächst alle sterben.«

Nervös saugt er an einer gelb gefüllten Glasflasche und legt die Zeitung weg, streicht mit der flachen Hand über den Plastiktisch, auf dem kein einziger Krümel liegt. Er trommelt mit den Fingern auf den Tisch, seine Augen bewegen sich schnell, dann zieht er eine Serviette aus der silberglänzenden Box und fängt an, darauf herumzukritzeln. Schließlich schiebt er mir die Serviette herüber. Ich hebe abwehrend meine verklebten Hände. Er legt den Zettel auf den Tisch und dreht ihn so, dass ich ihn sehen kann:

Tel Aviv
→ Wüste
→ Tel Aviv
→ Heiraten in München (?)
→ ?

»Das ist der Plan?«, frage ich. Er nickt. »Das ist kein Plan, das …–« Ich kann nicht weitersprechen, denn das Lachen steckt mir quer in der Kehle. Tom nickt wieder. »Das …«, versuche ich es noch einmal, sein Blick begegnet meinem – und ich kann nicht mehr, das Lachen bricht aus mir heraus, dass sich alle Gesichter in unsere Richtung wenden, lauter blasse und braune Ovale. Tom bewegt die Lippen. »Was?«, frage ich, Tränen in den Augen.

»Ich finde es irre, dass du darüber lachen kannst«, sagt Tom. Sofort höre ich auf. »Nein«, beeilt er sich, »ich finde es *gut.* Ich finde dich gut. Entweder hast du einen Knall, oder du bist der gesündeste Mensch, den ich je getroffen habe.«

Verblüfft starre ich ihn an. »Das hat mir noch keiner gesagt.« Ich lasse mir den Satz noch einmal durch den Kopf gehen. Auf eine sanfte, unaufgeregte Art fühlt er sich sehr gut an, wie Tee mit Milch im November. »Danke«, sage ich. Tom winkt ab.

»Du hast da Hummus«, sagt er. Ich lecke mir über die Lippen. »Nein, weiter außen.« Ich wische mit dem Handrücken darüber. Im nächsten Moment leckt er schnell einen Finger an und wischt mir über die Wange. Ich starre ihn an und fasse mit den Fingerspitzen an den feuchten Fleck. Das war genau die Art Geste, die ich bei Pärchen normalerweise abstoßend finde. Leuten, die so miteinander umgehen, traue ich auch zu, dass sie die Tür offen stehen lassen, wenn sie auf dem Klo sitzen.

Die Sonne knallt durch die verstaubten Fensterscheiben auf mein Gesicht, ein Tropfen Schweiß versickert im Stoff meines T-Shirts, und in meinem Hals pocht etwas. Seltsam, auf einmal merke ich, dass ich die Vorstellung einer Beziehung mit offenen Klotüren gar nicht mehr so schlimm finde. Ich versuche, Toms Blick festzuhalten, aber er schweift an mir vorbei, aus dem Fenster.

»Es wird ein Haufen Arbeit«, sagt er träumerisch.

»Was?«

»Na, unsere Ehe.«

Tom sieht aus, als müsste er ins Bett.

Der Latzhosen-Mann hat Tom zwei erhobene Daumen gegeben und dafür ein paar dieser hübschen israelischen Geldscheine bekommen. Während Tom mit Tanken beschäftigt ist, lerne ich eine Technik-Toilette kennen. Alles reagiert automatisch, aber nichts funktioniert, wie es soll. Wenn ich die Hände unter den Wasserhahn halte, springt geschäftig der Handtrockner an, halte ich sie unter den Seifenspender, läuft Wasser, und als meine Hände gewaschen sind, geht der Handtrockner aus und lässt sich nicht wieder in Gang bringen.

Tom sitzt bereits im Auto, als ich mit tropfenden Händen zurückkomme. Er hat eine Papiertüte auf dem Schoß. »Wird Zeit, dass wir es offiziell machen«, ruft er. Ich lasse mich auf den Beifahrersitz fallen. »Was, offiziell?«, frage ich. Er raschelt mit der Tüte. »Gib mir deine Hand«, fordert er. Ich wische meine Rechte an meiner Hose trocken und gebe sie ihm. Sein Gesicht bekommt einen feierlichen Ausdruck. Ich ahne, was er vorhat.

»Willst du, Lena …«, fragt er zögernd.

»Ja bitte?«

»Moment, wie heißt du mit Nachnamen?«

»Egger.«

»Egg-er?« Mein Name fühlt sich fremd an, wenn er ihn ausspricht.

»Ja.«

»Nachdem wir das geklärt haben«, fährt Tom fort, »willst du, Lena Egger, diesen Tom Magal hier heiraten, sofern er verspricht, dass er alle anfallenden Kosten bezahlt und dich nicht vor den Behörden in den Dreck reitet, bis dass der Anwalt euch wieder scheidet?«

»Ich will«, sage ich lachend. Er greift nach der Papiertüte und nimmt einen Bagel mit getrockneten Zwiebeln auf der Kruste heraus. »Dann erkläre ich uns jetzt kraft dieses Gebäcks zu Partnern«, sagt er.

Bevor er ihn mir geben kann, nehme ich einen Zwiebelring und stecke ihn mir selbst an den Finger. Mit gesenkten Stirnen sehen wir uns die Augen. Ich fühle mich wie eine der Hauptpersonen in einem guten Film. Ich habe keine Ahnung, was als Nächstes passieren wird. Aber ich denke, dass wir uns am Ende, wie auch immer es ausgehen wird, in jedem Fall voreinander verbeugen, und beide werden am letzten Drehtag sagen können: Es war mir eine Ehre, mit Ihnen zu spielen.

»Tom Magal, Sie dürfen den Ring jetzt essen.«

15

Eine SMS: *Bin ab heute für 1 Woche in München. Treffen wir uns?* Ich sitze auf einem Felsen im Negev, der israelischen Wüste. Tom ist um die Ecke zum Pinkeln verschwunden. Und mein Vater, der sich die letzten sieben Monate in Indien in der Gesellschaft partyfreudiger Rucksacktouristen die Sonne auf den Bauch hat scheinen lassen, möchte mich in München treffen. Ich lege das Handy zur Seite. Der Sand der Wüste schabt an meinem Jeanshintern, vor mir liegen unendliche Kilometer ockerfarbener Hügel. Sanfte, steinige Höhen, mit Schlieren wie geschmolzenes Land. Wenn Wasser da wäre, könnte es Meeresboden sein. Ich würde meinen Vater gerne treffen, um vielleicht endlich ein, zwei Dinge zu verstehen. Aber so, wie es aussieht, scheitern unsere Treffen immer an ein paar tausend Kilometern zu viel zwischen uns. Wenn es anders wäre, wäre ich jetzt weniger ruhig. Seit der Scheidung, kurz nach meinem achtzehnten Geburtstag, habe ich ihn genau zweimal gesehen, an Weihnachten jeweils. Weihnachten und Indien scheinen dann doch nicht zusammenzupassen.

Meine Mutter sagt, ich werde ihm immer ähnlicher. Ich bin nicht sicher, ob ich das als Kompliment verstehen darf. Nachdem sie sich von ihm getrennt hatte, habe ich noch ein Jahr lang mit ihr zusammengewohnt, dann zog ich in ein katholisches Studentenwohnheim, nur um wegzukommen. Ich hatte nichts gegen meine Mutter, aber dieses neue Leben, das sie führte, war schwer zu ertragen. Sie schien meinen Vater überhaupt nicht zu vermissen, ging mit Freundinnen aus und lud Männer zu uns nach Hause ein. Nette Männer, die sich mit Opern auskannten, Lammkoteletts marinieren konnten und für mich vegetarischen Auflauf machten. Einmal klopfte meine Mutter spät abends an meine Zimmertür und fragte, ob ich einen mitkiffen wollte. Ihr Atem roch nach teurem Rotwein. Ich tat so, als würde ich schon schlafen und bekam für den Rest der Nacht nicht die Bilder aus dem Kopf, in denen meine Mutter mit einem fremden Mann breit herumknutschte.

Mein Vater verschwand nach der Trennung für ein halbes Jahr spurlos, dann bekam ich eine E-Mail, in der stand, dass er fürs Erste in Goa leben würde, und ob ich seine Pflanzen gießen könnte, die Schlüssel für die Wohnung seien bei der Nachbarin. Im Anhang war ein Foto von ihm an einem weißen Strand, er trug eine Badehose mit Nadelstreifen. Im Untertitel stand: »Das Foto hat Li gemacht. Sie ist großartig.« Aus »fürs Erste« sind schon sieben Jahre geworden.

Einmal habe ich meine Mutter gefragt, was sie am meisten an meinem Vater gestört hat. Ohne nachzudenken, antwortete sie: »Er hat mich wahnsinnig heruntergezogen, immer.« Für meinen Vater war das Leben nie leicht, egal, wie gut er dastand. Er nahm alles persönlich, zwanzigmal mehr noch als ich. Er konnte sich stundenlang über die »typisch deutsche Art« aufregen, wenn eine Nachbarin ihn auf der Straße nicht grüßte. Wir fuhren so oft wie möglich weg, meistens nach Frankreich. Mein Vater meinte, das Leben in Deutschland mache ihn depressiv, und diese Haltung hat meine Mutter schön langsam fertiggemacht.

Seit ich lesen kann, schenkt er mir zum Geburtstag Bücher. Am Anfang waren es Werke über Jugendliche, die Probleme haben, weil sie zu Hause verprügelt werden, fettsüchtig sind oder in Bolivien auf der Straße leben. Später kam erwachsene Problemliteratur. Er glaubt sehr an die Macht von Büchern. Als mein Großvater gestorben war, hatte ich in seiner Bibliothek ein altes, schön gebundenes Exemplar von »Mein Kampf« gefunden. Ein Wahnsinnsschinken, aufgeblasene Sätze, fast unlesbar. Es lag ein paar Tage auf meinem Nachttisch, und dann war es auf einmal weg. Ich bin sicher, dass mein Vater es hat verschwinden lassen. Zugegeben hat er es nie.

Dass mein Vater jetzt in Indien ist und Partys feiert – es kommt mir vor, als wäre er nicht mehr er selbst, sondern eine Farbkopie des Negativs, das ich von ihm kannte. Ich nehme mein Telefon und schreibe zurück: *Bin in Israel. Gruß, Lena.*

Tom, der ein enges, braunes Unterhemd trägt, dessen Stoff die Hitze des Tages gespeichert hat, hält mich im Arm. Das Auto steht in der Kurve. Wir drücken unsere Rücken gegen ein klobiges Zementdenkmal, das hinter uns im Boden steckt, und das an die Toten aus einem der vielen Kriege, die Israel in den letzten Jahrzehnten geführt hat, erinnern soll, ich habe schon wieder vergessen, welcher.

In der Ferne leuchtet ein Kranz aus Lichtern in der Dämmerung, es sieht aus wie ein geschmücktes Dorf, aber nur Beduinen und Eidechsen halten es in dieser Gegend länger als ein paar Stunden aus. Ich strecke einen Arm aus und zeige auf die Lichter.

»Was ist das?«

»Ich glaube, dieses nukleare Forschungszentrum. Wo sie das Material für Atomwaffen bauen«, sagt Tom.

»Ach.« Ich denke an den Mann, den ich in Jerusalem getroffen habe. Vielleicht ist das sein ehemaliger Arbeitsplatz.

»Die Atomwaffen, von denen ja noch immer niemand offiziell zugeben will, dass wir sie haben«, sagt Tom und kichert. Ich stutze.

»Einen Moment lang dachte ich, du würdest über uns beide reden«, sage ich. Er schaut mich verständnislos an. »Na, weil du ›wir‹ gesagt hast. Komisch, dass du ›wir‹ sagst, wenn du Israel meinst, das würde ich nie so sagen: Wir, Deutschland.«

»Warum?«, fragt er.

Ich zittere ein bisschen, der Abend in der Wüste ist kälter, als ich gedacht habe. Ich nehme die Wodkaflasche aus seiner Hand, schraube sie auf, trinke einen Schluck und lehne den Kopf an seine Schulter. »Weil – ich weiß nicht. Ich habe das noch nie verstanden.«

»Was gibt es da zu verstehen? Das hier ist mein Zuhause, auch wenn ich es nicht mag, und meine Leute leben hier, das wird sich nie ändern.«

»Sicher, aber«, ich werfe die Hände in die Luft, »ich kann es nicht erklären. Ich habe auch noch nie die Nationalhymne gesungen, in meinem ganzen Leben.«

»Ach«, macht er belustigt. Ich glaube, ich bin ein bisschen betrunken. Unzufrieden schwinge ich meine Beine talwärts, rechts, links, rechts, links, rechts –

»Wie geht sie denn?«, fragt Tom.

»Wer?«

»Die Hymne.«

Ich fange an, die Melodie zu summen, und breche sofort wieder ab. »Soll ich die jetzt etwa singen?«

»Ja, warum nicht, hier hört dich keiner.«

»Du hörst mich.«

»Stört dich das?«

Eigentlich schon, denke ich, mehr als jeder andere, aber das will ich nicht zugeben. »Nein«, sage ich, schaue auf meine Füße und nehme wieder dieses feine Summen in meinen Ohren wahr, das nur zu hören ist, wenn absolute Ruhe herrscht. Ich sollte damit endlich zum Arzt gehen, ich habe mein Gehör ruiniert, als ich mit vierzehn bei diesem Punk-Konzert direkt vor den Boxen gestanden habe, gesprungen bin, genauer gesagt, genau vor den Boxen, und neben mir war ein Typ, der einen Bierhelm getragen hat, also einen Motorradhelm, an den rechts und links Bierdosen gebunden waren, mit Schläuchen dran, aus denen er trinken konnte, beim Hüpfen hat er massenweise Biertropfen verspritzt –

»Denkst du über den Text nach?«

»Was?«

»Die Hymne.«

»Nein, nein, den kenne ich schon.«

»Dann leg mal los.«

»Okay«, sage ich, betont gleichgültig. Ich schaue wieder nach vorne, auf die Lichter. »Einigkeit und Recht und Freiheit, hm«, singe ich und räuspere mich, ich lalle ein bisschen, »für das deutsche Vaterland. Danach lasst uns alle streben, brüderlich mit Herz und Hand«, ich breche ab. »Was machst du da?«, frage ich entgeistert. Tom senkt das Feuerzeug, das er gerade noch geschwenkt hat. »Stimmung«, sagt er unschuldig, »lass dich nicht stören.« Die Wüste färbt sich grau, und ich versuche es wieder, wie eine schmerzhafte Turnübung. Wo ist der Text, ich versuche, Licht in das Dunkel meiner Gedanken zu bringen, drehe die Helligkeit weiter hoch, mein Kopf füllt sich mit immer mehr Weiß, bis nichts mehr zu sehen ist.

»Ich weiß den Text doch nicht mehr«, sage ich. Tom grinst, seine Augen werden zu Schlitzen. Tal hatte recht, er ist eine Katze. Ich angele mit dem Fuß nach einem Stein und gebe ihm einen Schubs in Toms Richtung. Sein Fuß stoppt ihn geschickt. »Was soll ich machen, ich habe ihn noch nie gebraucht«, sage ich.

Tom ist anzusehen, dass ihm die Sache Spaß macht. »Willst du wissen, wie die israelische Hymne geht?«

»Nein«, entgegne ich heftig.

»Warum nicht?«

»Was soll das, ist das wieder einer der preisgekrönten Witze?«

»Hoo, immer mit der Ruhe.«

Ich senke den Kopf, um ihm besser in die Augen sehen zu können. »Wir sind mitten in der Wüste, da muss man keine Hymnen singen, denke ich, oder?«

Er schaut weg. »Okay, lassen wir es also.«

Wenn ich Fußballfan wäre, könnte ich die Hymne auswendig. Ich denke an den Sommer der letzten Weltmeisterschaft, als überall in München auf einmal schwarz-rot-goldene Fahnen zu sehen waren, an die hysterischen Begleitrufe der Zeitungen, weil überall! diese Fahnen! waren, und würde das die Welt nicht vielleicht falsch verstehen?

An einem Abend, Deutschland spielte gegen Polen, hätte ich dringend für die Zwischenprüfung lernen müssen. Fünf Minuten nachdem das Spiel angepfiffen worden war, legte ich mein Buch weg. »Deutsch-land, Deutsch-land, Deutsch-land, Deutsch-land«, die Wände meiner Wohnung zitterten von der gesammelten Begeisterung der Hausbewohner, die ihre Fernseher eingeschaltet hatten. Etwas daran war sehr ansteckend, ich habe meine Sonnenbrille genommen und bin in die nächste Kneipe geradelt, wo ein paar Freunde vor einer Leinwand saßen. Es hat Spaß gemacht, besonders hinterher, als Deutschland gewonnen hatte, der Besitzer der Bar kostenlos die Biergläser nachfüllte und berühmte Gesichter im Fernsehen vor wehendem Schwarz-Rot-Gold das Spiel in Zeitlupe durchgingen. Bis jemand laut rief: »Das ist doch Propaganda!« Das Mädchen neben ihm, im hellblauen, mit Schmetterlingen bedruckten T-Shirt, verdrehte die Augen und sagte: »Björn.« Aber er ging mit verzerrtem Gesicht zu einem Tisch, rupfte ein Deutschland-Fähnchen aus einer Flasche und rief: »Diese ganzen Scheißfahnen!«

»Kann jemand dem armen Idioten sagen, wie peinlich er ist?«, fragte mich leise mein Freund, der neben mir saß. Ich lächelte mit zusammengebissenen Zähnen, konnte man das? Der Typ stand mit hängenden Armen da, das Deutschland-Fähnchen in seiner Hand zeigte auf den Boden, das Wort »Spaßbremse« stand unsichtbar, aber für alle offensichtlich auf seinem T-Shirt. Seine Stirn lag in Falten, er war überzeugt davon, dachte ich auf einmal sehr wütend, dass er wichtig war, dass er der Einzige war, der noch aufpasste, damit niemand in diesem Raum auf die Idee kommen konnte, in Bierlaune loszuziehen, ein paar Leuten den Rücken zu brechen und sie anschließend in Hakenkreuzformation anzuordnen. Ich spürte die Wut in mir aufsteigen. Verwirrt zog ich eine Zigarette aus einer Gauloises-Packung, die auf dem Tisch lag und irgendwem gehörte. Keiner störte sich daran. Alle waren damit beschäftigt, den Kerl in der Mitte scheiße zu finden.

Irgendein anderer Typ, dem die Schwarz-rot-goldene-Schminke in der Sommerhitze auf den Wangen verlief, stand auf, fasste ihn am Arm und sagte: »Jetzt beruhig dich mal, Alter. In Frankreich haben sie auch überall Fahnen, das ist schon okay.« Der erste Typ lachte bitter. »Der Holocaust war made in Germany und nicht made in France oder America!«, rief er. Ein Stöhnen ging durch die Kneipe. Das Mädchen mit dem Schmetterlings-T-Shirt stand auf, stupste dem Jungen in die Seite und zischte. »Du kommst jetzt mit nach draußen, Björn.« Sie zog ihn am Ellenbogen. Als sie weg waren, sprach jemand laut in den Raum: »Wichser.«

Verwirrt stehe ich auf, setze mich auf Toms Knie und beuge mich hinunter, um ihm zu zeigen, dass er mich küssen soll. Er rührt sich nicht, sitzt einfach da mit einem Ausdruck, der in das Gesicht eines müden Jungen passen würde. Er atmet leise mit halboffenem Mund, die Lider gesenkt, seine Wimpern berühren die Wangen. Ich staune wieder einmal über die zarten, langgestreckten Linien, die von seinen Augenwinkeln aus über die straffe Haut seines Gesichts laufen. Ich kann erkennen, wie er als alter Mann aussehen wird, wenn aus diesen Linien tiefe Lachfalten geworden sein werden. Es ist diese Mischung aus alt und jung, die typisch für ihn ist und die mich jetzt so verrückt macht, dass mir reflexartig das Wasser im Mund zusammenläuft. Immer noch auf seinen Knien sitzend, bewege ich meinen Mund zentimeterweise an seinen heran, bis unsere Lippen sich beinahe berühren. Sein Atem riecht ein bisschen sauer und abgestanden. Einen Moment lang will ich instinktiv ein Stück von ihm abrücken, aber dann schließe ich die Augen und atme die Luft, die er ausatmet, noch tiefer ein.

»He«, hauche ich.

»He«, kommt es leise zurück.

»Willst du mich nicht endlich küssen?«, flüstere ich.

»Doch«, murmelt er, »aber ich hab so ein Gefühl, ich kriege Herpes.«

»Macht nichts«, sage ich.

»Sicher?«, fragt er zweifelnd.

»Ja doch.« Ich werde ungeduldig, mein Nacken fängt an weh zu tun, weil ich meinen Kopf seit fünf Minuten zu ihm herunterkrümme, und als er wieder den Mund aufmacht, lasse ich ihn einfach nicht mehr zu Wort kommen.

Ich behalte die Augen offen, das mache ich meistens beim Küssen, weil ich dem anderen gerne beim Mich-Küssen zuschaue. Ich drehe den Kopf ein wenig, damit ich außerdem die Lichter in der Ferne sehen kann. Er legt die Hände um meinen Hintern und macht einen Versuch, aufzustehen, aber ich mache mich schwer. »Wir könnten die Matratze aus dem Auto holen«, murmelt er.

»Nein«, erwidere ich heiser, »hier.«

Er versteht. »Okay.« Die Wüste hat so wenig Geräusche, dass das Öffnen unserer Reißverschlüsse klingt, als würde der Boden unter uns aufbrechen.

Es ist schwieriger, als ich gedacht hatte. Irgendetwas stimmt nicht mit dem Winkel, das Denkmal ist entweder zu hoch oder zu niedrig. Wir mühen uns eine Weile ab, dann verliere ich das Gleichgewicht, und er fängt mich gerade noch rechtzeitig mit einem Arm um die Taille ein, bevor ich von seinem Schoß herunterfalle. Ich versuche, wieder in Stimmung zu kommen, aber dann kann ich nicht anders, ich lege ihm die Arme um den Hals und den Kopf auf die Schulter, und mein Rücken zuckt vor Lachen. In Toms Gesicht zuckt es auch. »Nicht«, ruft er, »sonst kann ich gleich nicht mehr.«

»Okay.« Ich schlucke eine Wolke Heiterkeit herunter und stehe auf.

Nach einer Weile liegen wir doch auf der dünnen Schaumstoffmatratze und schauen in den Nachthimmel, der eine schwarze Decke ist; jemand hat sie über den hellen Tageshimmel gelegt und Millionen kleiner Löcher hineingestochen. Die Wodkaflasche liegt auf dem Boden neben uns, halb leer. »Lass uns einfach hierbleiben«, schlage ich schläfrig vor.

»Hier?«, fragt er verblüfft.

»Ja, für immer.«

»Du spinnst«, sagt er freundlich, »wieso ausgerechnet hier?«

»Weil hier nichts ist, außer Steinen und Sand …«

»Und das findest du gut?«

»Ja.«

Bevor ich einschlafe, höre ich, wie er sagt: »Ich nicht.«

Ich träume von einem Mann, der durch eine grüne Landschaft geht, Hügel, Blumen, große Felsen und Klippen über einem schäumenden Meer. Der Mann ist gut gelaunt, er atmet die frische Luft in tiefen Zügen ein, als er einen kleinen weißen Gegenstand bemerkt, der im Gras liegt. Er hebt ihn auf und sieht, dass es ein Plastikstreifen ist. Er untersucht ihn und drückt dabei versehentlich einen stecknadelgroßen Knopf. Sofort erscheint auf dem Boden ein winziges Gebäude, ein pittoreskes Familienhaus wie aus einem amerikanischen Vorort. Ein kleiner Mann, das Spiegelbild des Spaziergängers, liegt auf dem Rasen vor dem Haus. Er öffnet seine Augen, steht auf, steigt auf die Stufen vor dem Eingang und ruft: »Wer bin ich? Und was soll ich denken?«

Dann verschwinden das Haus und der Plastikstreifen. Verwundert geht der Mann weiter. Aber nach ein paar Schritten sieht er einen weiteren weißen Streifen im Gras liegen, größer diesmal. Er hebt ihn auf, findet den Knopf, und ein größeres Haus erscheint auf dem Boden. Ein größerer Mann steigt auf die Treppen und ruft wieder: »Wer bin ich? Und was soll ich denken?«

Wieder löst sich alles auf. Der Mann schaut sich um und findet ein neues Plastikstück, diesmal so lang wie sein Arm. Jetzt versteht er, dass es eine Fernbedienung ist, mit einem einzigen Knopf. Er drückt ihn. Das Haus, das diesmal erscheint, ist so groß wie ein echtes Haus, und der Mann, der auf die Stufen steigt, ist lebensgroß.

Als Mann und Haus wieder verschwunden sind, fällt eine riesige Fernbedienung vom Himmel direkt in die Hände des Mannes. Er zögert, aber dann drückt er den Knopf wieder.

Ein lautes Brummen, und ein Hochhaus fällt ins Meer. Eine riesige Brücke faltet sich vom Eingang des Hochhauses in Richtung Küste. Ein Riese läuft auf der Brücke zu dem Hochhaus, steigt auf die Eingangsstufen und schreit, in einer Lautstärke, dass dem Mann fast das Trommelfell platzt: »Wer bin ich? Und was soll ich denken?«

Eine riesige weiße Fernbedienung liegt im Gras und blockiert dem Mann den Weg und die Sicht auf alles, was dahinter ist. Der Mann sieht den Knopf und wünscht sich, ihn zu drücken, aber er hat Angst, dass das Haus, das dann erscheinen müsste, ihn einfach erschlägt.

Zitternd wache ich auf. Tom liegt nur noch halb auf der Matratze, seine Beine sind in den Sand gerutscht. Eigentlich besteht sein

Körper zu zwei Dritteln aus Beinen. Ich setze mich auf, fahre mir durch die Haare und überlege, ob ich es schaffen kann, nüchtern zu werden. Die Wüste dreht sich ein bisschen. Ich will ein Bett und habe keins. Mir ist danach, mich darüber zu beschweren, aber ich komme nicht darauf, bei wem. Ich rüttele an Toms Arm. »Bist du wach?«, frage ich gemein. Er antwortet nicht, er hofft, dass ich ihn weiterschlafen lasse, aber ich will weg von hier, der Morgen ist eiskalt. Ich strecke eine Hand aus und schiebe sie unter sein T-Shirt, auf seinen Bauch. Er fährt zusammen und reißt die Augen auf. »Kalt!«, knurrt er wütend.

»Eben.« Ich ziehe meine zusammengeknüllte Sweatjacke unter seinem Kopf heraus und wickele sie um meine Schultern. »Soll ich dir meinen Traum erzählen?« Er macht Anstalten, sich umzudrehen und dünstet einen Hauch Wodka-Aroma aus. »Später«, murmelt er.

»Willst du jetzt etwa weiterschlafen?«

»Allerdings.«

»Wie kannst du hier schlafen?«

»Wenn du endlich ruhig bist, zeige ich es dir.« Tom schmatzt leise und macht die Augen zu.

»Das kannst du doch nicht machen!«

Bastard. Er liegt mit geschlossenen Augen da, ich habe Gänsehaut am Rücken, mein Kopf ist voll Nebel. Mir fällt das Auto ein. Schlafen kann ich auf keinen Fall. Dann werde ich ihm eben kurz sein Auto klauen, dem Penner. Ich brauche nur die Schlüssel, wo sind die verdammten Schlüssel? Mir ist kalt. Die Schlüssel sind nicht in seinen Jackentaschen. Ich gehe zum Auto, es ist offen, wieso hat er es nicht abgeschlossen, da kann er gleich die Türen offen stehen lassen! Ich setze mich auf den Fahrersitz und spüre etwas Stechendes unter meinem Hintern. Die Schlüssel. Was für ein – ich schüttele den Kopf, stecke den Schlüssel ins Schloss, werfe einen Blick auf Tom, der mit offenem Mund schläft, ich werde einfach eine Runde drehen und wiederkommen, soll ich vielleicht erfrieren? Das Auto springt an, ich mache die Heizung an und lege den Rückwärtsgang ein, er hakt, dann geht es, vielleicht kann ich zu den Lichtern da unten fahren, mal sehen, das Auto bewegt sich.

Ich schaue in den Rückspiegel und rolle langsam die Straße herunter, um die Kurve, werde noch ein bisschen schneller, ruft da ein Spielverderber meinen Namen? Plötzlich wird die Straße hinter mir wieder gerade, hastig trete ich auf die Bremse, lande aber auf dem Gas, das Auto macht einen Satz, es kracht, klirrt und bleibt stehen. Mit einem Schlag bin ich nüchtern. Vor Schreck bleibe ich stocksteif sitzen. Ich höre schnelle Schritte näher kommen, meine Tür fliegt auf, Toms wütendes, blasses Gesicht erscheint, er schreit: »Was zum Teufel machst du da?«

»Scheiße«, sage ich leise. Ich schnalle mich ab, schiebe meine Beine aus dem Auto und stehe auf, meine Knie zittern, ich muss mich auf dem Dach abstützen, ob mir irgendwas weh tut? »Nein«, sage ich, »wieso?« Er geht einmal um das Auto herum, das ganz falsch da hängt, halb auf der Straße, halb im Graben.

»Das Rücklicht«, sagt er knapp. Er kommt zurück. Schüttelt den Kopf. Sieht mich an wie eine Fremde, spricht langsam und sehr deutlich. »Wo wolltest du hin?« »Mir war kalt«, sage ich. Dann krampft mein Unterleib so plötzlich und heftig, dass ich die Luft, die in meinen Lungen ist, zwischen zusammengebissenen Zähnen hervorpresse. »Ich dachte, dir wäre es egal, ob ich da bin oder nicht«, zische ich.

»Wie kommst du denn darauf?«, fragt er verblüfft. Ich antworte nicht. »Na komm, du Genie«, sagt er weich, streckt einen Arm aus, berührt meine Schulter, ich lasse mich einfach kraftlos nach vorne fallen. Sein T-Shirt riecht nach getrocknetem Schweiß. Ich kann mir nichts Besseres vorstellen, als mein Gesicht hineinzudrücken. Etwas stimmt immer noch nicht, aber ich verstehe nicht, was.

Wir haben es geschafft, das Auto wieder auf die Straße zu schieben. Ein Rücklicht ist kaputt, es ist unten herum ein wenig verbeult, ansonsten scheint es okay zu sein.

Er sagt: »Hier können wir nicht bleiben.«

»Schon klar. Was machen wir dann?«, frage ich.

Tom dreht seinen Kopf, es knackt leise, er verzieht das Gesicht. »Zurück nach Tel Aviv?«, schlägt er vor. Ich schüttele heftig den Kopf.

»Was dann?«

»Weiter«, verlange ich.

»Und in welche Richtung?«

»Ist doch dein Land.«

Tom überlegt, leckt dann seinen Zeigefinger an und hält ihn in die Luft. »Der Wind kommt von Süden«, verkündet er geschäftig.

»Das heißt?«

»Nichts, eigentlich.«

»Lass uns weiterfahren.«

»Es kommt nur noch mehr Wüste. Und dann ist das Land zu Ende.«

»Kommt nicht erst noch Eilat?«

»Schlecht. Hässliche Stadt.«

»Egal. Fahren wir hin.« Auf dem Weg zum Auto fällt mir etwas auf.

»Tom, es weht überhaupt kein Wind.«

»Äh«, macht er, »ja, vergiss es einfach. Ich wollte mich nur einmal im Leben wie ein richtiger Survival-Mann benehmen, einer, der Feuer machen kann und so.« Er knirscht mit den Zähnen, hebt die Hand und hält Daumen und Zeigefinger aneinander. »So nah war ich dran! Aber so nah!«

Im gleichen Moment fällt mir ein, was wir vergessen haben. In den Tiefen meines Rucksacks liegt noch die zweite Pille, ungeschluckt. Tom geht vor mir, die Hose schlenkert um seine dünnen Beine. Beim Auto dreht er sich zu mir, lächelt und hört gleich wieder damit auf. »Ist was?«, fragt er.

»Nein«, sage ich. »Bloß Bauchschmerzen.«

Die Landschaft, durch die wir fahren, ist so ungewohnt, so atemberaubend und bizarr, dass ich den Mund nicht mehr zukriege. »Verdammt«, rufe ich jedes Mal, wenn wir um eine Kurve biegen und das Land vor unseren Augen neue, unmögliche Formen annimmt, »da!«

Nach zwei Stunden schlafft meine Begeisterung etwas ab. Das Auto hat keine Klimaanlage, Tropfen rollen mir den Rücken herunter, meine Sonnenbrille sitzt auf einem Schweißfilm. Als die Sonne genau über uns steht, halten wir es nicht mehr aus. Bei einem braunen Touristenschild, das den Weg zu irgendeinem Aussichtspunkt weist, biegen wir ab und fahren eine kleine, graue Schotterpiste entlang. Ich bin mir sicher, dass der Staub, den wir aufwirbeln, sich in meinen Haaren festsetzt, ein paar Meter noch und ich sehe aus wie eine gut erhaltene Großmutter. Am Ende der Piste gibt es einen Parkplatz mit Picknickbänken aus dunklem, staubigem Holz, jeweils zwei mit einem Tisch dazwischengeklemmt. Ich trinke einen warmen Schluck aus meiner Wasserflasche. »Picknick in der Wüste«, sage ich, »sicher, warum nicht.« Ich nehme die Tüte Zwiebelringe, mit denen wir uns gestern verlobt haben, vom Rücksitz und gehe zu einer der Bänke. Das Gebäck ist trocken wie die Wüste selbst, die Felsen um den Parkplatz sind farbig, ein zartes Violett, Blau und Schwefelgelb. »Woher kommt das?«, frage ich Tom.

Er kratzt sich am Kinn. »Keine Ahnung.« Wir starren ein bisschen träge vor uns hin, warten darauf, dass die Sonne zu brennen aufhört oder ein Energieschub des Weges kommt, beides könnte uns weiterbringen, aber so, wie es aussieht, backen wir nur auf den Picknickbänken fest. Der Unfall steckt in meinen Gedanken. Ich habe das unbestimmte Gefühl, dass ich deswegen noch Jahre später zusammenzucken werde. Peinliche Momente vergesse ich nie. Manchmal, wenn ich gerade einen Kaffee bezahle oder über einen Zebrastreifen gehe, verkrampft sich plötzlich mein Gesicht, vielleicht rufe ich sogar laut »Nein!«, weil mir in dem Moment einfällt, wie mich der Vater eines Exfreundes einmal nackt beim Sockenklauen in seinem Schlafzimmer erwischt hat.

Ich stütze einen Ellbogen auf der Tischplatte ab und rutsche in eine gemütliche, halbliegende Stellung von der Sorte, die einem der Rücken gerne schmerzhaft nachträgt. Tom beobachtet mich.

»Woher hast du die?«, fragt er.

Ich fasse an die Stelle meines Halses, auf der sein Blick liegt, ertaste die lange Linie, die sich von der Haut abhebt.

»Dummheit«, sage ich.

»Selber geschnitzt?«

»Vom Schwimmen«, erkläre ich träge. Er streckt eine Hand aus und malt ein Fragezeichen in die Luft. »Eines Tages stand ich auf diesem Stuhl vor dem Teich im Garten unserer Nachbarn und habe darauf gewartet, dass ich genug Mut zusammenbekomme, um kopfüber reinzuspringen. Der Teich war ungefähr einen halben Meter tief.«

»Warum hast du das gemacht?«

»Ich war sechs oder sieben und ich hatte so etwas wie eine größenwahnsinnige Phase. Ich dachte, Regeln würden nicht gelten, wenn ich nicht dran glaube. Und umgekehrt habe ich fest daran geglaubt, dass der Teich tief sein würde, wenn ich es fest genug wollte.«

»Und?«

Ich klopfe mit zwei Fingern auf die Narbe. »Ich habe mir das Schlüsselbein gebrochen.«

»Lektion gelernt?«

»Nicht wirklich. Als Nächstes habe ich versucht, auf Bäume zu klettern, die gerade mal stark genug waren, ein Rotkehlchen zu tragen.«

»Normalerweise lernen Menschen aus schmerzhaften Erfahrungen. Selbst Kinder. Gerade Kinder.«

»Ich kann Schmerzen ziemlich gut vertragen. Ich finde sie interessant.«

»Interessant.« Er betrachtet mich aufmerksam. Ich blicke an ihm vorbei. »Ich hoffe, du erwartest von mir nicht …–«

»Es ist nichts Sexuelles«, unterbreche ich ihn.

Plötzlich kommt etwas krachend und splitternd die Piste herunter, ein Reisebus mit getönten Fenstern schiebt sich auf den Parkplatz neben Toms Auto, ein dunkler Buckelwal neben einem Hering. Die Türen öffnen sich summend. Ich erwarte eine Delegation Regierungsbeamter oder asiatischer Luxustouristen, deren Reiseleiter sich verfahren hat.

Ein Zwerg mit Mütze kommt die Treppe herunter, dann noch einer, und noch einer.

»Eine Schulklasse!«, rufe ich verblüfft.

»Religiöse«, ergänzt Tom.

Ich schaue genauer hin. Richtig, alle haben diese kleinen, flachen Stoffscheiben der Orthodoxen auf den Hinterköpfen kleben. Der Kleine, der als Einziger eine Mütze trägt, unter der seine dünnen Schläfenlocken hervorquellen, schwitzt sich halb zu Tode. Die Kinder können nicht älter als sieben oder acht Jahre sein.

»Was haben die vor, um Himmels willen, Werkunterricht, hier?« Alle Kinder tragen Hämmer in den Händen. Der Lehrer, ein dicker Mann in schwarzem langem Mantel, bei seinem Anblick wird mir noch heißer, versammelt die Kinder um sich. Ich wünschte, ich würde verstehen, was er sagt. Der Lehrer ruft etwas, und die Kinder schwärmen blitzschnell aus, wie eine Armee wütender Wichtel klettern sie auf die bunten Felsen und machen sich mit ihren Hämmern darüber her. »Die hauen die Felsen kaputt«, sage ich fassungslos. Ich warte darauf, dass der Busfahrer die Gepäckklappe öffnet und winzige Schubkarren und Schaufeln herausholt. Der dicke Lehrer hockt sich ein paar Tische von uns entfernt auf eine der Bänke und hebt eine Wasserflasche, deren Inhalt er langsam in sich hineinlaufen lässt. Das Sonnenlicht bricht sich in seiner Brille, er beachtet uns nicht.

Dann nähert sich wieder Motorengeräusch. Ein zweiter Bus biegt um die Kurve, fährt träge an dem ersten vorbei und parkt in ein paar Metern Abstand. Die Türen öffnen sich, und weitere Zwerge mit Hämmern in den Händen purzeln heraus. »Noch mehr Schüler«, bemerkt Tom, aber es sind andere, die Neuen tragen keine Kippas, dafür haben die Mädchen Kopftücher an. Wortfetzen wehen zu uns herüber, die mit Kehllauten vermischt sind. Die neuen Kinder haben es auch auf die bunten Felsen abgesehen. Einige der Schüler, die auf den Steinen sitzen, unterbrechen verwirrt ihr Zerstörungswerk und schauen auf die anderen, die näher kommen, die Hämmer fest in die kleinen Fäuste gesteckt. Wir beobachten sie gebannt. Auch die Lehrer schauen scharf hin, der schwarz gekleidete Dicke und der arabische Lehrer, der im lockeren Anzug ohne Krawatte an den Bus gelehnt steht. »Lass uns gehen.«

»Tom, es sind doch nur Kinder.«

»Lass uns gehen«, wiederholt er angespannt.

»Okay.« Wovor hat er solche Angst?

Ich stehe auf und wandere mit Tom auf sein kleines Gefährt zu, ohne die Kinder aus den Augen zu lassen. Ein paar Mädchen mit Kopftüchern haben die Felsen erreicht, ohne große Hast suchen sie sich einen Platz zwischen den Schülern, die schon vorher da waren, und heben ihre Hämmer. Die übrigen Nachzügler tun es ihnen gleich. Als Tom das Auto aufschließt, ist die Luft mit dem emsigen Klacken von drei Dutzend Hämmerchen gefüllt. Ich lausche, es sind keine Stimmen zu hören. Wir schnallen uns stumm an, Tom umklammert das Lenkrad, langsam kriechen wir auf der Piste zurück zur Asphaltstraße. Tom atmet immer noch zu viel, ich betrachte ihn von der Seite, vielleicht werde ich ihn nie verstehen.

Als wir längst wieder geradeaus fahren, kommt mir auf einmal die Idee.

»Lass uns nach Kairo fahren«, sage ich. Allein die Möglichkeit macht mich ganz fertig vor Begeisterung.

»Was? Du spinnst.«

»Was denn, wieso?«

»20 Millionen Einwohner.«

»Ich dachte, du magst Menschen?«

»Es sind 20 Millionen Araber.«

»Wow, in so einer großen Stadt bin ich in meinem ganzen Leben noch nicht gewesen.«

»Ich würde vor Angst sterben, noch bevor ich mein erstes ägyptisches Falafel gegessen habe.« Es dauert kurz, bis ich begreife.

»Verrat einfach niemandem, dass du aus Israel kommst.«

»Vergiss es, ich kann nicht lügen. Wenn mich ein Ägypter fragen sollte, wo ich herkomme, und das machen sie bestimmt, werde ich es sofort zugeben. Danach werde ich wahrscheinlich zu weinen anfangen und ihn bitten, dass er mich nicht umbringt.«

»Deine Vorurteile sind nicht mehr feierlich.«

»Kann schon sein, aber was soll ich machen, ich hab sie nun mal.«

Der Vorschlag war gar nicht so ernst gemeint, aber er fängt an, mir zu gefallen.

»Hör zu, Kairo ist mit Sicherheit weniger gefährlich als Tel Aviv. Die Wahrscheinlichkeit, dass in Kairo ein Bus hochgeht, ist sehr, sehr klein, in Tel Aviv dagegen ...«

»Hey, erst letztes Jahr gab es da drüben ein Attentat.«

»In Kairo?«

»Ja, ich meine – nein.«

»Was denn nun?«

»In, ähm, so einem Ferienort am Meer, den Namen habe ich vergessen.«

»Aber nicht in Kairo.«

»Nein.«

»Also fahren wir doch dahin.«

Er windet sich. »Ich würde ja gerne, wirklich, aber ich muss an meine Familie denken. Es ist so schrecklich unangenehm für Eltern, wenn ihre Söhne ermordet werden.«

»Tom«, sage ich lachend, »ich verspreche dir, dass nichts passieren wird.«

»Wie kannst du das versprechen, hast du irgendwelche Terroristen-Freunde, die dich beschützen?«

»Nein.«

»Woher weißt du also, dass es ungefährlich ist?«

»Weil – wieso sollten sie denn ihre Touristen umbringen?«

»Was weiß ich, frag mal einen Terroristen, die machen das ständig.«

»Aber die Wahrscheinlichkeit ...–«

»Ist nicht so niedrig, wie du denkst.«

»Und nicht so hoch, wie du denkst.«

»Ich will nicht.«

»Und nichts, was ich sagen könnte, wird etwas daran ändern, was?«

»Nein, tut mir leid. Aber such dir irgendetwas anderes aus, und da fahren wir dann hin, versprochen.«

»Na schön.«
»Im Handschuhfach ist eine Israel-Karte.«
»Brauche ich nicht.«
»Weißt du etwa schon?«
»Ja.«
»Also?«
»Jordanien. Wir fahren nach Jordanien.«
»Lieber Gott.«
»Du hast gesagt: such dir irgendetwas anderes aus.«
»Du bist wahnsinnig.«
»Ich habe einen Plan.«
»Ich will ihn nicht wissen.«
»Du könntest dich als Serbe ausgeben.«
»Wieso denn bitte als Serbe?«

Ich komme mir sehr clever vor. »Weil Jordanier keine Probleme mit Serben haben, soviel ich weiß.«

»Aha. Und wieso spreche ich kein Serbisch?«

»Weil du seit sieben Jahren in Deutschland studierst. Da haben wir uns auch kennengelernt.«

»Okay, und diese sieben Jahre in Deutschland waren so beeindruckend, dass ich meine Muttersprache ganz vergessen habe.«

»Ja, so in der Art.«

»Und dass ich jetzt auch nichts über Deutschland erzählen kann, hat damit zu tun, dass …–«

»Du total in der Gegenwart lebst. Und wir sind nun mal hier.«

»Na schön. Wir können nach Jordanien fahren, aber ich weiß nicht, wie viel du davon haben wirst, ich werde die ganze Zeit ein Nervenbündel sein.«

»Das nehme ich in Kauf.«

Er seufzt, packt mit beiden Händen das Lenkrad und starrt geradeaus.

»Womit habe ich das verdient.«

»Es sind unsere Flitterwochen, Schatz.«

»Willst du mich nicht erst einmal heiraten, bevor du dich zur Witwe machst?«

»Ach, war das die richtige Reihenfolge? Ich verwechsele das immer.«

»Dafür hast du ja mich.«

»Stimmt.«

»Damit ich dich daran erinnern kann.«

»Genau.«

»Und damit du deinen Holocaust-Schuldkomplex loswirst.«

»Siehst du, wofür du alles gut bist.«

»Ich mag dich.«

»Schleimer.«

»Ich mag dich wirklich.«

»Na schön, jetzt hast du es geschafft. Ich muss zugeben, ich mag dich auch.«

Er lacht, dreht den Zündschlüssel um, kurbelt das Fenster auf, und als wir losrollen, steckt er seinen Kopf aus dem Fenster und singt: »Sie mag mich! Sie mag mich, yeah yeah yeah!«

Ich mache das Fenster auf meiner Seite auf und rufe: »Ich mag ihn!«

»Jippie!«, ruft er.

»Und wir fahren nach Jordanien!«

»Und wir werden nicht sterben!«

»Niemals!«

16

Eilat ist ein Science-Fiction-Albtraum, die Häuser ineinander verzahnte Zementblöcke. In der Abenddämmerung lenkt Tom, tiefdunkle Ringe unter den Augen, sein lädiertes Auto durch die Innenstadt. Ich kann bereits den Strand sehen, an dessen Rand riesige Hotels mit Fassaden in lieblosem Schnellimbiss-Design aus dem Boden wachsen. Das Rote Meer wirft sich hilflos dagegen, türkisblau und voll schnorchelnder Touristen, die schillernde Schlieren aus Sonnenmilch hinter sich herziehen. Wir sind müde, aber aufgekratzt genug, um sofort ans Meer zu fahren. Tom parkt das Auto neben einer steinernen Pyramide, die auf riesigen Plakaten für einen Dinosaurier-Film in 3D wirbt, ich laufe fröstelnd zum Meer.

Links glühen die Berge Jordaniens im rosen- und fliederfarbenen Licht der untergehenden Sonne, die sich über den Himmel verschwendet, rechts läuft eine Lichterkette aus Hotels leuchtend den Strand herunter. Wo der Himmel schon dunkel ist, hängt der Mond als dünnes Scheibchen. Ich klettere auf einen Felsbrocken, der halb im Wasser liegt, und arbeite mich von dort aus über einen Steg aus großen Steinen weiter vor, ins Meer. Am äußersten Rand sitzt schon jemand, ein Mann um die dreißig, mit blonden, ausgewaschenen Zotteln auf dem Kopf, Batikhemd und Sandalen an den nackten Füßen. Er sieht mich kommen und winkt mich heran. Eigentlich wollte ich mit Tom allein sein, aber ich gebe mir einen Ruck und setze mich neben ihn. Der glatte Stein wärmt meinen Hintern.

»Hi«, sagt der Hippie, »ich bin Pete.«

Ich gebe ihm die Hand. »Lena.«

»Der Wahnsinn, was? Und das jeden Abend«, sagt er.

»Das ist mein erster Sonnenuntergang hier«, antworte ich nickend. Er hebt die Augenbrauen. Ich kann hören, wie Tom über die Steine zu uns klettert.

Pete behauptet, er sei Engländer, aber er hat so lange im Ausland gelebt, dass sein Englisch den Akzent verloren hat. Vielleicht lügt er auch, und merkt es gar nicht mal. Er hat ein großporiges, steakfarbenes Gesicht, einen unruhigen Blick, die Art Gesicht, die man nicht bekommt, wenn man hinter einem Bankschalter arbeitet. Diese unstete Ausstrahlung, diese Falten, die zeigen, dass einer sehr viel gestaunt hat. Ich denke, dass er vielleicht an einem Punkt ist, an dem er selbst nicht mehr so genau weiß, was er ist und was er bloß sein könnte.

»Es ist etwas los«, sagt Pete, »merkt ihr's?« Ich schüttele den Kopf. Wie Pete möchte ich auf keinen Fall werden. Ich glaube, wenn man zu viel erlebt hat, das andere Menschen nicht kennen, sperrt man sich aus. Man verliert die Fähigkeit, sich normal auszudrücken.

»Ich habe fünf Jahre lang in einem Kloster in Indien gelebt. Dann habe ich gemerkt, dass es Zeit ist, zu gehen«, erzählt er. Wieder Indien, wie mein Vater …

»Warum?«, frage ich.

»Die Welt wird immer schneller, das spürst du auch. Denk daran, was in den letzten hundert Jahren passiert ist. Unfassbare Entwicklung. Wir steuern auf etwas zu, auf einen Punkt, an dem alles anders wird. Besser. Die Menschen sammeln ihre positiven Energien, und wenn genug von uns da sind, beginnt wie aus dem Nichts eine Revolution des Guten«, predigt Pete wie ein fleischgewordener Esoterik-Ratgeber. Tom setzt sich neben uns und lächelt ihn an. Kann sein, dass Pete die letzten Jahre in Indien war, vielleicht ist er aber auch erst letzte Woche aus dem Keller einer Sekte ausgebrochen. Er muss sein Gehirn mit massenhaft Drogen gewaschen haben, aber so, wie er da sitzt, mit dem letzten Glühen des Tageslichts auf seinen Wangen, sieht es fast so aus, als könnte er tatsächlich ein bisschen Bescheid wissen. Ich lehne meinen Kopf gegen den Felsen. Mir ist ganz leicht und ein bisschen schlecht. Immer träume ich davon, mich von allem zu lösen. Aber ich bin nicht der Typ, der in ein Kloster in Indien geht, mir fehlt die Ruhe, um mit dem Ruhigwerden anzufangen.

Trotzdem möchte ich in diesem Moment gerne glauben, dass all das, was jetzt beunruhigend scheint, Naturkatastrophen, Schönheitsoperationen, Terror und Antiterror, in Wirklichkeit positive Zeichen sind, unangenehme Nebenwirkungen eines Medikaments, das im Großen und Ganzen alles heilen wird. Pete, Pete, denke ich, lass uns drei zusammen durchbrennen, kannst du nicht derjenige sein, mit dem alles gut wird? Einer wie du hat bestimmt einen fliegenden Teppich, Pete.

»Schmetterlinge«, sagt Pete, »sind Boten Gottes.« Das macht die Stimmung ein bisschen kaputt.

»Wieso Schmetterlinge und nicht, sagen wir, Gürteltiere?«, fragt Tom pragmatisch.

»Denkt an den Schmetterlingseffekt. Der Flügelschlag eines Schmetterlings in Brasilien kann einen Tornado in Texas auslösen. Kleine Dinge können Großes in Gang bringen.«

Tom berührt meine Hand, was mir sofort einen elektrischen Schlag versetzt. Müdigkeit macht empfindlich. »Kleines Ding«, flüstert er vertraulich. Ich grinse seine Zehen an.

Pete hat anscheinend kaum Probleme damit, dass ihn keiner von uns ernst nimmt. Beschwörend hebt er eine Hand. »Schmetterlinge«, wiederholt er. »Erinnert ihr euch an diesen Tsunami in Südasien, vor ein paar Jahren? Jetzt passt mal auf. Vier Stunden bevor es losging, habe ich mir dieses Tattoo machen lassen.« Er dreht sich um, zieht den Ärmel seines Batikhemds von der rechten Schulter und entblößt ein Stück seines rotbraun gegrillten Rückens. Tom lacht überrascht auf. Auf Petes Schulterblatt ist ein Tattoo. Ein bisschen schief gestochen, aber eindeutig ein Schmetterling.

»Ich muss sagen, ich fühle mich ein bisschen unwohl dabei, in der Gesellschaft des Mannes zu sitzen, der einen Tsunami ausgelöst hat«, sagt Tom im freundlichen Tonfall eines Mannes, der eine Zwangsjacke hinter dem Rücken versteckt.

Pete zuckt mit den Schultern und richtet sein Hemd. »Ihr merkt es auch noch«, sagt er und steht auf, »ihr könnt gar nichts dagegen machen. Selbst, wenn ihr es versucht, könnt ihr es nicht übersehen.« Er steigt über die Felsen, Richtung Strand.

»Netter Typ«, meine ich, als Pete außer Hörweite ist, »aber immer, wenn ich jemanden sehe, der solche Sachen glaubt, also an Gott und Geister und Schicksal und so weiter, frage ich mich, wie man es schafft, sein Gehirn dermaßen abzuschalten. Der redet sich diesen Weltrevolutionskram doch ein, weil er die Wirklichkeit sonst nicht aushalten würde.«

»Ehrlich gesagt, wenn ich mein Gehirn beim Pförtner irgendeiner Sekte abgeben könnte, wenn das wirklich funktionieren würde, tät ich's machen«, sagt Tom.

»Ach du Scheiße«, sage ich.

»Warum nicht? Wenn ich tatsächlich glauben könnte, dass mich in fünfzehn Jahren der große Geist in seinem Ufo abholt, und wenn mir das Mut gibt, was spricht dagegen? Schadet es jemandem?«

»Es macht dich zu einem Idioten, das spricht dagegen.«

»Na und? Wenn ich mir aussuchen kann, ob ich von jetzt an ein glücklicher Idiot oder ein unglücklicher Realist bin ...–«

»Dann?«

»Dann bin ich gerne ein Idiot. Mir bringt doch alles Hirn der Welt nichts, wenn ich dazu eine Depression bekomme.« Er sieht mich an. »Findest du das schlimm?«

»Ist mir egal.« Von einer Sekunde auf die andere ist wie eine Betonplatte die Müdigkeit, die ich in den letzten beiden Tagen angesammelt habe, auf mich heruntergefallen.

»Ich – ich muss ins Bett.«

»Es gibt kein Bett, Süße.«

»Ins Auto.«

»Warum?«

»Schlafen.«

»Und Jordanien?«

»Später.«

»Sicher?«

»Schlafen.«

»Okay, schlafen. Schaffst du es zum Auto?«

»Mhm.«

»Vorsicht, ja?«

»Vorsicht, ja.«
»Pass auf deine Füße auf.«
»Okay, Füße.«
»Gott, du siehst auf einmal so fertig aus.«

17

Das erste kühle, weiße Licht des Tages, das noch keine Wärme hat, weckt mich. Wieder ein Erwachen in diesem Land, das sich fremd anfühlt. Fremde Decke, fremder Himmel, fremder Krach, und dieses Licht, das mehr Sonne enthält.

Das Fenster neben mir steht einen Spalt offen, ein kühler Luftzug weht herein. Auf dem Fahrersitz liegt Tom, den Rücken gekrümmt, den Kopf auf dem Lenkrad, die Füße irgendwie im Fußraum verdreht. Ich strecke mich, so weit es geht, und frage mich, wie oft ich schon völlig unausgeruht in etwas aufgewacht bin, das kein Bett war, und wie oft ich es noch tun werde.

Ich versuche, mich an das Datum von heute zu erinnern. Dabei fällt es mir wieder ein. Die Pille, die ich nicht genommen habe. Ich beuge mich nach vorne und lege meinen Kopf auf das harte Plastik des Handschuhfachs. Wieso hat Tom, wieso hat sein Handy uns nicht daran erinnert, und wieso nicht ich? Ich mag in vielen Dingen ein Chaot sein, aber die Angst, aus Versehen schwanger zu werden, hat meine verhütungsmäßige Disziplin bis jetzt immer obengehalten. Das blöde Ding muss doch mitten in der Nacht gepiept haben, er hat sicher gedacht, es wäre der Wecker und zu früh zum Aufstehen. Zu früh, zu spät. Ich lege eine Hand auf meinen Bauch. Seltsam, ich spüre keine Angst. Da regt sich ein unkontrollierbares Flattern, das verdächtig an Glück erinnert … Glück? Wieso finde ich Glück, wo Angst sein müsste?

Vorsichtig lehne ich den Kopf zur Seite, an Toms Schulter. Mein Herz klopft schwer vor unpassender Freude. Toms Pullover ist weich, zu oft gewaschen, winzige Knötchen aus Wolle hängen an dem Stoff. Ich vergrabe mein Gesicht darin. Meine Nase kitzelt, und bevor ich es verhindern kann, explodiert mein Kopf. Tom fährt mit einem Schrei hoch und blickt wild um sich.

»Jesus«, murmelt er, als er nur mich findet, und fällt in seinen Sitz zurück.

»Eben der«, murmele ich und streiche über seinen Kopf. Seine Locken kleben ein wenig. Ich bin hingerissen. Sein Bild könnte in einer Kirche hängen. Sein Haar, seine Haut, der haselnussfarbene Ring um seine Pupillen. Meine Hormonproduktion ist eindeutig nach oben geschaltet worden, Stufe sieben von zehn.

»Hallo, mein Schöner«, sage ich auf Deutsch.

»Was heißt das?«

Ich sage es ihm. In seinem Gesicht klappt ein Loch auf. »Könnte ich als Deutscher durchgehen?«, fragt er gähnend. Er hat wirklich ein Talent dafür, romantische Momente zu pragmatisieren. Ich schüttele den Kopf.

»Aber meine Großmutter ist deutsch«, wendet er ein.

»Ich weiß, aber – nein.«

»Franzose?«

»Nein.«

»Amerikaner?«

»Nein«, sage ich, »das heißt, ein bisschen schon, aber du hast insgesamt so etwas – Fremdes.«

»Verstehe ich nicht. Ich bin doch blond, groß, der reinste Schwede.«

»Ja, aber deine Nase, die sieht eindeutig aus –«

»Wie?«

Ich zögere. Und betrachte stumm Toms Nase, die ganz leicht nach unten gekrümmt ist. Fühle mich albern. Er wartet. Dann dämmert es ihm.

»Du meinst nicht etwa: jüdisch, oder?«

»Doch.« Ich bin erleichtert.

»Du willst mir weismachen, dass ich eine jüdische Nase habe?« Ich zucke mit den Schultern. »Ich habe keine verdammte Judennase«, schimpft er. Erschrocken sehe ich ihn an. Er reckt den Hals, um in den Rückspiegel zu sehen, betrachtet sein Gesicht, dann lacht er. »Du hast recht. Meine Nase sieht aus wie eine elende Karikatur, als hätte sie jemand von einem Nazi-Plakat in mein Gesicht abgezeichnet.«

»Ja, genau so!«

Wir lachen, dann küssen wir uns lange. Schließlich zieht er seinen Kopf weg und seufzt.

»Ich muss aufs Klo.«

»Dann geh doch.«

»Geht nicht.« Er schaut vielsagend an sich herunter. Seine Jeans buckelt im Schritt.

»Warte«, sagt er und schließt die Augen. Ich sehe ihm beim Atmen zu. »Weißt du, was ich in solchen Momenten mache?«, fragt er lächelnd.

»Du denkst an deine Steuererklärung?«

»Ich denke an den Holocaust. Hilft garantiert.« Er öffnet die Augen und betrachtet amüsiert mein Gesicht. »Wunderbar, wie leicht du zu schockieren bist. Das wird ein Spaß mit uns in Deutschland.«

An einem Kiosk frühstücken wir flache Brote mit trocken gebackenen Käsekrumen, dann stellen wir das Auto auf den Parkplatz hinter dem Busbahnhof und fragen einen Taxifahrer, was eine Fahrt zur jordanischen Grenze kostet, deren flache Häuser wir ein gutes Stück weiter östlich bereits sehen können. Der Taxifahrer ist größenwahnsinnig. Wir gehen zu Fuß und merken schon bald, warum die Fahrt so teuer gewesen wäre: derjenige, der die zweispurigen Straßen zum Grenzübergang geplant hat, muss persönlichen Hass gegen Fußgänger empfunden haben. Es gibt keinen Platz für uns, nur einen schmalen Schmutzstreifen am Rand. Ein Lastwagen donnert uns entgegen, im gleichen Moment stolpere ich aus meinem linken Schlappen heraus und Richtung Straße, Tom fängt mich gerade noch rechtzeitig ab. »Hoppla«, sage ich.

»Das war knapp.« Tom ist blass geworden.

»Stimmt.«

»Wie kannst du so ruhig sein?«

»Ist doch nichts passiert.«

»Aber beinahe.«

»Eben.«

Er schüttelt den Kopf.
»Jetzt schulde ich dir wohl etwas, Tom.«
»Okay, was hast du?«
»Ich könnte dir einen gemeingefährlichen Schlappen anbieten.«
»Sehr verlockend, aber nein danke.«
»Dann muss ich dich wohl heiraten.«
Er verzieht übertrieben das Gesicht. »In deinen Träumen vielleicht – ach so. Ich meine natürlich: ja bitte. Heirate mich, fremde Frau.«
»Selber fremd.«
Ich stelle meinen Rucksack auf den Boden, hole meine Turnschuhe heraus, in denen ich fürchterlich schwitzen werde, und tausche sie gegen die Schlappen. Tom schaut mit gerunzelter Stirn Richtung Grenze, während ich mir die Schnürsenkel binde. Zwei Zentimeter um seinen Körper herum scheint die Luft zu flirren. Die Hitze.
Und dann sind es nur noch ein paar Meter. Drei, vier strahlend weiße Gebäude, ein Parkplatz, ein Reisebus und ein Café mit einem »Geschlossen«-Schild in Hebräisch und Englisch. Es riecht nach gebratenem Fisch. Immer, wenn ich über eine Grenze gehe, möchte ich losrennen, um zu sehen, ob sie tatsächlich auf mich schießen würden. Tom trommelt mit den Fingerspitzen auf seinem Oberschenkel herum. Wir stehen nebeneinander. Seine Beine hören in Höhe meines Bauchnabels auf.
»Seit wann haben wir Frieden mit Jordanien?«
»Wir?«
»Israel.«
»Seit 1994.«
»Sicher?«
»Ziemlich.«
»Es müsste wohl reichen.«
»Bestimmt«, sage ich.
»Wie primitiv, dass man immer noch Menschen fragen muss, wenn man etwas wissen will. Wo ist das Internet, wenn man es wirklich braucht?«

»Das Internet kümmert sich bestimmt darum. Warte noch ein paar Jahre, dann kannst du deine Frage einfach in die Gegend brüllen, und eine Suchmaschine wird dir von irgendwoher antworten.«

»Ja, und anschließend fährt ein Blitz vom Himmel in deine Hose und bucht von der Kreditkarte in deinem Portemonnaie ein paar Cent ab.«

Er grinst wie ein Mann, der mit seinem Henker Scherze reißt. Ich klopfe ihm auf die Schulter. »Du hast nicht zufällig deinen Pass vergessen?«, fragt er hoffnungsvoll.

»Los geht's«, antworte ich.

»Gut, dass meine Mutter nicht weiß, was ich gerade mache«, murmelt Tom.

Auf der israelischen Seite der Grenze ist alles ganz einfach. Junge Soldatinnen in engen Blusen nehmen uns die Pässe ab, Soldatinnen in straffen Hosen geben sie uns wieder, unsere Rucksäcke laufen über ein Fließband durch ein brummendes Gerät. Irgendwo schieben wir Geld in ein Loch, Tom scherzt auf Hebräisch. Ich suche die Toiletten, mache mir kurz Sorgen, dass ich erschossen werde, falls ich die falsche Tür öffne, finde die richtige, komme zurück, Tom sitzt auf einer Bank und isst nachdenklich Erdnüsse. Ein Schmetterling flattert vorbei und verschwindet in einem stacheligen Busch mit rosa Blüten. »Weiter«, sagt er nervös und zerknüllt die Erdnusstüte. Zwischen dem israelischen und dem jordanischen Teil der Grenze liegt ein breites, hoch eingezäuntes Stück Nichts. Wir wandern mit unseren Rucksäcken darüber, am Ende erwarten uns riesig und lächelnd die Bilder des alten und des neuen Königs von Jordanien.

Die Männer tragen blaue Uniformen, Schnurrbärte und sagen »Welcome!« Unsere Pässe verschwinden in den breiten Händen eines blauen Riesen. Er betrachtet mein Foto, sieht mich an, »sunglasses, please«, ich nehme sie ab, er sieht mir in die Augen, »Okay, beautiful«, und schickt uns weiter. »Germany«, sagt der Nächste zu mir.

»Yes«, antworte ich.

Er strahlt. »Bayern Munchen!«

Ich strahle zurück. »Yes.«

»Liver Kahn!«, sagt er.

»Oliver Kahn!«

Er lacht. »I like Germany«, sagt er. Wir bekommen unsere Pässe wieder, sitzen in einem Büro, füllen Formulare mit unseren Daten aus, »Zweck der Reise: Tourismus.« Während wir darauf warten, dass ein junger Mann mit einem bizarren, steifen Schokoriegel aus Haaren über der Oberlippe unsere Daten in den Computer eingibt, betrachtet Tom angestrengt ein Foto, das gerahmt an der Wand gegenüber hängt. Es zeigt einen Mann im schwarzen Anzug mit kleinem, glänzendem Schmollmund.

»Wer ist das?«, fragt er.

»Das ist der König«, zische ich, »das weiß sogar ich.«

»Auf dem Bild sieht er so anders aus«, flüstert Tom.

»Das liegt daran, dass er geschminkt ist«, erkläre ich leise. Er starrt das Bild an. »Stimmt«, sagt er verblüfft. Der König lächelt mit kirschroten Lippen.

Der Typ am Computer betrachtet eingehend die Seite mit den israelischen Einreisestempeln. Ich schwitze. Immer, wenn jemand längere Zeit meinen Pass ansieht, mache ich mir Sorgen, dass sie mir wegen irgendetwas auf die Schliche gekommen sind. Ich habe nichts verbrochen, aber meinem schlechten Gewissen sind die Fakten egal.

Der Mann greift nach einem weiteren Stempel, der an einem Stempelkarussel hängt, klappt ein silberfarbenes Stempelkissen auf, drückt den Stempel hinein, schickt sich an, ihn in meinen Pass zu setzen, stoppt dann plötzlich, mitten in der Bewegung und sieht mich an »Was ist besser, Israel oder Jordanien?«, fragt er. Ich lächle höflich, weil ich die Frage für einen Witz halte. Das Gesicht des Grenzers bleibt unbewegt. Aus dem Augenwinkel werfe ich einen Blick auf Tom, der schräg hinter mir steht. Er hebt die Brauen und schüttelt den Kopf. Der Grenzer verzieht keine Miene. Der Stempel schwebt über meinem Pass. »Ich war noch nie in Jordanien«, winde ich mich um die Antwort und lächle so herzlich, dass mein Gesicht schmerzt. Zwischen dem Schnurrbart und den gewaltigen Augenbrauen des Grenzers glüht ein Blick, der kleinere Lebewesen in Staub verwandeln muss. »Okay«, sagt er nach einer Pause, und der Stempel knallt auf meinen Pass herunter. Als Nächstes ist Tom dran. Er reicht seinen Pass durch das Fenster, die Stirn des Grenzers wirft Falten. Meine Handflächen fangen an zu jucken. »Jordanien ist besser«, sagt Tom, ohne zu zögern. Der Grenzer reißt die Augen auf, und wir dürfen rein.

Jordanien ist ein Parkplatz mit rötlichen Bergen im Hintergrund. »Phantastisch!«, sagt Tom. Alle Angst scheint von ihm abgefallen, der Wind fährt durch seine Locken, Tom sieht aus wie eine Shampoo-Werbung. Wir setzen die Rucksäcke ab, hocken uns auf einen zerbrochenen Steinpfeiler, der auf dem Boden liegt, ich zünde eine Zigarette an. Tom beugt sich herüber, um mir einen Kuss zu geben, als sein Telefon klingelt. Er geht ran. Das Gespräch dauert etwa fünf Minuten, während deren ich auf die Berge schaue und überlege, welchen davon ich mir näher in meinen Flitterwochen ansehen will. Tom klappt das Telefon zu und ist unter seiner Sonnenbräune wieder blasser geworden.

»Das war eine glatte Lüge«, sagt er.

»Deine Mutter?«, frage ich ahnungslos.

»Wie kommst du auf meine Mutter? Das war die Armee. Das Büro für Reservisten.« Er blickt leer an mir vorbei. »Sie wollten meine Postadresse wissen.«

»Was hast du gesagt?«

»Dass ich gerade beim Umziehen bin und mich melde, wenn ich fertig bin.«

»Warum?«

»Damit sie mich nicht so schnell finden natürlich. Was meinst du, warum die das wissen wollen? Die wollen mich einziehen«, sagt er düster, reibt sich die Stirn, »Scheiße.«

»Wie schlimm ist das?«

Keine Antwort. »Tom?«

Er macht ein verzweifeltes Geräusch. Ich blicke auf seinen gesenkten Nacken. Ein Vorhang wird in meinen Gedanken weggezogen. Israel. Israel, verdammt nochmal, er ist Teil davon. »Tom? Wir verschwinden. Es ist kein Problem, wir verschwinden. Wir sind schon weg.«

Ich kann mich nicht daran erinnern, wann ich das letzte Mal so ruhig gewesen bin.

18

Der Beduine lehnt an seinem mindestens vierzig Jahre alten Pick-up, ein schwarzweißes Palästinensertuch um den Kopf gewickelt, und betrachtet uns mit verschränkten Armen, ein arabischer Indiana Jones vor einer umwerfenden Filmkulisse. Nur, dass die Kulisse echte Wüste ist, scharf gezackte Berge und Sanddünen aus, jawohl, feinstem, rotem Sand, eine Farbe wie mit Sahne verdünnte Tomatensauce.

Sein Auto stand auf dem Parkplatz hinter der Grenze. Er sagte, dass er uns die Wüste zeigen könnte, und räumte, ohne die Antwort abzuwarten, einen Platz auf der Ladefläche des Pick-ups frei. Er wollte wissen, wo wir herkommen. »Deutschland«, sagte Tom schnell, bevor ich den Mund aufbekam.

Das Gesicht des Mannes hellte sich auf. »Deutschland! Ihr macht die besten Autos.«

»Danke«, sagte Tom und schenkte ihm ein strahlendes Lächeln. Auf dem Weg in die Wüste haben wir uns am Rand der Ladefläche festgekrallt und angesichts der Pracht, durch die wir hindurchgerumpelt sind, hirnlos gelacht.

Jetzt stehen wir vor einem rostroten Berg und betrachten Zeichen, die jemand vor ein paar tausend Jahren in den Fels geritzt hat. Die Sonne brennt mit einer Kraft, gegen die keine Sonnencreme mehr hilft. Meine Gedanken kleben in meinem Kopf wie Spiegelei in einer Bratpfanne. Ich erkenne in den Zeichen Kamele und einen Mann, der die Hände hochwirft, als hätten die Kamele ihn zu Tode erschreckt. Jemand hat mit schwarzem Stift »Hardy & Susanne, Summer of 2007« daneben geschrieben. Klotüren, Internet-Blogs, in Felsen geritzte Namen. Es geht immer um das Gleiche: etwas hinterlassen, das später gesehen wird, bloß nicht verschwinden.

»Lustig, dass die Leute überall ihren Mist hinkritzeln müssen«, sage ich. Tom reagiert nicht, er starrt auf den Fels und nimmt anscheinend nicht wahr, was er vor Augen hat.

»Was hältst du von dem Typen?«, raunt er nervös.

»Nett.«

»Wir sind allein mit ihm in einer riesigen Wüste.«

»Er wird uns bestimmt nicht umbringen, falls du das denkst.«

»Es gefällt mir nicht, wie er uns anstarrt.«

»Würdest du auch, wenn zwei Leute in deiner Nähe in einer fremden Sprache flüstern würden. Vielleicht fragt er sich, ob wir ihn umbringen werden.«

Er schüttelt ungeduldig den Kopf. »Wir sehen viel zu harmlos aus. Schau uns an, wir sind doch so was von niedlich. Richtig hilflose Stadtmenschen. Wenn er uns den Hals umdrehen will, können wir gar nichts machen. Wir können höchstens versuchen, ihn in Grund und Boden zu diskutieren.«

»Vielleicht solltest du etwas tun, um gefährlicher auszusehen. Du könntest mir eine reinhauen, ich könnte um Gnade winseln.«

»Unglaublich witzig! Danke, dass du mich ernst nimmst.«

»Entschuldigung, ich kann die ganze Situation nicht ernst nehmen. Ich meine, was machen wir hier? Eben waren wir noch in Tel Aviv und hatten keine Ahnung voneinander, und jetzt schauen wir Kamelgraffiti an. Das ging ganz schön schnell mit uns, was?« Ich lehne meinen Kopf gegen seine Schulter.

»Hätte auch schneller gehen können.«

»Wie meinst du das?« Ich nehme meinen Kopf wieder weg.

Er antwortet nicht.

Nach einer Pause sagt er: »Du kannst dir einfach nicht vorstellen, dass etwas passieren könnte, was?«

»Doch. Aber ich sehe keinen Sinn darin, Panik zu machen.«

»Siehst du? Wenn du keine Angst hast, muss ich es eben für dich mit übernehmen.«

»Kontrollfreak.«

»Ja.«

»Es gibt keine Kontrolle, Tom. Es kann immer etwas passieren, immer. Aber mach dir keine Sorgen, der Typ ist okay.«

»Woher willst du das wissen?«

»Ich weiß es nicht, aber warum sollte er uns etwas tun?«

»Dafür findet so einer bestimmt schnell einen Grund. Er hat ja mitgekriegt, dass wir aus Israel gekommen sind. Vielleicht ist er religiös, oder verrückt, was weiß ich.«

»Weil er Araber ist? Das meinst du nicht ernst.«

»Doch. Und das ist gar nicht so abwegig.«

»Das ist rassistisch, und du bist echt der Letzte, der so denken sollte.«

»Irrtum, gerade ich muss so denken.«

»Wenn ich so misstrauisch wäre wie du, könntest du dir diese Scheinehe an den Hut stecken. Das ist dir schon klar, oder?«

»Ich weiß ehrlich gesagt nicht, woher du dieses Vertrauen in mich nimmst«, bekennt er.

Der Mann ruft etwas und winkt. Ich gehe hin. Mit vielen Gesten und etwas Englisch erklärt er, dass er noch etwas zu erledigen habe und uns in einer halben Stunde wieder abholen werde.

»Why can't we come with you?«, frage ich. Er schüttelt den Kopf, lächelt, hebt entschuldigend die Hände.

»Only thirty minutes«, bietet er an. Ich kann mich kaum darauf konzentrieren, was er sagt. Der Effekt von Toms Worten sitzt mir in den Knochen. Ich sehe dem Mann ins Gesicht, seine Haut sieht aus wie Boden, der mal wieder Regen nötig hätte. Ich möchte nicht so denken wie Tom.

»Okay, thirty minutes«, sage ich mit einem Nicken. Der Mann steigt in sein Auto und lässt den Motor an.

»Was ist denn jetzt?«, ruft Tom alarmiert. Betont gelassen schlappe ich über den Sand zu ihm zurück.

»Er sagt, er kommt gleich wieder.«

»Was? Wo will er denn hin, wieso nimmt er uns nicht mit?«

»Er hat gefragt, ob wir kurz warten können, er muss schnell etwas besorgen.«

»Und du dachtest, klar, er fährt nur kurz zum Kiosk und holt Zigaretten?« Mein Puls wird schneller. Ich streiche mir eine Haarsträhne aus dem Gesicht und zucke die Schultern.

»Er hat gefragt, ob wir genug Wasser haben. So was fragt keiner, dem egal ist, ob wir sterben.«

»Nein, aber so was fragt vielleicht einer, der möchte, dass wir keinen Ärger machen, wenn er wegfährt.« Nervös schaut er in die Richtung, in die das Auto verschwunden ist.

»Deine Panikmache geht mir langsam auf die Nerven, Tom.«

Wir messen einander mit wütenden Blicken. Tom atmet laut aus.

»Jetzt können wir sowieso nichts machen«, sagt er sachlich, »außer warten. Wir hängen fest.«

Ich schaue auf die Felsen in seinem Rücken, hellrot. »Und was für ein Platz zum Festhängen«, sage ich absichtlich munter.

Wir setzen uns in den Schatten eines dunkelroten Felsbrockens, der wie hingeschmissen im Sand liegt. Ich streiche mir ein paar Körner vom Arm, meine Haut ist sehr trocken. Tom schraubt die Wasserflasche auf, nimmt einen tiefen Schluck und reicht sie mir. Das Wasser hat eine Temperatur, die ich sonst zum Duschen mag, es schmeckt nach Plastik. »Vielleicht sollten wir damit sparsam sein«, schlägt Tom vor. Ich werfe ihm einen abschätzigen Blick zu, nehme absichtlich noch einen heißen Schluck, er hebt die Hände und lässt sie wieder fallen. Langsam schraube ich die Flasche zu, halte mitten in der Bewegung inne und schaue mich um. Mit zusammengekniffenen Augen, meine Sonnenbrille ist nicht dunkel genug für dieses Licht. Kilometerweit nichts als Felsen, Sand und Steine. Wir sind zwei Fremdkörper, viel zu lebendig und saftig für diese Gegend. Hat Tom doch recht, frage ich mich schnell, ist es so, wenn einem ›etwas zustößt‹?

»Wenn du jetzt stirbst, möchtest du dann in Israel begraben werden?«, fragt Tom angespannt.

»Auf keinen Fall«, sage ich betont gelassen.

»Warum nicht?« Er klingt angriffslustig.

»Weil ich dort begraben sein möchte, wo mich meine Familie besuchen kann.«

»Davon hast du doch nichts mehr.«

»Nein, aber ich lasse mich nicht begraben, damit ich selber

Spaß daran habe. Wenn du nächste Woche stirbst, möchte ich auch dein Grab besuchen.«

»Ho, ich will aber auf keinen Fall begraben werden.«

»Wieso nicht?«

»Das passt nicht zu mir, irgendwo in der Erde liegen. So sollen die Leute sich nicht an mich erinnern.«

Ich lache. »Das ist ja eitel.«

»Gar nicht, aber wieso sollten mich Würmer fressen? Meinen Körper kriegt die Wissenschaft.«

»Ich finde das egoistisch.«

Er reißt die Augen auf. »Was hat das denn bitte mit Egoismus zu tun?«

»Na, es passt dir nicht, dass dein edler Körper ungenutzt verrotten könnte, und deswegen stiftest du dich, statt dass du deinen Leuten gönnst, dass sie dich wenigstens begraben.«

»Das ist mein Tod, ich kann damit machen, was ich will.«

»Du musst nicht auf deine Würde achten, wenn du schon tot bist. Deine Leute müssen doch damit fertig werden, nicht du.«

»Okay, aber wieso müssen sie mich dafür denn unbedingt begraben?«

»Weil Rituale wichtig sind. Wenn ich an dich denken möchte, kann ich das natürlich auch im Supermarkt machen, da muss ich nicht an dein Grab gehen, aber es passt einfach besser.« Ich verschränke die Arme hinter meinem Kopf. »Betrachte es als Service für deine Hinterbliebenen. Es ist *nett* von dir, wenn du dich begraben lässt.«

»*Das* ist wirklich egoistisch. Vielleicht haben viel mehr Leute etwas davon, wenn Wissenschaftler meinen Körper kriegen. Vielleicht habe ich irgendwelche seltenen Deformationen, aus denen sie etwas lernen können … so etwas wie den Effekt von Erdnüssen im Langzeitkonsum.«

»Ach, die haben doch bestimmt genug Leichen«, murmele ich.

»Woher willst du das wissen? Ich glaube, die meisten Leute denken wie du und verrotten lieber stilvoll, als dass fremde Hände in ihren Überresten herumwühlen.«

»Dann spende doch deine Organe.«

»Ich will nicht so einen Ausweis, da nehmen sie dich nur aus, bevor du richtig tot bist.«

»Das halte ich für ein Gerücht.«

»Kann sein, aber ich sage trotzdem lieber meinen Verwandten, dass sie meine Organe spenden können.«

»Ganz schön riskant. Angenommen, du hast einen Unfall –«

»Können wir aufhören, über meine Organe zu reden?«

»Liebend gerne. Merkst du, wie du auf mich abfärbst? Jetzt rede ich auch schon makaber daher.«

»Dann war ich nicht umsonst auf dieser Welt.«

»Bleib trotzdem noch ein bisschen, es ist doch gerade so gemütlich.«

»Ich möchte ja, aber da ist dieser Verbrecher, der mich in der Wüste ausgesetzt hat.«

»Es wird schon gutgehen.«

Er lacht freudlos. »Du hast Nerven.«

Sein Blick ist wieder unstet, wie vorhin an der Grenze. Erst die Kinder, jetzt der Beduine. Ich kann seine Angst nicht ernst nehmen, aber vielleicht sollte ich es ihm zuliebe trotzdem tun. Mein Gewissen erwacht, fängt an, schwer auf meine Laune zu drücken.

»Ich fand es besser, als du noch Witze gemacht hast«, sage ich.

Nervös reibt er seine Hände an den Oberschenkeln seiner Jeans.

»Du hast keine Ahnung, Lena. Ich bestehe zu neunzig Prozent aus Sorgen. Jedes Mal, wenn ich Fieber bekomme, bin ich sicher, dass ich sterben werde.«

»Kann ich etwas tun, das dich beruhigt?«

»Nein. Unmöglich.«

Tom nimmt das Telefon aus der Tasche seiner knielangen, schlammfarbenen Hose, krümmt sich darüber, um das Display zu beschatten. »Kein Empfang«, sagt er, »natürlich«, und streckt sich resigniert auf dem Boden aus. Ich bohre meinen linken Fuß in den Boden und schiebe mit dem rechten Sand darüber. »Reden wir von etwas anderem als Sterben.«

»Sehr gut. Du fängst an.« Ich löse meinen Rücken von dem Felsen hinter mir, der Stoff meines T-Shirts klebt fest an meiner Haut.

»Das alles hier erinnert mich an einen Film«, sagt Tom.

»Die unendliche Geschichte«, schlage ich vor. Er schüttelt den Kopf.

»Nein, aber der passt auch.«

»Mir tat Gmork immer wahnsinnig leid.«

»Wer?«

»Der Wolf. Der den Jungen, der alles retten soll, am Ende beinahe noch umbringt.«

»Der Abgesandte des Bösen! Der tut dir leid?«

»Ich habe den Verdacht, er war einfach deprimiert, nicht böse.«

»Das ändert nichts daran, dass er ein Verbrechen begehen wollte.«

»Es kann doch mal vorkommen, dass man nicht mehr weiterweiß und auf die schiefe Bahn gerät.«

»Ja, aber wenn die ganze Welt dabei mit untergeht, hört mein Verständnis auf.«

»Musste der Junge ihn deswegen gleich umbringen?«

Tom fängt an zu lachen. »Du hast wirklich ein Faible für psychopathische Mörder. Was hätte er denn sonst machen sollen? Ihn den Behörden übergeben? Während die Welt untergeht?«

Ich grinse. »Ja, vielleicht hätte er den Wolf den Behörden übergeben sollen. Dann hätte er eine schöne postapokalyptische Psychotherapie bekommen, in irgendeiner geschlossenen Wildtier-Anstalt.«

Die Felswände werfen das Echo unseres Lachens zurück. Tom lässt seinen Oberkörper zur Seite sacken, bis er im Sand liegt. »Ich versinke gerade. Echt«, bemerkt er träge. Bald liegt er mit ausgebreiteten Armen auf dem Boden wie ein Schneeengel. Kurz zögere ich, dann lege ich mich neben ihn. Der Sand ist weniger heiß, als ich dachte. Die Körner kratzen an meinen Unterarmen. »Sag mir gerade mal fünf Dinge, die dir wichtig sind«, verlangt

Tom mit müder Stimme. Die Frage ist wie ein Echo. Ich nehme meine Sonnenbrille ab, blinzle, setze sie wieder auf.

Damals habe ich vom Bett aus auf eine Hauswand geblickt, schmutzigweiß, mit einem großen Türrahmen, der schief hineingesetzt war. Die Tür stand offen, ich sah einen weißen Flur, Bücherregale und den Schatten einer Pflanze mit großen, runden Blättern. Die Tür war eine Spiegelung der Fensterscheibe, durch die ich hindurchsah. Sie zitterte ein bisschen, weil das Fenster vom Vibrieren der Straße erschüttert wurde. Draußen war es dunkel, nur ein flackerndes Licht warf schnelle Schatten an die weiße Hauswand, über die sich die Pflanze mit den runden Blättern rankte. Mein Freund hatte seinen Mund an meinem Ohr. »Ich möchte wissen, was dir wichtig ist«, sagte er. Es war sowieso schon heiß im Zimmer, und die Luft, die er mir beim Reden in den Nacken blies, war noch heißer und etwas feucht. Außerdem riecht sein Atem nach den rohen Zwiebeln, die in dem Salat waren, den wir vorhin gegessen hatten. Mir ist nie aufgefallen, dass rohe Zwiebeln derart unangenehm riechen können, wenn sie einem aus der Nähe aus dem Hals eines anderen entgegendünsten. Vielleicht lag es an einer Eigenart seines Speichels, Gerüche zu speichern. Mir war ein wenig übel. Der Geruch unterlegt seine Worte mit einem sauren Beigeschmack, wie ein falsch gespielter Ton in einer Melodie, die eigentlich schön sein könnte. Seine Lippen berühren beim Sprechen die Haut unter meinem Ohr, Hunderte unsichtbare blonde Härchen stellen sich auf. Er nimmt sich kaum die Zeit, um Luft zu holen, vielleicht, weil er sich einbilden könnte, dass alles gut wird, solange nur einer von uns redete.

Es war nicht fair. Mir war klar, dass er gerade sein Herz ausschüttete, aber ich musste mich zusammennehmen, um nicht einen Meter weit von ihm und seinen Zwiebeln abzurücken. Ihn zu halten finde ich im Moment so angenehm, wie einen Thunfisch zu umarmen. Ich mochte nichts erklären, schon gar nicht mich selbst. Jetzt schlief auch noch mein Arm ein, auf dem sein Kopf lag. Ich biss die Zähne zusammen, denn wenn ich meinen Arm weggezogen hätte, wäre er vom Bett heruntergerollt, was sicher die einfachste Lösung wäre, um ihn zum Schweigen zu bringen, aber so gemein war ich nicht. Ich wünschte mir sehr, einfach einschlafen zu können, ohne ihn zu kränken.

Ich hatte keine Antworten für ihn. Er wusste überhaupt nicht mehr, was er sagte, er hatte sich in irgendein Satzungetüm verstrickt, aus dem er nicht mehr herauskam. Ein Tropfen Schweiß rann langsam an meiner Wange herab und verfing sich in der Vertiefung unter meiner Nase.

Ich kann Zwiebeln schneiden, ohne zu weinen. Ich kenne sonst niemanden, der das kann. Als wir an diesem Abend den Salat gemacht hatten, hatte er gesagt, dass mich das vielleicht zu einem Menschen macht, der auf einer höheren Stufe der Evolution steht. Die Regierung dürfe davon nichts erfahren, sonst würde man mich entführen, um aus meinem Genmaterial Soldaten herzustellen, die immerhin Zwiebeln gegenüber furchtlos wären. Wir haben beide sehr gelacht, und dabei sah ich in seinen Augen etwas glitzern.

»Ich weiß nicht, was mir wichtig ist«, sagte ich schließlich. Es war nicht sein Zwiebelatem, der mich störte. Es war dieser Moment, die Wärme seiner Worte und die Kälte in mir. Ich schäme mich dafür, dass mir sein verdammter Mundgeruch nicht egal war. Und dafür, dass ich mich langweilte. Auf meinem Arm, der unter seinem Kopf herausragte, entdeckte ich einen Mückenstich und fing an, ihn zu kratzen. Irgendetwas fühlen, das muss doch möglich sein.

»Liebe«, sage ich zu Tom.

Er nickt ein paar Mal schnell hintereinander. »Liebe, okay, was noch?«

Ich denke nach, an Freunde, Familie, Frieden, aber es läuft darauf hinaus. »Das ist alles.«

»Das ist mir zu wenig«, sagt er enttäuscht.

»Dann verstehst du mich falsch.«

Er legt den Kopf zur Seite, kneift die Augen gegen die Sonne zusammen. »Ich schätze, jeder braucht etwas zum Festhalten.

Manche Leute glauben an Gott, manche an den Teufel. Bei dir ist es halt Liebe«, sagt er gelangweilt.

Klar, Tom, denke ich, mach die Wüste ruhig ein bisschen kälter. Fast tut er mir leid. »Wie ist es denn bei dir?«, frage ich. Er zögert keine Sekunde.

»Liebe, klar, erstens, zweitens: Sex, drittens: lernen, was auch immer, viertens: gesund sein«, er unterbricht sich »ich könnte dir hundert Sachen sagen.«

»Also doch: Liebe auf Platz eins.«

»Klar, aber ich muss mir daraus keine Religion zurechtzimmern.«

»Mache ich doch auch nicht.«

»Doch, genau das. Liebe ist alles, ja, sicher doch, siehe Bibel.«

»Da habe ich es nicht her.«

»Aber du bist Christin.« Ich lächle verblüfft.

»Was hat das damit zu tun?«

»Ihr Christen habt doch so ein Sonderding mit der Liebe am Laufen.«

»Lieber Himmel. Glaub mir, ich bin so christlich, wie du Jude bist. Aber angenommen, ich wäre religiös, fändest du das so schlimm?«

»Ja, weil es dumm ist.«

»Aha. Gestern meintest du noch, wenn du dein Gehirn an der Pforte irgendeiner Sekte –«

»Aber genau das ist doch der Punkt! Das kann ich eben nicht. Liebe hat Gründe, die nichts mit Gott oder so etwas zu tun haben.«

»Welche denn bitte?«

»Evolution. Irgendwie hat sich das anscheinend bewährt.«

»Ach.«

»Ja.«

»Ach nee. So einer bist du.«

»Ja.«

»Freizeitwissenschaftler, ja dann …«

»Was ist daran so komisch?«

»Nichts, eigentlich ist es traurig.«

»Siehst du, jetzt verstehst du mich falsch. Verdammt, ich bin der größte Romantiker, den du dir vorstellen kannst.«

»Du hast recht«, sage ich.

»Siehst du!«, ruft er erfreut.

»Nein, du hast recht, ich verstehe dich nicht.«

»Ah.«

Der Schatten ist zu einem winzigen Streifen zusammengeschrumpft, wir liegen in der prallen Sonne. Sie bedeckt alle offenliegenden Hautstellen mit warmem Glanz. Der Wind streicht darüber und verwandelt das bisschen Schweiß in einen kühlen Film.

»Hadar und du – wieso habt ihr euch eigentlich getrennt?«

»Sie hat mit mir Schluss gemacht. Ich glaube, ich bin ihr einfach zu anstrengend geworden. Ich war anders damals. Sehr, sehr nervös und neurotisch. Mehr als jetzt.« Er blinzelt.

»Schwer zu glauben.«

»Sei froh, dass du es nicht erleben musstest.«

»Was war los?«

»Mir ging's nicht gut.«

»Warum?«

»Kompliziert.«

»Du willst nicht darüber reden?«

»Wenn es dir nichts ausmacht, nein.« Ich schlucke meine Enttäuschung herunter. »Und wie lange ist deine letzte Beziehung her?«, fragt er.

»Drei Monate.«

»Ach …«

»Ja, wir haben uns getrennt, als ich nach Israel gegangen bin.«

»Wer hat sich getrennt?«

»Ich … es war zu viel. Er wollte mit mir zusammenziehen.«

»Klingt doch nett.«

»Er hat mich überhaupt nicht nach meiner Meinung gefragt. Er stand einfach irgendwann mit gepackten Kisten vor meiner Tür. Als hätte ich ihn rausgeschmissen, nur umgekehrt.«

»Und das war dir zu viel.«

Ich lasse mich wieder gegen den Felsen sinken und beginne, schluchzend zu kichern. »Jedes Mal, wenn ich nachts aufgestanden bin, ist er aufgewacht. Ich stand an der Tür, und von hinten, aus dem Dunklen, hat er gerufen: ›Wohin gehst du?‹« Ich imitiere seine erschrockene Stimme. »Ich konnte noch nicht mal aufs Klo gehen, ohne es ihm erklären zu müssen.«

»Ist doch süß«, murmelt Tom. Er starrt wieder abwesend in die Richtung, in die der Jeep verschwunden ist. »Ich will nicht verdursten, verdammt nochmal.«

»Ich habe selten jemanden getroffen, der so viel vom Sterben geredet hat«, erkläre ich gereizt.

»Fünftens«, sagt Tom, »etwas schaffen, auf das ich stolz bin. Etwas, weswegen man sich an mich erinnert. Mein Ding, ein Film, ein Buch, was weiß ich.«

Ich schüttele den Kopf.

»Es ist völlig egal, ob sich jemand an mich erinnert.«

»Nicht dein Ernst, Lena.«

»Doch. Wie gesagt, was nach meinem Tod mit mir ist, interessiert mich nicht.«

»Man kann nicht behaupten, dass wir uns ähnlich sind.«

Etwas flattert durch meinen Bauch, ein Schatten von Angst. »Ist das schlimm?«

»Nein, ich bin froh darüber.«

Die Stille ist größer als die Wüste selbst. Tom zieht Luft in sich hinein, hörbar, und lässt sie wieder heraus. Er legt einen Arm um mich, ich drücke mich hinein. »Ich möchte Schreinerin werden, damit ich Möbel bauen kann, die wie du geformt sind«, sage ich.

»Lena«, sagt Tom leise.

»Was?«

»Nichts, ich wollte nur deinen Namen sagen.« Eine Fliege krabbelt über meinen Schuh. Es ist nie wirklich still, nicht mal in der Wüste. Sobald der Wind nicht bläst, hört man die Fliegen summen. »Hast du mittlerweile darüber nachgedacht, wie es mit uns weitergeht?«, fragt er unvermittelt.

Ich versuche, mir die Zukunft vorzustellen. Eine weiße Wand. »Nein«, sage ich, »du?«

»Etwas in der Art.« Er sieht an mir vorbei.

»Und?«

»Ich möchte nicht darüber reden. Vielleicht später.«

»Vielleicht gibt es kein Später.«

Ich versuche, seinen Blick abzufangen, aber er blickt immer noch an mir vorbei. Absichtlich, wie mir scheint.

19

Der alte Mann in der Küche arbeitet gleichmäßig vor sich hin. Sein Körper ist ein Sack, ein ausgewaschenes Tuch, mit Mensch gefüllt, weiches Fleisch quillt aus jedem Loch seiner Kleidung. Der dicke graue Schnurrbart gibt seinem Gesicht den Ausdruck eines müden, heimatlosen Hundes. Oder er ist ein Fisch, denn die Küche ist ein Glaskasten, mit Fenstern statt Wänden. Er kann sich nicht mal am Hintern kratzen, ohne dass es zehn Gäste mitbekommen. Er schaut kein einziges Mal auf, während er glatte Scheiben Käse auf den Grill vor sich legt, jede einzelne schält er von einem gelben Stapel herunter, einem Hochhaus aus Käse. Von da, wo er steht, könnte er jeden in diesem Café sehen, aber er nimmt die Augen nie von seinem Grill weg.

Ich beobachte ihn von unserem Tisch aus, wir sitzen im Innenhof eines Restaurants in dem Wüstendorf, in dem wir gelandet sind, nachdem der Mann mit dem Pick-up sich entschlossen hatte, uns doch nicht verdursten zu lassen. Als sein Wagen in einer Staubwolke um die Ecke bog, nach fast einer Stunde endlich, waren Tom und ich schon seit einer Weile in Schweigen versunken.

Das Restaurant liegt in einem Kranz aus Häusern, beigefarbene Würfel, mit Löchern als Fenstern wie bei Rohbauten, aber bewohnt. Das Essen ist so billig, dass wir alles bestellt haben, was wir wollten. Der Tisch ist bedeckt mit Schalen, Brotkörben, Olivenöl-Pfützen liegen auf unseren Tellern, unsere Mägen tun ihr Bestes. Nie kam mir ein kleiner, trockener Ort lebendiger vor als jetzt, wo die Hitze der Wüste noch auf meiner Haut nachbrennt. Der Wind streicht durch die Blätter der Zitronenbäume, sanfte Bässe pulsieren aus den Boxen, die sich in den Ecken verstecken, am Eingang stehen zwei Schaukelstühle aus weißem, verschnörkeltem Metall, in denen Jungs mit kaffeefarbener Haut und dunklen Kapuzenpullis sitzen. Aus der Küche dringen schnatternde Stimmen, ein Vogel zirpt in den gleichmäßigen Rhythmus der Musik hinein. Eine schwarze Raupe windet sich über den Kiesboden, wie ein winziger, aufgeplusterter Katzenschwanz. Über dem Aschenbecher auf unserem Tisch schweben zarte, graue Fetzen. Die Luft trocknet unsere Nasenlöcher aus. Sie riecht nach sprödem Gras und, ganz schwach, nach Klodunst.

Mit dem letzten Fetzen Fladenbrot wische ich einen Rest Auberginenpampe weg und lehne mich kauend in meinem Stuhl zurück. Tom, in düsteres Schweigen gehüllt, starrt sein Handy an, das auf dem Tisch vor ihm liegt. Eine kleine, blaue Plastikschachtel mit verkratztem Display.

»Gibt es hier Netz?«, frage ich.

»Ja«, sagt er kurz angebunden.

»Irgendwelche verpassten Anrufe?«

»Ja, die Armee.«

»Ist das schlimm?«

Es ist, als wäre er hohl geworden. Obwohl er mir geradewegs in die Augen blickt, schaut er mich nicht direkt an. Da wo unsere Blicke sich begegnen müssten, hängt ein trüber Schleier.

Der Mann mit dem Pick-up, ich habe seinen Namen vergessen, hat uns an einer Bushaltestelle herausgelassen. Es sah nicht aus wie eine Bushaltestelle, kein Schild, nur ein Stück zerbröckelnder Mauer an einer Straße, die durch die rote Landschaft schnitt. Er sagte, der Bus werde bald kommen. Nach einer Stunde rumpelte ein eiförmiges Gefährt heran, darin ein Dutzend Sitzplätze und sieben junge Frauen, die trotz der Hitze bodenlange, schwarze Mäntel und eng anliegende Kopftücher aus weichem, schimmerndem Stoff trugen. Vorne saßen zwei Männer, rotweiß karierte Fransentücher kunstvoll um die Köpfe gewickelt. Zwischen ihnen gab es einen Sitz, bedeckt mit etwas, das wie ein flachgeklopftes Schaf aussah. Darauf hockte Tom, schweigend, während an den Fenstern die prachtvolle rote Wüste vorbeifloss.

Ich saß zwischen den Frauen, als einzige kopftuchlos. Unter ihren neugierigen Blicken kam es mir vor, als erwarteten alle, dass ich etwas spektakulär Fremdartiges machte, eine Crackpfeife rauchen oder mich mit den Füßen hinter dem Ohr kratzen. Ich schwitzte. Niemand sprach Englisch, wir versuchten es mit Händen und Füßen, aber es kam ein Schattenspiel heraus, bei dem klar war, dass etwas gesagt wurde, aber nicht was. Eine junge Frau mit Pupillen wie dunkle Teiche drückte mir tröstend ein winziges goldenes Päckchen in die Hand. Ich wusste nicht, ob die Botschaft lautete: »Du bist nett, Fremde« oder »Ich will dich vergiften«, aber ich öffnete das Päckchen und fand darin ein glattes Kaugummiquadrat mit gelber Füllung, deren Honiggeschmack nur zwei Sekunden auf meiner Zunge blieb. Einige der Frauen sahen Tom verstohlen an, und ich fühlte eine überraschte kleine Explosion aus Stolz in meinem Inneren. Ich beobachtete, wie sein Blick dem einer der Frauen begegnete. Für den Bruchteil einer Sekunde sahen sie einander an, dann schlug sie die Augen nieder, hielt sie demonstrativ geschlossen, bis ein halbes Dutzend Wüstenberge am Fenster vorbeigezogen waren, dann drehte sie den Kopf weg. Was für eine Show.

Im Zentrum des nächsten Dorfes stiegen wir aus, auf einem Busparkplatz, über dem die jordanische Flagge wehte. Toms Gesichtsausdruck zeigte keine Besserung. Ich nahm seine Hand. Sie war feucht. Motorräder rollten an uns vorbei, meine Augen und meine Kehle brannten vor Staub. Ich hatte keinen Spiegel, aber meine Haut fühlte sich glühend heiß an und spannte, also konnte ich mir ausrechnen, dass mein Gesicht die Farbe frisch gepressten Preiselbeersafts haben musste. Tom rührte sich nicht vom Fleck, er betrachtete eingehend etwas, das in der Ferne lag, sein orangefarbenes T-Shirt hatte weiße Ränder unter den Armen, wo der Schweiß getrocknet war, und seine Hand lag in meiner wie ein welker Palmwedel. Er klinkte sich einfach aus dem Geschehen aus, genau so, wie er es manchmal bei der Arbeit machte. Überließ sich dem Schicksal, oder mir, je nachdem, wer sich als Erstes rührte. Ich biss mir verärgert auf die Unterlippe und blickte zur Seite.

Wir standen nebeneinander, die Köpfe in verschiedene Richtungen gedreht, das Dorf spiegelte sich in unseren Sonnenbrillen.

»Was jetzt?«, fragte ich.

»Ich schwöre, dass ich keine Ahnung habe«, sagte Tom.

»You want restaurant?«, sagte eine Stimme, die von unten kam. Ein schmaler Junge im dunkelblauen T-Shirt mit Adidas-Streifen an den Ärmeln. Ohne eine Antwort abzuwarten, sagte er: »Nice restaurant. Come with me.«

»Hast du Hunger?«, fragte ich.

Er wandte sich an den Jungen und sagte »Let's go«. Zum ersten Mal fand ich, dass er Arabisch sprechen können sollte. Er, der Israeli, der sein Land dafür hasste, dass es keinen Frieden mit seinen Nachbarn schließen konnte. Einer wie er sollte die Sprache sprechen, dachte ich, als ich dem Jungen hinterherging. Tom lief neben mir.

Einer der Kapuzenpulli-Jungs kommt an den Tisch und fängt an, die Tellerchen abzuräumen. Er schafft es, ungefähr zehn Stück auf seinen ausgestreckten Arm zu stapeln. Ich knülle meine Serviette zusammen und lege sie an den Rand einer Platte. Als Kellnerin habe ich es gehasst, wenn die Leute ihre Servietten mitten in die Saucenreste geworfen haben.

»Jetzt hängen wir hier«, sagt Tom abwesend.

»Und was für ein Plätzchen zum Hängen«, sage ich wieder, wie in der Wüste, und meine es diesmal ernst.

»Nein, ich meine: wir hängen wirklich. Zwischen allem.«

»Tom, was ist los.«

Er legt seine Hand auf das Handy und gibt ihm einen schnellen Schubs, dass es ein paar Zentimeter über die Tischplatte kreiselt. Dann langt er über den Tisch und streicht mir eine Haarsträhne aus dem Gesicht, die der Wind quer darübergeweht hat.

»Warum willst du das eigentlich für mich tun«, fragt er ernst.

»Die Scheinehe?«

»Was sonst.«

»Weil ich dir helfen will.«

»Das weiß ich, aber warum?«

Ich blicke zur Seite. Eine Katze, die nur ein Auge hat, liegt in einem Blumenkasten, den feingliedrigen, glatten Körper zu einer bebenden Fellmasse gerollt.

»Weil ich will, dass ich einen Unterschied mache. Dass ich nicht nur den anderen Leuten den Sauerstoff weggeatmet habe in meinem Leben.«

»Seltsame Antwort.«

»Findest du? Es ist doch ganz einfach. Ich habe keine Lust mehr, mich nur noch um mich selbst zu drehen. Das hat keinen Sinn. Das macht einen doch fertig.«

Tom sieht mich zweifelnd an. Ich versuche es weiter. »Früher habe ich mir jedes Jahr vorgenommen, an Weihnachten keine Geschenke zu verlangen, sondern Spenden. An Amnesty International und so weiter. Einmal habe ich es dann endlich gemacht. Seltsam, danach ging es mir scheiße, ich habe mich ohnmächtig gefühlt und irre verlogen. Verstehst du? Du hängst dir deine Spendenquittung an die Wand im Klo und lebst ansonsten schön weiter wie bisher. Das mit dir ist anders. Weil ich weiß, für wen ich es tue, und weil ich dich direkt vor mich sehe.«

Mein Kopf ist wirr, hitzig. Ich suche Toms Gesicht ab.

»Verstehe ich nicht«, sagt er. Ich lehne mich zurück. Es ist frustrierend, dass ich es ihm nicht besser erklären kann. »Das heißt, eigentlich verstehe ich doch«, sagt er ruhig, »ich bin dein Hilfsprojekt.«

»So habe ich's nicht gemeint.«

»Klar, genau so denkst du: wenn du 50 Euro an irgendeine Hilfsorganisation spendest, gehen wahrscheinlich 49 Euro davon für das parfümierte Klopapier der Mitarbeiter drauf. Ich bin viel praktischer. Ich bin für dich so etwas wie ein Kind in Indien, dem du auf die Sprünge hilfst.«

»Ach komm«, sage ich lächelnd, aber er fährt zornig mit der Hand durch die Luft, als wolle er mein Lächeln wegwischen. Etwas läuft hier falsch, ganz und gar falsch. »Du warst doch derjenige, der am Anfang Witze darüber gemacht hat, dass ich dir etwas schulde, Wiedergutmachung, weißt du noch?«

»Hast du das etwa wieder ernst genommen? Bei dir muss man wirklich aufpassen.«

»Moment mal, mein Freund. Warum auch immer, ich versuche, dir zu helfen, schon vergessen?«

Seine Stirn wirft Falten. »Nein.« Der Wind drängt sich flüsternd um die Palmen in unserem Rücken. »Wahrscheinlich sollte ich mich wirklich nicht beschweren, ich habe ja etwas davon. Da kann ich auch dein Kind in Indien sein.«

»Tom«, sage ich leise.

»Schon okay.«

Ich habe das Gefühl, dass die Stimmung weit weg von okay ist.

»Wie hättest du es denn gerne?«, frage ich. Er verzieht den Mund, sodass seine Lippen blass und schmal werden. Es macht ihn zwanzig Jahre älter.

»Ich nehme an, ich dachte, es geht um mich.«

Das macht mich wütend.

»Das ist einfach kindisch, Tom. Tu doch nicht so, als hättest du mir diesen Heiratsantrag gemacht, weil du mich vom ersten Moment an umwerfend fandest. Du hättest doch jedes europäische Mädel, das dir bequem über den Weg gelaufen wäre, das Gleiche gefragt«, sage ich.

»Eine andere hätte es meinetwegen gemacht und nicht wegen irgendwelcher blümchenmäßigen Weltverbesserer-Ideen in ihrem Kopf. Ich weiß nicht, wie man in deinem Alter noch so naiv sein kann.« Seine Stimme ist glatt vor kühlem Spott.

»Komm, gib's mir, du hast doch bestimmt noch mehr zu sagen«, sage ich ruhig. Ich will, dass er aufhört, und bin gleichzeitig fasziniert.

Er schüttelt den Kopf.

»Du meinst also, ich wäre naiv, ja? Du bist doch derjenige, der einer Wildfremden einen Heiratsantrag gemacht hat. Du bist derjenige, der abhauen will, weil er denkt, dass die Welt anderswo besser ist!«

»Du willst mir vorwerfen, dass ich abhauen will, ausgerechnet du?«

»Mir geht es wenigstens um jemand anders. Dir geht es nur um dich. Ich frage mich, wie es ist, in deinem Kopf zu leben, wahrscheinlich irre langweilig, immer Tom, Tom, Tom, Tom, Tom.«

»Ach, jetzt verstehe ich! Du bist vollkommen selbstlos. Du hast mit dem armen Kerl, deinem Freund da drüben, Schluss gemacht, weil du *ihm* einen Gefallen tun wolltest! Ich wette, der Junge hätte dich gerne geheiratet, und zwar deinetwegen.«

»Du hast doch keine Ahnung, wovon du redest.«

»O doch, die habe ich. Dir ging es weder um ihn, noch geht es dir um mich. Du hast dir gedacht, du heiratest mal eben einen jüdischen Bengel nach Deutschland hinein, und zur Belohnung werden die ganzen Menschen, die ihr vergast und zu Seife gemacht habt, dir vom Himmel aus Kusshände zuwerfen. Dann sind nur noch alle anderen böse, und du nicht mehr.«

»Du bist krank, Tom.« Mein Inneres füllt sich langsam mit Gift. Ich beherrsche meine Stimme mühsam.

Er lehnt sich zurück. »Bin ich das?«, fragt er spöttisch.

»Allerdings. Ich weiß nicht, wieso ich dir helfen wollte, Tom. Lassen wir den Scheiß doch.« Ich höre die unterdrückte Wut in meiner Stimme.

Etwas scheint in ihn zurückzukehren. »Hör zu, Lena«, sagt er. »Sei nicht beleidigt, weil ich ein paar Dinge ausspreche.«

Ich winke dem Kapuzenkellner. »Zahlen bitte!«, er nickt, zieht einen Block heraus und fängt an, etwas aufzuschreiben.

»Wenn wir es machen, sollten wir die richtigen Gründe haben«, sagt Tom.

»Und was, bitte, soll das sein? Ich hoffe, du hast das Buch, in dem die richtigen Gründe stehen, mitgenommen, ich habe meines zufällig gerade nicht dabei.« Ich beiße mir auf die Zunge. Ich hatte ganz vergessen, wie weh es tun kann. Der Kellner kommt. Ich will ihn nicht sehen. Er legt einen Zettel auf den Tisch, der mit Millionen Zahlen bedeckt ist, ich ziehe meinen Geldbeutel heraus, richte mich nach der höchsten Summe, zahle zu viel. »Gehen wir.«

Draußen wieder die roten Berge. Tom steht neben mir und zieht die Schultern hoch. »Nehmen wir ein Taxi«, schlägt er vor. Ich rühre mich nicht. Ein gelbes Auto koreanischer Marke nähert sich, hupt, Tom hebt einen Arm, das Taxi hält. »Wie viel bis zur Grenze«, fragt er.

»Zwanzig Dinar«, sagt der Fahrer.

»Fünfzehn«, schlägt Tom vor. Der Fahrer wiegt den Kopf. Ich fasse es nicht, wie Tom in dieser Situation noch feilschen kann. Er nimmt seinen Rucksack von den Schultern, öffnet die hintere Wagentür und setzt sich auf den Rücksitz, rutscht bis auf die andere Seite der Bank und stellt den Rucksack auf den Boden zwischen seine Füße. Die Wagentür steht weiter offen. Tom beugt sich herunter, sodass er mich durchs Fenster sehen kann, und ruft: »Kommst du?«

»Nein«, sage ich.

»Was?«, ruft er. Ich antworte nicht.

»Moment«, sagt er ziemlich verwirrt zu dem Fahrer. Er rutscht über die Bank zurück, schwingt seine langen Beine auf die Straße und steht wieder vor mir. »Wie meinst du das, du kommst nicht mit?«

»Ich bleibe hier.«

»Ach nein«, sagt er.

»Doch.«

»Was willst du denn hier machen?«

»Ich weiß es nicht.«

»Wieso willst du denn auf einmal nicht mehr mitkommen?«

»Weil es Schwachsinn ist.«

»Was? Oh, das heißt wohl, du bist wirklich sauer auf mich, richtig?«

»Sauer ist das falsche Wort.«

»Klar bist du nicht sauer. Deswegen willst du ja auch lieber in einem wildfremden Land allein sein, als mit mir in ein Taxi zu steigen.«

»Es hilft nicht gerade, wenn du dich über mich lustig machst.«

»Lena, es ist gefährlich, allein hierzubleiben.«

»Ich komme schon klar.«

Er legt eine Hand auf meine Schulter. »Jetzt bist du kindisch«, sagt er mit Nachdruck.

Bittere Medizin ist nichts dagegen. »Du musst dich zu nichts verpflichtet fühlen«, knurre ich wütend.

Er lässt die Hand von meiner Schulter gleiten, sie fällt herunter und prallt gegen seinen Oberschenkel.

»Wie gesagt, ich wollte nur ein paar Dinge aussprechen –«

Ich hebe beide Hände. »Ho, das brauchst du mir nicht noch einmal sagen.«

Er tritt einen Schritt zurück. »Ich möchte aber, dass du mitkommst.«

»Und ich will hierbleiben.« Die Wut, die mich packt, lässt mich nach seinem Arm greifen. »Ich bin nicht sauer, ich bin jenseits von sauer. Du kannst mir nicht diese Scheiße an den Kopf werfen und dann erwarten, dass ich sie einfach runterschlucke«, flüstere ich wütend. Ich drücke seinen Arm, meine Finger krampfen.

»Hm«, sagt er, kalt wie einer, in dessen Adern Softdrink fließt. Der Taxifahrer hupt. »Ich fahre«, sagt Tom, »wenn du willst, komm mit.«

Er steigt in das Taxi, wartet einen Moment, dann schlägt er die Tür zu, der Taxifahrer fährt mit quietschenden Reifen an.

Sie fahren den Berg herunter, Toms Hinterkopf ist ein runder Schatten in der Heckscheibe, dann biegen sie um die Ecke und sind weg, nicht mal eine Staubwolke ist übrig. Ich fühle mich, als hätte ich versucht, einen Marathon zu laufen, und mich dabei hoffnungslos übernommen. Mein Gesicht ist heiß, der Rucksack steckt zwischen meinen Füßen. Die Sonne hat keinen Sinn.

20

Eine riesige Motte flattert um die Neonröhre an der Decke.

Mein Zimmer hat blassgrüne Wände, die im unteren Drittel braun verschmiert sind, als wäre Regenwasser daran heruntergelaufen. Mir gegenüber hängt ein Werbeplakat für eine Reifenfirma, ein knallroter Ferrari, der sich halb von der Wand löst. Auf der Fensterbank sind hellgrüne Farbspritzer. Ich liege mit den Händen zwischen den Knien zusammengerollt auf dem Bett. Die verdreckten Lichtschalter, die zerbrochene Glühbirne in der Duschkabine, das Betonbecken neben dem Klo, das sich langsam aus dem tropfenden Wasserhahn füllt, stundenlang, solange Wasser kommt, auf dem Tisch ein Häufchen Schokoladen-Doppelkekse, die sie in dem Kiosk unten stückweise verkaufen. Die Hälfte habe ich bereits gegessen. Der Betonboden des Zimmers hat Risse. Ich trage Socken in einem Pink, das nicht von dieser Welt ist. Sie brüllen ihre Farbe durchs ganze Zimmer.

Als Kind habe ich mir meine Lieblingsfarbe abgewöhnt. Sie war Rosa. Zu meinem fünften Geburtstag bekam ich ein Kleid aus rosa Satin, mit Rüschen und Goldfäden. Ich zog es an, ging damit in den Garten hinter dem Haus meiner Eltern und stieg auf das hölzerne Klettergerüst, vorsichtig, um den Stoff nicht zu zerfetzen. Ich saß da oben, kam mir vor wie eine Prinzessin in ihrem Turm, hielt mich mit der einen Hand an einem Ast fest, ließ die andere über den Rockteil gleiten, den glänzenden, fast flüssigen Stoff, der eine Farbe hatte, die ich am liebsten essen wollte.

Ich wollte das Kleid unbedingt am nächsten Tag im Kindergarten anziehen, es war ein voller Erfolg, alle Mädchen bekamen große neidische Augen. Ich war nicht gerade das beliebteste Kind im Kindergarten, es war nicht schlecht, auch mal ein paar Fans zu haben. Das gute Gefühl hielt bis zu dem Moment, in dem ich mitbekam, wie zwei der Kindergärtnerinnen über mich sprachen. »Komisch, dass alle kleinen Mädchen Rosa mögen«, sagte die eine zur anderen, während sie ein Stück Würfelzucker in eine dieser Tassen warf, die für mich immer Kindergärtnertassen bleiben werden, weißes, billiges Porzellan mit dickem Rand. Die zweite sagte etwas, was ich nicht verstand, aber etwas gefiel mir nicht, das Kleid hing auf einmal schwerer von meinen Schultern. Erst später kam ich darauf, was es war. *»Alle Mädchen mögen Rosa«*, hatte sie gesagt. Beklommen fragte ich mich, was mit den anderen Farben los war. Mochte die etwa keiner? Ich trug die Frage eine Weile mit mir herum. Dann kam der Tag, an dem ich schweren Herzens mein Prinzessinnenkleid und alle anderen rosa Klamotten, die ich besaß, in eine Kiste stopfte, mit dem Vorsatz, sie nie wieder anzuziehen. Wenn mich jemand fragte, was meine Lieblingsfarbe sei, sagte ich von da an: »Gelb.« Später änderte ich die Antwort zu »Rot«, weil ich es auf lange Sicht nicht schaffte, Gelb wirklich gut zu finden.

Ich setze mich auf und sehe aus dem Fenster, auf die flachen Dächer, schmutzigen Terrassen, Pfützen, Wäscheleinen, auf denen Kleider hängen, am Abend vorher gewaschen und aufgehängt, morgens dampfend in der jordanischen Sonne trocknend. Tom hatte recht. Ich habe nicht genug nachgedacht. Mit Absicht, durchaus. Nachdenken hat bei mir einen Lawineneffekt: ein kleiner Zweifel trifft auf eine mittelgroße Sorge, ein echtes Problem gesellt sich dazu und bringt ein paar Kumpels mit, und bevor ich den Kopf heben kann, ist darin eine Party im Gange, zu der ich niemanden eingeladen habe. Aus diesem Grund verhalte ich mich meistens extrem: entweder, ich denke gar nicht nach, oder ich mache nichts anderes.

Solange Tom bei mir war, habe ich geschafft, die Zweifel abzuschalten. Nun, wo er mich mit meinen Gedanken allein gelassen hat, fallen sie übereinander her und nehmen mich in Besitz wie ein Festmahl, bei dem allen Beteiligten schlecht wird. Leider verhindert die schiere Masse an Fragen und Antworten, dass ich durchblicke. Klar ist nur die offensichtliche Frage, wie sehr ich

Tom … ich hasse es, sie mir zu stellen. Ich fühle mich wie eine Frauenzeitschrift, wenn ich das Wort »verliebt« benutze, es ist so abgenutzt, Rosa in seiner schlimmsten Form. Es ist schwierig, über Liebe nachzudenken, wenn man sich dabei weigert, Klischeevokabeln zu verwenden, Tatsache ist, dass ich mich nie besonders für die Frage interessiert habe, ob ich einmal jemanden heirate. Aber seitdem Tom mir den Vorschlag gemacht hat, ihn ganz zweckmäßig zu heiraten, ist meine Freude an der Idee jeden Tag gewachsen. Weit, weit über die Freude am Helfen hinaus. Ja, verdammt. Ich habe mir dieses »Ja« täglich wiederholt und es Tag für Tag mehr gemeint. Ausgerechnet ich. Oder auch: typisch ich.

Ich gähne, strecke die Finger Richtung Decke, mein Rücken macht interessante Knack-Geräusche, nehme mir einen weiteren Keks aus der Rolle auf dem Tisch und mein Portemonnaie, noch blöder als draußen sein ist nur drinnen herumliegen, ziehe gereizt an den Schnürsenkeln meiner Schuhe, stoße die Tür auf, Treppe runter, die Straße ist immer noch die gleiche wie vor einer Stunde, als ich in dieses Hotel eingecheckt habe, das einzige in diesem Ort.

Es tut weh, verdammt weh, dass Tom gegangen ist, ich bin noch nie verlassen worden. Die Abenddämmerung ist kühl, ich stecke die Hände in die Hosentaschen und laufe die Hauptstraße herunter, an deren Rändern sich die flachen Häuser aufreihen. Fast genieße ich den Schmerz. Mir scheint, ich habe ihn verdient.

Ich senke den Kopf und schaue meinen Füßen zu, wie sie über den Asphalt laufen, die Knöchel sind immer noch rot von dem Wüstensand, in dem Tom und ich vor gefühlten drei Jahren gesessen haben.

Fleischduft weht mir in die Nase und fragt, ob ich Hunger habe. Ich gehe der Frage nach und finde eine Imbissbude, ein großes Loch in der Wand eines Hauses, in der etwas Braunes, Brutzelndes über Kohlen rotiert und massenweise grellgrüne, gehackte Petersilie auf einem angegilbten Plastiktresen herumliegt. Davor steht ein halbes Dutzend weißer Tische und geflochtene, rote Plastikstühle mit Männern darauf. Keine einzige Frau dabei. Ein Tisch hängt etwas verloren an der Seite. Ich ziehe meine Sweatjacke vor der Brust zusammen und nähere mich dem einsamen Tisch. Jemand springt aus dem Schatten der Hauswand. Ein junger Mann lächelt. Erschrocken starre ich ihn an. Die schwarzen Haare hat er mit ultraglänzendem Gel fest gegen seinen Kopf geschleimt. Darunter sind sympathische Lachfalten. »You want to eat?«, fragt er.

Ich lege den Kopf zur Seite und sage »Hallo.« Er heißt Asad.

Mein Mund schmeckt nach Knoblauch. Asad hat mit einem langen Messer feinste Fetzen von dem Fleischspieß der Imbissbude gehobelt, hat die Stücke elegant in ein Fladenbrot geschaufelt und mit Saucen und Grünzeug zugedeckt. Irgendwo schräg rechts hinter mir rupft ein Esel energisch an dem Fell seiner Hinterbacken. Unsere Nachbarn sind Männer mittleren Alters mit weißen T-Shirts und rotweißen Kopftüchern, einige tragen auch eine Art weites, weißes Kleid. Alle haben identisch geformte schwarze Schnurrbärte und trinken kastanienfarbenen Tee aus geschwungenen kleinen Gläsern. Nachdem ich mein Sandwich gegessen habe, nimmt Asad meinen Teller und geht in die Küche. Die Straße vor mir ist ein staubiger Strang, der langsam in der Nacht verschwindet. Asad kommt wieder, mit den Fingerspitzen trägt er zwei randvolle Teegläser. Er stellt sich vor mich und lächelt abwartend. Ich lächle zurück. Der geflochtene Stuhl knirscht unter seinem Gewicht, als er sich neben mich setzt. Er nimmt das Zuckerfass und schüttet mir ungefragt so viel Zucker in den Tee, dass auf dem Boden des Glases ein kleiner, nasser Berg entsteht. Er hebt sein eigenes Glas, lächelt noch einmal in meine Richtung und schlürft einen Zentimeter Flüssigkeit in sich hinein. Ich mache das Gleiche. »Wie heißt du?«, fragt er.

»Maja«, lüge ich impulsiv. Verwirrt nehme ich schnell noch einen Schluck Tee.

»Ein schöner Name«, sagt er kehlig. Er scheint die Worte viel weiter hinten auszusprechen. Der Tee ist stark, bitter und gleichzeitig so süß, dass ich ihn kaum schlucken kann. Ich trinke Wasser hinterher.

Er legt seine linke Hand auf meine rechte. »Komm mit, dann zeige ich dir etwas«, schlägt er plötzlich vor.

»Was denn?«, frage ich.

»Es wird dir gefallen«, sagt er. Ich ziehe meine Hand weg. »Etwas, das Touristen hier normalerweise nicht zu sehen kriegen«, lockt er. Ich zögere. Asads Blick ist offen und freundlich. Wozu dieses Misstrauen, frage ich mich, ich benehme mich schon wie Tom. Das gibt den Ausschlag.

Beim Weggehen hebt einer der Schnurrbart-Typen den Kopf und schickt einen Blick in Asads Richtung. Der hebt die Hand und macht eine Geste, die ich nicht verstehe. Ich fühle mich nicht ganz wohl bei der Sache, aber ich kenne meine innere Stimme gut genug, um zu wissen, dass sie ein ziemlicher Feigling sein kann.

Wir gehen die Hauptstraße hinunter, die flachen Häuser liegen rechts und links von uns im Schatten, eine Mücke zieht sirrend an meinem Ohr vorbei. Asad biegt nach rechts zwischen zwei Häusern ein, eine schmale Gasse, etwas tropft überraschend laut, dann hören die Häuser auf und die Gasse öffnet sich zur Wüste.

Wir laufen in den Fahrrillen der Piste, die von den Geländewagen in den Wüstenboden gepresst worden ist. Der Mond scheint hell, sodass ich einzelne Steine und niedrige Pflanzen mit großen, fleischigen Blättern erkennen kann. Wir gehen auf eine Kette aus Bergen zu. Tom und ich haben heute Morgen von der Straße aus die gleichen Berge betrachtet und zu schätzen versucht, wie weit entfernt sie waren. Wir hatten keine Ahnung, aber wir waren uns darin einig, dass sie weiter weg sein mussten, als es den Anschein hatte. Dann haben wir einander angesehen und waren uns stumm darin einig, wie symbolträchtig wir es beide fanden, dass wir stehen blieben und schätzten, statt loszugehen, um es herauszufinden. »Früher wäre ich einfach hingerannt«, hatte Tom gesagt, »aber ich gehe auf die dreißig zu. Mittlerweile weiß ich, dass diese Sachen immer, immer schwerer sind, als es auf dem ersten Blick aussieht.«

Ich will nicht an Tom denken.

»Wie weit noch?«, frage ich Asad. In der Wüste hat meine

Stimme keinen Widerhall, die Luft schluckt sie einfach. »Zehn Minuten«, sagt er kurz.

Als wir am Fuß der Berge ankommen, bin ich überrascht, dass er recht hatte.

Asads ausgestreckte Hand kommt wie ein Einwand. Er deutet auf einen Felsspalt. »Da rein?«, frage ich zweifelnd.

»Kein Problem«, beschwichtigt Asad und unterstreicht das Gesagte, indem er sich seitlich in den Spalt schiebt, der in den Fels genau vor uns gerissen ist.

Warum eigentlich nicht.

Irgendwo in meinem Hinterkopf klingelt einsam ein Warnglöckchen, aber meine Neugier ist längst lauter. Der Stein fühlt sich unter meinen Händen warm an, als ich Asad hinterher und in den Felsen hineinsteige. Hinter dem Eingang wird der Schacht sofort breiter, zehn Schritte weiter öffnet er sich ganz. Eine Lichtung im Fels, mit metallischem Mondlicht übergossen, eine abgebrannte Feuerstelle in der Mitte, daneben liegt ein schwarz gekohlter Teetopf. Die eigentliche Sensation ist ein dünner Wasserstrom, der sich gegen den Felsen drängt, an dessen Rändern Sträucher wachsen, deren Blätter jetzt dunkelgrau sind, aber bei Tageslicht saftig grün sein müssen. Mittendrin leuchtet Asad in seinem weißen T-Shirt. Ich trete auf die Lichtung.

»Setz dich«, sagt er. Es klingt fast wie ein Befehl, aber ich wische meinen Ärger sofort weg, es ist wohl nur sein schroffer Akzent. Ich setze mich neben die Feuerstelle. »Nein, hier«, sagt er ungeduldig und zeigt auf einen Streifen Sand, der wie ein Miniaturstrand an einer Stelle den Bach säumt. Etwas genervt stehe ich auf und setze mich ein paar Meter weiter rechts auf den Strand.

»So besser?«, frage ich. Er nickt und lässt sich neben mir nieder, streckt seine Beine aus, dass unsere Hosen aneinander schaben. Ich rücke ein Stückchen von ihm ab, lächelnd, damit er es nicht in die falsche Kehle kriegt. Er rückt wieder näher. Ich rücke nicht wieder weg.

»Gefällt es dir?«, fragt er.

»Sehr schön«, sage ich abwesend. Er gähnt, streckt sich, und legt dann tatsächlich einen Arm um mich. Ich kann mir das

Grinsen über das Manöver nicht verkneifen. Er grinst auch und fängt an, meine rechte Schulter zu kneten.

»Hat dir schon mal jemand von der berühmten Beduinen-Massage erzählt?«, fragt er. Ich schüttle den Kopf. Lieber Himmel. Nicht die Massage-Tour.

»Nein.«

»Ah, das musst du kennenlernen. Wenn du einen Beduinen triffst, sag ihm, er soll dich massieren.«

»Okay, das werde ich«, sage ich, damit er die Klappe hält. Der Ort ist zauberhaft, ich wünschte, Asad könnte so nett sein und verschwinden.

»Ich komme aus einer Familie von Beduinen«, sagt er nach einer Weile.

»Mhm«, mache ich.

»Möchtest du, dass ich dich massiere?«, fragt er.

»Ach, heute nicht.« Er runzelt die Stirn.

»Gerade wolltest du noch.«

»Moment«, protestiere ich.

»Komm schon, es wird dir gefallen. Nur ein bisschen.«

»Na schön«, gebe ich nach.

Er setzt sich hinter mich, legt beide Hände auf meine Schultern, knetet etwas unbeholfen, lässt seine Finger weiter an meinem Rücken herunterlaufen, landet in meiner Hüftgegend, drückt darauf herum, dann machen seine Hände einen unerwarteten, eleganten Schlenker und kommen auf der Vorderseite meines T-Shirts zu liegen. »Okay, das reicht«, sage ich und versuche, mich aus der Reichweite seiner Hände herauszuwinden, aber ich sitze wie in einem Käfig, vor mir ist die Felswand mit dem Bach, hinter mir Asad und rechts und links seine Arme. »Hör auf!«, schimpfe ich und greife nach seinen Handgelenken. Seine Reaktion kommt völlig unerwartet. Plötzlich wirft er sich herum, ich lande unter ihm.

Ich sehe Asads Gesicht über mir, es hat einen gehetzten, dringlichen Ausdruck, als hätte er Angst, seinen Zug zu verpassen. In einem anderen Moment würde ich darüber lachen, aber alles an mir ist gelähmt. Das passiert nicht mir, denke ich verwundert,

Asad schnauft und drückt an mir herum, und mir wird nur langsam klar, dass das hier zwar wie ein schlechter Traum aussieht, aber sich zu echt anfühlt.

»Stopp!«, schreie ich, meine Stimme hallt zwischen den Felsen, und als er nicht reagiert: »Ich bin verlobt!« Das wirkt wie ein Zauberspruch. Sofort nimmt er seine Hände von mir weg und setzt sich auf. Ich bleibe schwer atmend liegen. Er ist immer noch über mir, aber er scheint das Interesse verloren zu haben.

»Du bist ja gar keine Hure«, sagt er. Es klingt ehrlich verwundert.

»Wie kommst du darauf?« Meine Stimme, ein Kratzen gegen eine Metalltür.

»Weil du so angezogen bist.«

»Wie angezogen?«

Mein Herz klopft wild und durcheinander. Ich habe das Bedürfnis, ihn zu treten, dass er für den Rest seines Lebens Rührei zwischen den Beinen hat, aber meine Muskeln haben vergessen, wie sie sich dafür bewegen müssten.

»So kurz. Und so – dreckig.« Er macht eine Geste, die mein ärmelloses T-Shirt und meine verstaubte, knielange Hose einschließt. Zum ersten Mal in meinem Leben wünsche ich mir, für einen zitternden Herzschlag lang, ein bodenlanges Kostüm und Goldschmuck, jede Menge Goldschmuck. Ich krieche rückwärts von ihm weg.

»Ich bin verlobt«, wiederhole ich heftig. Er hebt die Hände und zuckt die Schultern.

»Sorry. Konnte ich ja nicht wissen.« Eine Bagatelle, ein Gentlemanfehler.

Mein Mund schmeckt immer noch nach Knoblauch. Mein zitternder Verstand formuliert im Stakkatotempo eine Brandrede, in der ich ihm die zweihundert Gründe erkläre, warum alles, was er in den letzten zehn Minuten gesagt und getan hat, ihn unwiderruflich zu einem Widerling ersten Ranges gemacht hat, aber ich fühle mich auf eine völlig absurde Weise beschmutzt und kraftlos, als hätte ich selbst jemanden ungebeten im Sand begrapscht. Kulturunterschiede, schießt es mir durch den Kopf, vielleicht ist »Beduinen-Massage« in Jordanien ja ein Codewort für »One-Night-Stand«, also meine Schuld, vielleicht … ich schüttele heftig den Kopf, um den wohlerzogenen Blödsinn abzuwerfen.

»Wo ist er denn, dein Verlobter?«, fragt Asad.

»Das geht dich einen Scheißdreck an«, sage ich.

Eine halbe Stunde später rüttele ich mit dem Schlüssel im Schloss meiner Zimmertür. Endlich öffnet sie sich mit einem metallischen Knacken. Ich stolpere ins Zimmer, schiebe die Tür mit dem Fuß hinter mir zu, lasse mich ins Bett fallen, auf dessen ausgefransten blauen Überwurf durch die Fensterläden streifenweise das Mondlicht fällt. Das Standbild von Asads dringlichem Gesichtsausdruck taucht in meinen Gedanken auf und ab. Ich fluche in die Bettdecke hinein, bis ich völlig leer bin, dann drehe ich mich auf die Seite und betrachte die Wand. Seltsam, ich fühle nichts, aber mein Kopf ist klar. Die Datenautobahn meiner Gedanken, die so oft vierundzwanzig Stunden sieben Tage die Woche fauchend in Betrieb ist, hält still. Und dann steigt endlich doch ein Gefühl auf, rein und unverzerrt. Ich vermisse Tom.

Nachts wache ich auf. Meine Hand tastet im Bett, bis sie eine andere findet. Ich halte sie fest und zucke zusammen: Die andere Hand ist meine eigene.

21

Den Grenzern scheint es richtig leidzutun, dass ich das Land verlasse. Sie winken, als ich den Grenzzaun passiere und zu den weißen Würfeln hinübergehe, in denen es die Ausreisepapiere gibt.

Als ich nach Israel zurückwandere, ist der Weg voll mit Schmetterlingen. Sie sitzen auf dem Boden, Dutzende von ihnen, wie Blütenblätter, obwohl es weit und breit keine Blumen gibt. Sie lassen mich so nah an sich herankommen, dass ich beinahe auf sie trete, erst dann fliegen sie weg.

Auf der anderen Seite nehme ich ein Taxi zum Busbahnhof. Gleich dahinter ist die Stelle, wo Tom sein Auto vor zwei Tagen geparkt hat. Es ist weg, natürlich ist es weg.

Während der Fahrt rede ich nicht viel mit meinem Sitznachbarn, einem jungen, frisch aus Russland eingewanderten Israeli, dessen feucht gegeltes Haar mich fatal an Asad erinnert. Wir schaffen es in fünf Stunden nach Tel Aviv. Als die Stadt gerade leuchtend um die Autobahn herum aufblüht, schlafe ich ein.

Am frühen Abend, es ist schon dunkel, stehe ich unter einer Straßenlaterne vor der Central Bus Station und strecke den Arm aus, um eines der vorbeifahrenden Taxis anzuhalten. Die Schaufensterscheibe gegenüber zeigt mein Spiegelbild mit erhobenem rechten Arm. Ich nehme ihn herunter und hebe den linken. Dann schüttle ich den Kopf, lache leise, und hebe wieder den rechten. Das fünfte Taxi, das sich nähert, nimmt mich mit. Ich schalte mein Telefon ein, um auf die Uhr zu sehen, es ist halb acht. Der Taxifahrer bittet, das Handy auszuschalten. Wegen der Strahlen, sagt er, und schlägt sich mit der flachen Hand gegen den Kopf.

Zu Hause laufe ich gefühlte neunhundert Stufen bis zu unserem Apartment hoch. Drinnen wundere ich mich darüber, dass die

Wohnung noch genau so aussieht, wie ich sie verlassen habe. Dann fällt mir ein: es waren nur drei Tage. Ich nehme den vertrauten Geruch der Wohnung wieder wahr, diese Mischung aus ungewaschenem Geschirr, Schweiß und Kaffee. Die Klimaanlage rattert leise, ich laufe an Carstens Zimmer vorbei, dessen Tür weit offen steht, drinnen liegt eine Matratze auf dem Fußboden, daneben ein Haufen ineinander verdrehter Kleider und seine Klarinette. Ninas Zimmer ist verschlossen und dunkel. Mein Zimmer, meine Matratze, ich bin froh, das alles wieder zu sehen, falle ins Bett, ohne etwas auszuziehen, und schlafe und schlafe und schlafe für mickrige fünf Stunden wie ein uralter Fels.

Ich bin immer noch müde, als ich später in der Küche des Autistenheims stehe, während der Busfahrt ist mir im Stehen der Kopf zur Seite gekippt und ich bin einige Stationen mit offenem Mund gefahren.

Mühsam versuche ich, die hebräischen Namen auf dem Dienstplan zu entziffern. Toms Name ist leicht, nur drei Buchstaben, er ist in der Spätschicht eingeteilt. Ich trommle mit den Fingern gegen den Kühlschrank. Den ganzen Vormittag lang bin ich nervös, so sehr, dass mich nicht einmal meine Chefin aus der Fassung bringen kann.

Je näher der Schichtwechsel rückt, desto langsamer verstreichen die Minuten. Das Mittagessen dauert ein Jahrzehnt, wir streichen in Zeitlupe Butter auf Toastscheiben, wenn ich nach einer halben Stunde auf die Uhr sehe, sind fünf Minuten vergangen. Nili, die Jüngste unter den Autisten, legt konzentriert ein geometrisches Muster aus Tomatenwürfeln auf ihre Toastscheibe, dann gehen ihr die Tomaten aus. Sie steht da, das Brot in der Hand, und fängt an zu wimmern. Ich gehe in die Küche, hole aus Olgas verbotenem Vorrat eine weitere Tomate und gebe sie Nili. Olga legt ihr Messer zur Seite und bestaunt mich. Ich steche das Messer in den Frischkäse und bestreiche behutsam ein Toastbrot. »Die ist fürs Abendessen«, sagt Olga endlich. Ich zucke mit den Schultern, lege das Brot zur Seite und nehme eine weitere Scheibe. Nili drückt die Klinge des stumpfen Buttermessers gegen die Tomate und zeigt ein Stück Zunge. Olgas Messer kratzt leise über das Plastikbrett.

Nach dem Essen setze ich mich an den Computer, der in einem Schränkchen neben den Sofas steht. In meiner Mailbox finde ich eine Nachricht von Tal. Ein YouTube-Link, ohne Kommentar. Ich öffne die Seite und finde ein drei Minuten langes Video, eine Hitler-Parodie, in der ein amerikanischer Rapper, mit Hakenkreuzbinde und Seitenscheitel, die Straßen New Yorks heruntertanzt. Der Schnurrbart sitzt schief in seinem Gesicht, er zappelt und schiebt die Unterlippe vor wie ein Dreijähriger. Mich reitet der Teufel und ich hole Olga, um ihr den Film zu zeigen. Sie betrachtet ihn von Anfang bis Ende, die Arme verschränkt. Ich sitze auf dem blauen Drehstuhl neben ihr. Meine Stirn kribbelt wütend, Olga zuckt nicht einmal. Erst, als der Bildschirm dunkel ist, wage ich es, zu ihr aufzublicken. Ihr Blick begegnet dem meinen und hält ihn fest. Ihre Mundwinkel sind weich nach unten gebogen. »Wieder gesund, Lena.« Sie legt eine Hand auf meine Schulter, schüttelt langsam den Kopf und entfernt sich.

Ich stütze den Kopf in die Hände, beiße die Zähne zusammen und bin mir sicher, dass ich meinen Verstand schon vor einiger Zeit verloren haben muss, aber erst jetzt vermisse ich ihn.

Es ist längst Zeit zu gehen, die Bewohner liegen auf den Sofas, Amir drückt sich nackt gegen den Fußboden in seinem Zimmer, als ich zum zweiten Mal meine Schnürsenkel neu binde. Meine Finger fädeln automatisch, ich bin ganz aufs Hören konzentriert. Dann, endlich, das erlösende Kratzen des Schlüssels im Türschloss. Ich lächele, stehe auf, drehe mich um, und meine Miene fällt in sich zusammen. Da, wo Tom sein müsste, steht ein gedrungener Typ mit kurz geschorenen, weißen Haaren und hellblauem Trainingsanzug, der »Hallo« sagt und, nach einer Pause, in der ich ihn weiter anstarre: »Ich bin Yoni.« Da ich nicht reagiere, hebt er die Augenbrauen, vielleicht hält er mich für eine Autistin, und geht mit wiegenden Schritten zum Esstisch, seine Hose ist so eng, dass sie in der Ritze seines Hinterns verschwindet. Er legt seinen Schlüssel auf den Tisch, geht in die Küche und öffnet den Kühlschrank, als wäre es ganz normal, dass er hier hereinschneit, obwohl er der Falsche ist. Mein Gehirn, dem vorhin jemand den Saft abgedreht hat, fängt wieder an, zu laufen. »Wo ist«, rufe ich, räuspere mich kurz, weil statt meiner eine Plastikente geredet hat, »wo ist Tom?«

»Krank«, schallt es desinteressiert aus der Küche. Er scheint etwas zu kauen. Ich mache ein paar Schritte Richtung Küche, bleibe im Türrahmen hängen und schaffe es irgendwie, meine Frage in normaler Lautstärke zu stellen. »Wie – krank?« Yoni hat eine angebissene Tomate in der Hand und blättert in einem der Anzeigenblätter, die Lena auf der Mikrowelle hortet. »Grippe«, erklärt Yoni beiläufig, »nein, Blinddarmentzündung. Oder so. Schon seit ein paar Tagen.«

»Grippe oder Blinddarm, das macht doch einen Unterschied!«

»Für Tom wahrscheinlich schon, aber das ist seine Sache.«

Ich lege meine Hände hinter den Rücken und lehne mich gegen den Türrahmen, schaue nach oben, wo die violette Farbe abblättert. Ich weiß, dass Tom nicht krank ist, schließlich war ich dabei, als er sich krankgemeldet hat.

»Hat er gesagt, wann er wiederkommt?«

»Nein.« Er beißt kräftig in die Tomate. »Aber keine Sorge, ich bin jetzt erst mal da, und notfalls finden die einen Ersatz.« Ich schließe die Augen. »Das scheint dich ja mächtig mitzunehmen«, kommt Yonis Stimme von einem anderen Kontinent.

Ich würde mich gerne zusammenreißen, weil ich nicht die geringste Lust habe, dass Yoni irgendwelche richtigen Schlüsse zieht. »Ich habe letzte Nacht nicht so viel geschlafen«, murmele ich abwesend.

»Verstehe«, schnurrt er übertrieben. Ich mache die Augen wieder auf.

»Was verstehst du?«, frage ich.

Er öffnet den Mund, um wieder in seine Tomate zu beißen, fängt dann meinen Blick im Augenwinkel und klappt den Mund zu. »Hoo, gleich frisst sie mich«, sagt er spöttisch.

»Keine Sorge«, murmle ich, gebe mir einen Ruck und gehe mit schlenkernden Teigarmen zur Tür.

Ich schaffe es nicht, mich einer Menschenmenge zu stellen, deswegen nehme ich die Treppe nach oben, aufs Dach, klettere durch den Spalt im Türrahmen, rutsche auf die andere Seite, ziehe sofort mein Handy aus der Jackentasche. Mein Herz flattert wie ein erschrockener Käfigvogel, während sich die Verbindung aufbaut. Das Telefon klingelt ins Leere. Ich gehe zur Mauer, stütze mich mit einer Hand ab und drücke die Wiederholungstaste auf der Handytastatur. Tom hebt nicht ab. Ich warte zehn zähe Minuten und versuche es noch einmal. Dann noch einmal. Nichts. Ich nicke langsam, ohne das Gefühl zu haben, etwas zu verstehen, und klettere wie betäubt durch den Türrahmen zurück, rutsche dabei ab und lande auf der anderen Seite mit Schwung auf meinem abgeknickten Fuß. Wie ein angespitzter Stock fährt der Schmerz durch mein Bein, mir schießt Wasser in die Augen, ich fluche laut durchs Treppenhaus. Mir laufen die Tränen herunter. Sie kommen einfach eine nach der anderen, auch dann noch, als mein Fuß längst nicht mehr weh tut.

Nach Schichtende treffe ich Hadar am Ausgang. Sie hat eine Sonnenbrille an, mit der sie aussieht wie ein Insekt. »Hallo, Lena«, sagt sie. »Wie geht's?«

»Scheiße!«

»Oh«, sagt sie erschrocken.

Ich entschuldige mich.

»Sollen wir spazierengehen?«

Ich nicke verdrossen.

Während wir die Straße hinunterlaufen, hakt sie sich bei mir unter, als wären wir seit Jahren beste Freundinnen. Das irritiert mich. Sie reicht mir bis knapp unters Kinn, trägt enge, dunkelblaue Jeans, die sie in ihre roten Lederstiefel gesteckt hat, und ein ärmelloses, schwarzes Oberteil mit Rollkragen. Ich sehe an mir herunter und bemerke, dass meine schwarze Trainingshose weiße Flecken auf den Oberschenkeln hat. Zahnpasta, verdammt.

Sie hört mir zu, ohne zu unterbrechen. Dann seufzt sie, bleibt stehen, drückt mitfühlend meinen Arm und garniert die Geste mit einem hingeseufzten: »Typisch Tom.«

»Ach ja?« Das ist der letzte Kommentar, den ich brauchen kann.

»Tja, ich kenne ihn ganz gut, weißt du.« Sie schüttelt ihre glänzende, lockige Mähne. Mir ist nicht nach Ratespielen.

»Ich weiß, dass ihr zwei Jahre zusammen wart.«

Neben mir steckt ein Strauch im Boden, an dem kleine Beeren wachsen, die mit blauem Puder bedeckt sind. Ich reiße ein paar davon ab und drücke sie nervös zwischen den Fingern. Hadar entblößt lächelnd ihre Zähne.

»Das hörst du wahrscheinlich nicht gern, aber diese fixe Idee mit der Scheinehe hat er schon länger. Während wir zusammen waren, hat er sich mit einem Schweizer Mädchen getroffen, das er auch heiraten wollte.«

»Ach.« Es überrascht und freut mich überhaupt nicht. Meine Hände fühlen sich feucht an, ich schaue nach unten und sehe, dass sie mit hellrotem, dicklichem Saft bedeckt sind.

»Muriel hieß sie. Das Ganze ist schiefgelaufen. Er hat ihr nicht die Wahrheit gesagt, er hat sie einfach nur angemacht. Und als sich die Arme in ihn verliebt hat, musste er ihr sagen, dass er schon eine Freundin hat.«

»Das war's dann.«

»Erraten«, wiehert sie freudig.

»Deswegen ist er bei mir lieber mit der Tür ins Haus gefallen«, konstatiere ich nüchtern. Sie presst ihren Arm fest an mich, bleibt stehen und fragt freundlich: »Bist du verliebt in ihn?« Ich zögere. Sie nickt verständig. »Aha. Und er?«

Mir zuckt ein Gedankte durch den Kopf. Die beiden haben das zusammen geplant. Ich schüttle die Schultern, ich werde noch verrückt, schließe meine Hände zu Fäusten und öffne sie wieder. Die Haut klebt. Neben Hadars Zartheit bekomme ich das unangenehme Gefühl, in einer klobigen, schlecht angezogenen Hülle zu stecken. Hadar seufzt schwer. Ich ziehe an ihrem Arm, damit wir weitergehen, aber sie ist ganz damit beschäftigt, in Gedanken zu versinken. Während ich mit Ungeduld darauf warte, dass sie fertig ist, erblicke ich auf der anderen Straßenseite einen Mann, der wie Tom aussieht. Mein Herz setzt kurz aus, bis er den Kopf in meine Richtung dreht und mir einen Blick auf seine grobe Visage schenkt, wie Toms Gesicht, nur in alle Richtungen zerlaufen. Um seinen Mund haben sich unglaublich tiefe, zum Boden weisende Falten in die knotige Haut gegraben, ein abgeschminkter Clown. Sein Blick trifft mich in einer Woge von Traurigkeit. Sein Gesicht ist wie ein Spiegel. Er hat einen goldenen Köter an der Leine, der sich mitten auf dem Weg entleert. Als der Hund fertig ist, knotet der Typ eine der goldschwarz bedruckten Plastikstreifen los, die am Griff seiner Leine dekorativ im Wind flackern. Er bückt sich. Mit einem Schlag verstehe ich, wozu die Streifen gut sind. Ich hatte sie für Schmuck gehalten, aber es sind Plastiktüten. Tüten, mit denen die Leute die Scheiße ihrer Hunde aufsammeln.

»Manchmal möchte ich ihn wirklich packen und schütteln«, sagt Hadar unvermittelt.

»Oh, ich auch«, gebe ich aus tiefstem Herzen zurück. »War Muriel der Grund dafür, dass ihr euch getrennt habt?« Sie schüttelt den Kopf.

»Ich war nicht eifersüchtig. Ich wusste ja, dass er mit mir zusammen sein will. Und außerdem konnte er so nichts dagegen sagen, als ich nach Japan geflogen bin, um in diesem Stripclub zu arbeiten.«

»Ach so«, sage ich lahm. ›Ach so‹ kann ich mir demnächst auf ein T-Shirt drucken lassen.

Sie grinst. »Nur ein paar Wochen. Aber ich habe Tausende von Dollars verdient. Hey, du kannst dich da dumm und dämlich verdienen, musst noch nicht mal gut aussehen …«

»Besten Dank.«

Sie rammt mir ihren Ellbogen in die Seite. »So war es nicht gemeint.«

»Warum habt ihr euch getrennt?«

Sie zuckt mit den Schultern. »Halt so. Es hat nicht funktioniert. Das haben wir beide gemerkt.« Endlich geht sie weiter, ziemlich schnell jetzt, ihre Hufe klackern rhythmisch über den Asphalt. »Weißt du, was er gemacht hat, als sein Hund krank geworden ist?«, fragt sie träumerisch. »Da war er zwölf, glaube ich. Das arme Vieh hat wohl ziemlich gelitten, Tom hat wochenlang für ihn gebetet …–«

»Tom?«, unterbreche ich sie erstaunt.

»Damals war er noch religiös.«

»Ach so.«

»Na, jedenfalls ist der Hund gestorben. Nachdem sie ihn begraben hatten, hat Tom ein Bild von seinem Hund gemalt, und ›Gott‹ darüber geschrieben und es über sein Bett gehängt.« Sie lacht. »Ich weiß auch nicht, warum ich dir das erzähle.« Ich nicke stumm. »Aber zu euch«, sagt Hadar ernst. »Red mit ihm. Ihr müsst aufhören mit diesem Spielchen. Redet Klartext miteinander.«

Ein toller Tipp, großartig. Mein Herz klopft laut und angestrengt. Ein paar Wochen mehr von dem Spielchen, und ich werde reif für ein Altersheim sein, mit Mitte zwanzig. »Würde ich liebend gern, aber er ist weg.«

»Hast du es bei ihm zu Hause probiert, Lena?«

Erstaunt schüttele ich den Kopf. Sie hebt tadelnd die schön gezupften Augenbrauen.

Hadar verabschiedet sich vor einem hässlichen Zementblock, aus dessen Eingang jetzt, am Nachmittag, Kinder mit langen Schläfenlocken quellen. Eine Synagoge. Ich gebe ihr meine Hand und merke zu spät, dass sie mit rotem Saft bedeckt ist. Die Symbolik macht mich krank. Ein Kichern drängt meine Kehle hoch, und dann fällt mir ein, dass ich ja vielleicht schwanger bin.

22

Ich sitze unentschlossen auf dem Deckel eines Klos in der öffentlichen Toilette im Park neben Toms Haus. Jemand hat mit schwarzem Stift auf die mir gegenüberliegende Wand gekritzelt: »War is not Hummus.« Der Satz erscheint mir sinnvoll.

Ich bin Hadars Rat doch gefolgt, bin sofort, nachdem sie weg war, zu Toms Haus gegangen und habe geklingelt. Von drinnen kam keine Reaktion. Jemand im Haus übte am offenen Fenster Trompete. Ich klingelte in Fünf-Minuten-Abständen. Nach einer halben Stunde gab ich auf. Die schräge Melodie begleitete mich ein Stück die Straße herunter. Der Rothschild Boulevard lag ausgestreckt in der Oktobersonne, die Zweige der Bäume bewegten sich, auch die Latte-macchiato-Statisten waren zur Stelle. Ich stieg auf den nächsten Baum, einfach, weil es in dem Moment genau so hilfreich war, wie alles andere. Da oben saß ich und wusste nicht weiter. Das brachte die Statisten durcheinander. Sie blieben unter mir stehen und riefen, manche lachten, andere schimpften. Plötzlich konnte ich mich in eine Katze hineinversetzen, die auf ein Rudel Hunde herunterguckt. Ich nahm an, dass sie irgendwann aufhören würden, aber sobald welche verschwanden, kamen neue nach. Das langweilte mich. Ein Kind richtete sein Handy auf mich und machte Fotos. Mit seinem blonden Schädel sah es aus wie ein Kind gewordener Kartoffelsalat. Es verging einige Zeit, bis ich merkte, dass ich eine Toilette finden musste. Ein paar Leute klatschten, als ich zurück auf die Straße sprang.

Den scharfen Geruch der Toilette nehme ich kaum noch wahr. Menschen sind so anpassungsfähig, wenn es um ihre Umwelt geht, solange die Umstände Sinn ergeben. Öffentliche Toiletten müssen stinken. Frauen sitzen nicht auf Bäumen.

Schließlich kann ich mich selbst davon überzeugen, dass die Klokabine kein guter Ort ist, um dort ausgiebig Zeit zu verbringen. Ich gehe zurück auf die Straße und kaufe in einer Apotheke teure, importierte Tampons in der faden Hoffnung, sie bald zu brauchen. Es ist der Laden, in dem Tom und ich die Pillen gekauft haben. Der Apotheker erkennt mich wieder und schenkt mir eine Probepackung Kondome. Draußen werfe ich sie in den Müll und rufe Tal an.

Wir verabreden uns an einer Straßenecke. Der Wolkenkratzer des Shalom-Towers ragt hier wie ein überdimensionaler Aktenordner in den Himmel. In einer Bäckerei kaufe ich mir ein Sandwich mit Sauerkraut und Roastbeef. Es kostet so viel wie das Gewicht des Brots in Gold.

Als ich Tal auf der anderen Straßenseite entdecke, fällt mir fast das Brot aus der Hand. Er muss gerade von der Arbeit kommen. Seit meinem Abiturball weiß ich, dass junge Männer in gutsitzenden Anzügen grundsätzlich umwerfend aussehen. Steck eine Erdkröte in ein Designer-Jackett, und ich wette, sie bekommt ohne Probleme einen Tisch in einem Drei-Sterne-Restaurant. Tal wäre auch in einem Kleid aus Mülltüten ein passabler Anblick, aber jetzt sieht er aus, wie ich mir den Botschafter von Schweden vorstelle – eine Mischung aus einem höheren Bankangestellten und einem Rentierzüchter, der nachts in seiner Holzhütte Schnaps brennt. Verdammt gut sieht er aus.

Ich winke mit meinem Sandwich, überquere die Straße und frage mich, ob Tal schon immer dieses Dressman-Grinsen hatte oder ob er sich das mit dem Anzug gekauft hat. Der Stoff seiner Jacke fühlt sich warm an, als wir uns umarmen. Ich sacke gegen seine Schulter. Erst jetzt, wo es etwas nachlässt, merke ich, wie angespannt ich gewesen bin.

»Schöner Mist«, bricht Tal das Schweigen.

»Sehr.«

»Und jetzt?«

»Weiß nicht.«

»Ich kenne da ein Café«, sagt Tal, nimmt einen Bissen von

meinem Sandwich und wir fangen an, eine der Straßen herabzuwandern, die den Wald aus flachen Häusern durchschneiden.

Als wir zum zweiten Mal an der gleichen Imbissbude vorbeikommen, gibt Tal zu, dass wir uns verlaufen haben. »Das ist nicht gerade die Gegend, in der ich dauernd unterwegs bin«, entschuldigt er sich. Auf der anderen Straßenseite öffnet jemand sein Fenster. »Hey!«, schreit Tal, »wie komme ich zum Café Noah?« Ein Typ mit Glatze und fliederfarbenem T-Shirt lehnt sich heraus und brüllt etwas.

»Was?«, schreit Tal.

»Keine Ahnung!«, röhrt der Mann. Tal ist anzusehen, dass ihm das Ganze peinlich ist.

Ich schaue mich um. An den Ecken stehen überquellende Mülleimer, die Klimaanlagen der Häuser blasen feuchtwarme Luft auf die Straße, die mit dem abgestandenen Geruch unzähliger Menschen gesättigt ist. Die Stadt sieht in alle Richtungen gleich aus. Viel Himmel, viele hohe Wände mit winzigen Fenstern. Tal spricht ein Teenager-Mädchen an, das rauchend an einer Hauswand lehnt: »Entschuldigung, hast du eine ältere Schwester?« Ich drehe die Augen zum Himmel. Bei Tal ist Flirten eine Übersprungshandlung. Er ist einer dieser Männer, bei denen Anmachsprüche zu den Betriebsgeräuschen gehören. Das Mädchen mustert ihn, sichtlich genervt. »Und was für eine Sorte Arschloch bist du?«

Ich grinse. Tal wendet sich mir zu und seufzt. »Mir tun die Füße weh«, jammert er.

Wir gehen ziellos ein Stück weiter und finden einen kleinen Platz, der mit buntlackiertem Stahlgewürm bedeckt ist. »Was soll das denn«, frage ich genervt. Eine Bank wäre mir lieber gewesen.

Tal entgegnet: »Sieht aus wie künstlerische Kritik an der Gesellschaft.« Er kneift die Augen zusammen. »Oder wie ein Minigolfplatz.«

Wir setzen uns auf die Kunst. Tal zieht ein Päckchen Zigaretten aus der Tasche.

»Also, Lena, ich habe keine Ahnung, wo er ist«, beantwortet

er die Frage, die ich nicht gestellt habe. »Gestern waren wir verabredet, aber er ist nicht gekommen.«

»Ist er schon öfter einfach so verschwunden?«, frage ich.

Er schüttelt den Kopf und nimmt einen langen Zug. »Ehrlich gesagt, ich verstehe Tom ziemlich oft nicht. Und wenn ich es nicht tue, kann das wahrscheinlich keiner, außer Tom selbst. Und sogar da bin ich mir nicht so sicher.«

Über Tals Schulter hinweg kann ich mein Spiegelbild in dem Schaufenster eines Möbelgeschäfts erkennen. Zwischen den Schemen von Tischen und Lampen sehe ich einer blassen jungen Frau dabei zu, wie sie ihre Zigarette raucht. Eine helle Haarsträhne fällt ihr in die Stirn. Ich schiebe mir die Haare aus dem Gesicht, der Lärm der Straße zittert in meinen Ohren, das brütende Licht der Spätnachmittagssonne lässt alles ein bisschen leuchten. Tal knöpft sein Hemd auf, darunter trägt er ein weißes T-Shirt mit schwarzem Aufdruck: »Darkness is the new light.«

»Du hast es mit Spiegeln, was«, stellt Tal fest. Mir schießt das Blut in den Kopf. Er lächelt. »Geht mir doch genau so. Ich kann keiner Schaufensterscheibe widerstehen.« Langsam lächle ich zurück.

»Das hat noch nie jemand bemerkt«, sage ich.

»Es ist eine Sucht. Bei mir nimmt es Formen an … neulich war ich mit diesem Mädchen auf einer Clubtoilette. Sie saß auf mir drauf, und hinter ihr, über dem Waschbecken, hing ein Spiegel. Die ganze Zeit habe ich über ihre Schulter hinweg in den Spiegel geschaut. Ich konnte beobachten, wie jemand mit mir Sex hatte, und ich konnte mir dabei in die Augen sehen. Das hat mich so fasziniert, dass ich von der Sache an sich nicht mehr viel mitbekommen habe.«

»Hat sie nichts gemerkt?«

»Nein. Ich glaube, sie war genug mit sich selbst beschäftigt. Wahrscheinlich dachte sie das Gleiche wie ich.«

»Was denn?« Er zögert.

»Ehrlich: was bin ich für eine coole Sau.«

»Hm.«

»Ja, irgendwie erbärmlich. Aber wenn man mit jemandem auf

dem Klo vögelt, macht man das halt, weil man sich selbst einen Gefallen tun will, nicht für jemand anderen.«

Ich betrachte Tal, dieses Gesicht mit den weit auseinanderstehenden, blauen Augen, die immer in Bewegung sind; ich sehe ihn gerne an, aber nach einer Weile halte ich es nicht mehr aus. Mir scheint, Männer wie er sind deswegen süchtig nach Sex, weil es die einzige Möglichkeit ist, einmal ordentlich in den Arm genommen zu werden.

Gegenüber schließt jemand von innen die Tür einer Bar auf. Ein Junge mit kurzer, gestreifter Schürze trägt Korbstühle auf die Straße und arrangiert sie auf dem Gehsteig. »Lass uns was trinken gehen«, schlage ich vor.

Zwei Stunden später sitzen wir immer noch zusammen. Wie fast immer, wenn ich angetrunken bin, beschließe ich, das in Zukunft öfter zu machen. Es ist so einfach, gute Laune zu haben, solange es Bier gibt. Ich wünschte, dass Tom mich sehen könnte. Siehst du, denke ich etwas benommen, ich kann mein eigenes Lachen herstellen. Dafür muss ich nicht erst dich lachen sehen. Ich muss nicht deinen glatten Rücken unter meiner Hand haben, und ich kann ohne die Hoffnung leben, dass wir einmal sorglos und mit Backpflaumengesichtern in der Sonne sitzen werden, auch wenn mir bei der Vorstellung sofort das Glück in den Bauch zwickt. Schau gefälligst hin, Tom, denke ich, denn was ich hier tue, ist ein Beweis dafür, dass ich auch ohne dich klarkomme. Aber es ist nur halb so viel wert, wenn du nichts davon mitbekommst.

»Wie habt ihr, Tom und du, euch eigentlich kennengelernt?«, frage ich, stütze meinen Ellbogen auf die Theke und sehe Tal durch gespreizte Finger an. Er lächelt in sein Glas.

»Du stellst ganz schön viele Fragen.«

»Nerve ich dich?«

»Nein, ich rede gern über mich selbst. Tja, Tom und ich, das ist so eine Geschichte. Wir waren auf dieser Strandparty. Irgendjemand, den wir beide kannten, hatte Geburtstag. Es gab ein Lagerfeuer und Marshmallows und Leute, die Gitarre gespielt haben, dieser ganze niedliche Hippiekram. Ich saß am Feuer und habe versucht, herauszufinden, ob Bier mir dabei helfen kann, das alles weniger langweilig zu finden. Tja, ich hatte schon drei, vier Flaschen getrunken, als die Leute anfingen, Witze zu erzählen. Kein einziger dabei, über den ich lachen konnte. Die Leute hatten fast alle mit der Jugendbewegung zu tun, falls dir das was sagt.«

»Nicht wirklich.«

»Stell dir christliche Pfadfinder vor, nur jüdisch. Egal. Jedenfalls habe ich mir eingebildet, auch etwas beitragen zu müssen. Leider fand kaum jemand meinen Witz richtig lustig. Bis auf einen.«

»Tom.«

»Er hat sich weggeworfen.«

»Klingt gut. Erzähl mir den Witz.« Tal bläst die Wangen auf.

»Puh. Ich will nicht, dass du schlecht von mir denkst.«

»Ich kann schon was vertragen.«

»Auf deine Verantwortung.« Tal räuspert sich und dreht sein Bierglas zwischen den Händen.

»Streiten sich zwei kleine Jungs im Konzentrationslager. Der eine bückt sich, hebt eine Handvoll Dreck auf und schmeißt sie nach dem anderen. Der macht das Gleiche, sammelt noch mehr Dreck auf und schmeißt ihn zurück. Ein paar Mal geht das so hin und her. Irgendwann zieht der eine ein Stück Seife aus der Hosentasche und hebt es über den Kopf, da ruft der andere: ›Hey, lass deine Eltern da raus.‹«

»Oh, verdammt.« Ich beiße mir in den Handrücken. Etwas Geschmackloses hatte ich erwartet, aber mehr in Richtung Blondinenwitz.

»Habe ich mir gedacht, dass du das nicht witzig finden würdest.«

»Ich weiß nicht.«

»Gib zu, der Witz ist nicht schlecht.«

»Über manche Dinge sollte man vielleicht nicht lachen.«

»Siehst du, genau das ist der Fehler. Du bist verpflichtet, darüber zu lachen. Je schrecklicher eine Sache ist, desto mehr Witze müssen darüber gemacht werden.«

»Jetzt verstehe ich, warum Tom und du so gute Freunde seid.«

»Ja, wir haben den gleichen Humor. Damals ist er zu mir herübergekommen, hat sich neben mich gesetzt und meinte, er weiß noch einen besseren.«

»Lieber Himmel.«

»Wir haben uns alle Holocaust-Witze erzählt, die wir kannten. Wir haben weitergemacht, bis das Feuer ausgegangen ist. Wie zwei Leute, die an einem Autounfall vorbeifahren und auf die Bremse treten, um alles ganz genau zu sehen. Ja, so ungefähr. Wir konnten nicht mehr aufhören.« Er saugt einen letzten Zug aus seiner Zigarette und drückt sie in einem gläsernen Aschenbecher aus. »So hat es angefangen.«

Ich nicke betäubt. Auf einmal erscheint es mir sehr sinnvoll, eine Wassermelone auszuhöhlen und sie als Hut zu tragen. Wenn ich das zu Hause erzähle, glaubt es mir keiner. Bei uns machen solche Sprüche nur Neonazis oder talentfreie Politiker mit juckendem Ego, die irgendwie in die Zeitung kommen wollen.

Tal fängt den Blick der Kellnerin, hebt die Hand und dreht sein leeres Bierglas um. Sie nickt, sieht mich fragend an. Ich winke ab. Mittlerweile bin ich ziemlich betrunken. Ich lege eine Hand auf Tals Unterarm und drücke leicht. Er betrachtet meine Hand auf seinem Arm und grinst breit.

Die Kellnerin kommt mit Tals Bier. Er sagt etwas auf Hebräisch. Sie dreht sich um, nimmt eine Flasche aus dem Regal, gießt zwei Shot-Gläser ein und knallt sie vor uns auf die Theke. Der Schnaps rinnt bitter durch meinen Hals. Plötzlich beugt Tal sich vor und drückt mir einen Kuss auf die Wange. Ich drehe den Kopf weg und lache gepresst.

»Lass uns wieder über Tom reden, bitte.«

Tal lehnt sich zurück, die Füße gegen die Theke gestemmt, und zieht eine Zigarettenpackung aus der Hosentasche. Er angelt nach einer Packung Streichhölzer, die auf der anderen Thekenseite neben dem Zapfhahn liegt, und zündet bedächtig eine Kippe an. Ich greife danach, nehme einen tiefen Zug und blase den Rauch langsam in mein Schnapsglas.

»Wusstest du, dass in den 60ern Nazi-Pornohefte hier irre erfolgreich waren? SS-Dominas misshandeln Ami-Piloten …«

»Tal, ich will über Tom reden«, murmele ich, die Lippen am rauchumwaberten Glasrand.

»Was willst du wissen?«

»Fang einfach irgendwo an.«

Tal zündet sich eine neue Zigarette an. »Das Lustige ist, dass ich am Anfang nichts mit ihm zu tun haben wollte. Wir sind ungefähr gleichzeitig nach Tel Aviv gezogen, vor zwei Jahren. Eine Zeitlang sind wir uns immer in den gleichen Clubs über den Weg gelaufen. Ich sage dir, Tom war mir unheimlich. Er hat alles eingeworfen, was er in die Finger kriegen konnte. Aber nicht so, wie die anderen Leute, um zu feiern, sondern … wie jemand, der seinen Kopf gegen eine Wand schlagen möchte, immer wieder. Ich habe mir das angesehen und mir gesagt: bleib weg von dem Typen. Das gibt nur Ärger. Jetzt weiß ich natürlich, was los war. Die Sache mit seinem Bruder war erst ein Jahr her.«

»Wieso Bruder?«

Tal kippt sein Bierglas nach hinten, und betrachtet eingehend den goldenen Rest, der auf dem Boden schwappt. »Er hat es dir gar nicht erzählt«, sagt er zu seinem Glas. Ich lächle zurück und möchte mich am liebsten erschießen.

»Was?«, frage ich.

»Ich weiß nicht, ob ich dir das erzählen sollte, wenn er es nicht gemacht hat«, windet er sich.

»Komm schon, erspar mir das, ich hätte ihn fast geheiratet, weißt du noch? Ich finde, ich habe ein Recht darauf, das zu wissen. Was immer es ist, ich werde schon damit fertig.« Mein Herz macht schon wieder Probleme. Ich bin mir überhaupt nicht sicher, ob das, was Tal zu sagen hat, nicht alles noch schlimmer machen könnte.

Er schnippt mit den Fingernägeln gegen sein Bierglas, es klirrt leise. »Okay«, sagt er kurz. »Tom hatte einen Bruder, zwei Jahre älter –«

»Hatte«, wiederhole ich. »Sag nicht, dass er tot ist. Bitte.«

»Doch.«

»Moment«, sage ich. »Vor zwei Jahren? Das heißt, seine Großmutter und sein Bruder sind zur gleichen Zeit gestorben?«

»Seine Großmutter?« Er schüttelt verwirrt den Kopf. »Wie kommst du darauf? Seine beiden Großmütter sind putzmunter, soviel ich weiß. Die eine lebt in Russland, die andere in Jerusalem.«

Ich lege die Hände in den Schoß und betrachte betroffen die Theke. Das dunkle Holz glänzt stark. Die perfekte Bar, denke ich achtlos.

»Sein Todestag müsste jetzt demnächst irgendwann sein.« Tal tippt mit den Fingern schnell auf die perfekte Theke. »Vielleicht ist er ... seine Familie macht jedes Jahr eine Gedenkfeier.«

»Und wieso geht er dann nicht an sein Telefon?«

»Weil er anderes im Kopf hat.«

»Aber wieso hat er mir davon nichts gesagt?«

»Ich weiß nicht. Hat er keine Andeutungen gemacht, war er ganz normal, als ihr euch zuletzt gesehen habt?«

»Normal würde ich es nicht nennen«, sage ich. »Aber Andeutungen? Nein, keine.« Meine Kehle ist sandig.

»Es war ein Autounfall«, beantwortet Tal die Frage im Raum. »Als Toms Bruder bei der Armee war. Der arme Kerl war auf dem Weg von seinem Stützpunkt im Norden nach Tel Aviv. Wollte wohl mal wieder in seiner Wohnung nach dem Rechten sehen.«

»Die Wohnung«, sage ich ahnungsvoll.

»Ja, Toms Wohnung hat seinem Bruder gehört. Sein ganzes Zeug ist noch da.« Bilder schießen durch meinen Kopf, Toms Wohnung, das Foto auf dem Bücherregal, der Staub. Tal schüttelt den Kopf.

»Die Familie ist seltsam, glaube ich. Tom meinte, seine Mutter sei in Ordnung, aber sein Vater lässt niemanden an sich ran, du kannst Stunden um Stunden mit ihm reden, aber am Ende ging es in dem ganzen Gespräch garantiert um kein wichtigeres Thema als das Wetter. Sie sind alle militärisch unterwegs, außer Tom. Die meisten Leute in der Familie waren bei irgendwelchen Sonder- und Eliteeinheiten der Armee.«

»Tom war doch auch bei der Armee.«

»Klar war er. Alle müssen hin.«

»Was hat er gemacht?«

»Irgendwas mit Raketenwerfern. Diese riesigen Dinger, die von drei Soldaten gleichzeitig bedient werden. Aber er hat vor allem was weiß ich wie viele Disziplinarverhandlungen bekommen. Nichts Großes, aber er hat die Disziplin einfach nicht hingekriegt, hat dauernd verschlafen und seine Sachen nicht in Ordnung gehalten, und dafür hat man ihn bestraft. Was komisch ist, denn angeblich war er mal ganz anders, weißt du. Organisiert.«

Das alles ist mir sehr fremd.

»Wie ist es, Soldat zu sein?«

»Ich bin froh, dass ich es nicht weiß. Ich bin einer von den wenigen Irren, die sogar für die Armee zu verrückt sind.« Tal grinst. »Mit anderen Worten, sie haben mich ausgemustert.«

»Glück gehabt, was?«

»Ja. Natürlich bin ich ein schrecklich depressiver Mensch, aber alles hat seinen Preis.«

»Hm.« Er hat das gleiche Talent wie Tom, mich immer wieder leicht aus der Fassung zu bringen.

»Bevor Itaj gestorben ist, wollte Tom unbedingt zur einer Eliteeinheit, wie sein Vater, aber dann ist er doch normaler Soldat geworden. Wie Itaj.« In meinem Kopf rastet fast spürbar ein Gedanke ein.

»Warte. Sein Bruder hieß Itaj?« Tal nickt.

Ich ziehe mein Portemonnaie aus der Hosentasche, nehme Toms Foto heraus und lege es auf den polierten Tresen. Tal wirft einen kurzen Blick darauf und sieht mich fragend an. Ich drehe das Bild um und zeige ihm die Schrift: »Für Itaj.«

»Hat Tom dir das gegeben?«, fragt Tal. Zwei fieberhafte Sekunden denke ich über eine Ausrede nach, dann schaltet sich meine lang vermisste Vernunft ein und ich sage die Wahrheit. Er stößt einen schwachen Pfiff aus, »Lena, das kannst du doch nicht einfach so machen«.

»Ich weiß«, sage ich knapp, »aber falls er gerade dabei ist, nach Panama abzuhauen, kann er sich ja neue Passfotos machen lassen. Seinem Bruder wird er es nicht mehr geben.« Tal nimmt das Foto, hält es sich mit einer knappen Bewegung vors Gesicht. »Hübsches Bild. Tom, Alter«, sagt er, »was machst du für Sachen?«

Dann hebt er die Augenbrauen. »Aber das ist er doch nicht«, sagt er.

»Natürlich ist er das.«

»Nein, Lena, schau halt hin.« Er schiebt das Foto schnell wieder zu mir.

Ich nehme es in die Hand. Es ist zu klein, um Details zu erkennen. Die Haare sind glatter und viel heller, aber das kann schon passieren, wenn einer viel Zeit am Strand verbringt. »Er ist es nicht. Der Blick oder so etwas, ich kann es nicht erklären«, sagt Tal.

Dann sehe ich es. »Tal, die Nase.« Der Typ auf dem Bild hat einen Knick in der Nase und einen sachten Höcker, als wäre sie gebrochen gewesen. Das Foto schnellt zu Tal zurück. »Ich weiß, wovon ich rede. Toms Nase ist anders.«

Er lacht. »Von wegen Blick. Die Nase, verdammt nochmal. Lena, ich weiß nicht, wie super Tom es findet, dass du ihm ein Bild seines Bruders geklaut hast.

»Das da ist sein Bruder?«

»Klar. Ich habe andere Bilder von ihm gesehen, er sah Tom sehr ähnlich. In seinem Wohnzimmer steht eins, ist dir das nie aufgefallen?«

Die Kellnerin zieht Weingläser durch ein warmes Schaumbad, der Duft des Spülmittels hängt in der Luft. Itaj blickt von seinem Foto aus an die Decke. Etwas stimmt hier ganz und gar nicht.

»Tal, wenn der Typ auf dem Foto Itaj ist – wieso steht dann ›Für Itaj‹ auf der Rückseite?«

Er dreht das Foto um und runzelt die Stirn.

»Verstehe ich nicht.«

Wieder Bilder, Toms Wohnung, die Wohnung seines toten Bruders. Die seltsame, erstarrte Ordnung. Der Staub auf den Flächen. Mir kommt eine Erklärung in den Sinn, aber sie erscheint mir so monströs, dass ich nicht daran glauben kann.

»Tal«, sage ich, mit einem Lächeln, das den Gedanken im Voraus entschuldigt, »ich weiß, es klingt verrückt, und du kannst mir bestimmt gleich das Gegenteil beweisen, aber ich habe mich gerade gefragt: bist du sicher, dass Tom wirklich Tom ist?«

»Hä? Kein Schnaps mehr für dich heute, Lena.«

»Ich bin nicht betrunken«, protestiere ich und merke dabei, dass mir das deutliche Sprechen Schwierigkeiten macht. »Nicht sehr, jedenfalls. Ich meine: Was, wenn Tom tot ist, und der Typ, mit dem wir es bis jetzt zu tun hatten, ist Itaj?«

Er lacht: »Das wüsste ich.«

»Woher?«

»Ich kenne Tom.«

»Hast du seinen Pass gesehen oder irgendetwas in der Art?«

»Nein, aber es ist unmöglich.«

»Warum?«

»Weil ich ihn kenne, mein Gott.« Er verdreht die Augen.

»Okay, entschuldige.« Ich schüttle den Kopf, stütze die Stirn in meine Hand, schüttle wieder den Kopf, sehe Tal an, der grinst. »Ich bin so durcheinander, Tal, verstehst du.«

»Kein Ding.«

Ich winke der Kellnerin.

»Bier?«, fragt sie gelangweilt.

»Nein, Whiskey, bitte.«

Die goldene Flüssigkeit brennt meinen Hals herab, weiter unten verwandelt sie sich in breit glühende Wärme. Ich bin dabei, mir in Gedanken zu Hause ein Bad einzulassen, als Tal sagt:

»Warum sollte er das tun.«

»Hm?«

»Tom. Uns anlügen.«

Ich setze mich auf und starre Tal an. »Aber gerade meintest du –«

»Ich kenne noch nicht mal seinen Nachnamen, Lena.«

»Wie bitte?«

Die Kellnerin dreht sich zu uns um.

»Hör mal, wir reden uns schließlich nicht mit Herr Wasweiß-ich an. Er ist halt Tom.«

»Ja, aber seine Familie –«

»Die kenne ich nicht.«

Ich sage nichts. Tal stemmt seine Arme auf die Theke. Die Klotür quietscht.

»Du weißt also eigentlich nichts über ihn«, sage ich. Es ist eine Feststellung, keine Frage.

»Ich weiß, dass er mein Freund ist. Ich lass mir doch nicht von jedem Kerl den Pass zeigen, bevor ich ein Bier mit ihm trinken gehe, Herrgottnochmal.« Er fängt an, mich zu nerven.

»Reg dich nicht auf, Tal.«

»Reg du dich nicht auf.«

»Ich werd's versuchen.« Ich zwinge mich dazu, ruhig zu sprechen. »Tal, du weißt schon, ich meine, du kannst nicht abstreiten, dass es also möglich ist.«

Er schweigt.

»Meinst du, er ist irre, Lena?«

»Sind wir das nicht alle?« Er lässt den Blick die Theke rauf- und runterwandern. »Ja, sicher.«

Sein Blick bleibt an mir hängen. Angst ist darin. Ich dagegen empfinde plötzlich völlig unpassende, wilde Freude. Wenn es stimmt, dann gibt es zumindest eine Erklärung. Nichts ist beschissener, als nicht zu verstehen. Tal scheint das Gleiche zu denken, denn plötzlich haut er mit der flachen Hand auf den Tisch. »Okay, finden wir es heraus. Aber ich sage dir, du liegst falsch. Ich wette 500 Schekel darauf, dass Tom Tom ist.« Wütend streckt er mir die Hand entgegen. Ich gleite von meinem Barhocker und schlage ein. Dass der Boden schwankt, liegt wohl am Whiskey.

23

Wir nehmen die gleiche Straße Richtung Süden, auf der Tom und ich vor einer Woche unterwegs waren, in die Wüste und nach Jordanien. Tals Auto ist neu, grün und ihm peinlich. Japanische Marke. Glänzender Lack. Eine hässliche Beule im Kofferraum. »Hat mir mein Vater geschenkt«, hat Tal nervös erklärt. »Nachdem ich es gegen eine Laterne gesetzt hatte.« Die Musik aus den Boxen vibriert in den Fensterscheiben. Auf der Rückbank liegt ein bebender Würfel, der mächtig Bass ins Auto bringt. Aus den Lautsprechern singt Judas aus »Jesus Christ Superstar«:

> *»Every time I look at you I don't understand, why you let the things you did get so out of hand. You'd have managed better if you'd had a plan.«*

Im Handschuhfach liegt ein Zettel mit der Adresse von Toms Eltern in Jerusalem. Gut, dass ich als seine Exverlobte den Familiennamen kannte, wenn auch sonst nicht viel. Ich kannte nur seinen Plan.

Tel Aviv
→ Wüste
→ Tel Aviv
→ Heiraten in München (?)
→ ?

Am Himmel über uns haften graue Fetzen, die Sonne hängt im unteren Drittel wie eine frisch geschnittene Scheibe Licht. Olga hat meine neue Krankmeldung kommentarlos entgegengenommen.

Tal, nervös, schwallt Sätze. »Tom meinte mal, wenn Itaj als Soldat gestorben wäre, und nicht bei einem Unfall, wäre es leichter für seine Familie gewesen, dann hätten sie stolz sein können. So konnten sie nicht wirklich trauern, das hat wohl nicht zusammengepasst. Ich wette mit dir, es ist die alte Geschichte. Der gute Sohn stirbt, der schlechte Sohn bleibt und so weiter. Natürlich sagen sie das nie, von wegen ›wir haben alle unsere Kinder gleich lieb, blablabla‹, vielleicht meinen sie es sogar so, aber bei Tom ist es anders angekommen. Du hättest ihn sehen sollen, damals, am Strand, Scheiße nochmal.«

Die Wolken über uns öffnen sich. Regentropfen platzen auf der Windschutzscheibe. »Und ich dachte, Israel hätte ein Wasserproblem«, sage ich leise.

»Es ist nicht normal«, sagt Tal. »Etwas stimmt eindeutig nicht.«

Als wir aus dem Auto steigen, fällt uns der Himmel auf den Kopf. »Shit«, brüllt Tal und rennt los. Es gießt so heftig, dass wir an der übernächsten Straßenecke bereits durchnässt sind. Toms Elternhaus steht in einem Teil Jerusalems, dem man Israel kaum noch ansieht. Rote Backsteinhäuser, weiße, glatte Mauern, büschelweise violette und rote Blüten in Tonkübeln. »Wo depressive Hausfrauen Aquarellbilder malen«, müsste der Slogan dieses Viertels in einem Reiseprospekt lauten. »Das ist die Straße«, sagt Tal. Seine schwarze Anzughose klebt an den Beinen, meine Haare klatschen am Kopf fest.

»Wenn wir so bei ihnen auftauchen, lassen sie die Hunde los«, stelle ich fest.

Wir finden ein italienisches Restaurant mit freier Behindertentoilette. Ich liebe öffentliche Toiletten. Für mich sind sie der Beweis dafür, dass die sogenannte normale Sexualität nicht existiert. Auf dem Klo, mit sich und der eigenen Scheiße allein, verstellt sich keiner mehr. Was alles über Türen und Wände geschrieben wird! Wie die Leute in groben Halbsätzen ihre Körper anbieten. Behindertentoiletten sind noch besser, denn für einen Gesunden ist dort alles Komfort, die Stützen neben der Toilette, der zusätzliche Raum und die Gewissheit, dass es jederzeit einen Notfallknopf gibt, falls einen beim Händewaschen der

Blitz treffen sollte. Ich halte meinen Kopf unter den brüllenden Händetrockner, bis meine Kopfhaut glüht. Danach überlasse ich ihn Tal, kämme meine Haare mit den Fingern vor dem Spiegel durch, ich habe Sonnenbrandreste im Gesicht, abgesehen davon sehe ich von außen immer noch erstaunlich normal aus. Ich frage mich, wie lange es dauert, bis Erfahrungen sich in Gesichtern abzeichnen, wie bei Pete, dem Hippie in Eilat. Und wo in meinem Gesicht sich das, was in den letzten zwei Wochen passiert ist, irgendwann noch abzeichnen wird.

Tals getrocknete Haare stehen in schwarzen Büscheln ab. Er befühlt seine Jacke, verzieht das Gesicht, zieht sie aus und hält sie unter den Trockner. Das Teil ist wirklich heiß. Ich zögere einen Moment, dann denke ich an meine letzte Blasenentzündung in München und ziehe mir kurz entschlossen das T-Shirt über den Kopf. Tal hebt kurz die Augenbrauen, lächelt, sagt aber nichts, dafür bin ich ihm dankbar. Ich stelle mich neben Tal und halte mein T-Shirt unter den Trockner. Er legt sein Jackett auf den Rand des Waschbeckens und knöpft nonchalant sein Hemd auf. Dann zieht er seine Hose aus. Ganz schön viele Haare auf den Beinen. Ich hoffe, dass die Tür wirklich abgeschlossen ist, und gebe mir Mühe, Tal nicht anzustarren.

Wir stehen beide in Unterwäsche vor dem Händetrockner und drehen und wenden unsere Kleider unter dem heißen Luftstrom. Alle fünf Minuten, wenn der Trockner ausgeht, haue ich mit der flachen Hand darauf.

»Schön, dass es draußen so grün ist«, schreie ich, den Blick auf das kleine Fenster über der Toilette gerichtet.

»Sieht europäisch aus, was?«, ruft Tal.

»Dafür braucht man bestimmt sehr viel Wasser.«

»Regnet ja viel.«

»Ist also doch nicht so schlecht.«

Ich lege mein trockenes T-Shirt zu Tals Jacke auf den Waschbeckenrand. Die Jeans braucht länger. Der Trockner geht wieder aus. Wir sehen einander an.

»Bis vor zwei Jahren bin ich ständig ins Fitnessstudio gegangen«, sagt Tal.

»Sieht man noch.«

»Findest du?«

»Schon.«

Ich atme flach, leise und vermeide es, seinen Bauch anzusehen. Einer der unzähligen Wege, die ich gehen könnte, hätte vielleicht mit Tal zu tun. Wir könnten es sein, genau wie Tom und ich es sein könnten oder jemand anders da draußen. Das ist genau der Gedanke, der mich davon abgehalten hat, mich wirklich für jemanden zu entscheiden.

Bis ich sechzehn war, haben mich Jungs gar nicht interessiert. Ich dachte, ich käme nie in die Pubertät. Natürlich sind mit meinem Körper Dinge passiert, es gab halt immer mehr Haare und einige Stellen, die vorher gerade waren, beulten aus und bogen sich. Von einer älteren Cousine hatte ich einen Ordner mit Bravo-Heften geerbt, ich wusste also, was los war, als es losging. Aber es war nicht so, dass mich das besonders aufgeregt hätte. Ich bin sicher, dass ich vor allem deswegen ein unverkrampftes Verhältnis zu Sex habe, weil ich nicht von meinen Eltern aufgeklärt worden bin.

Dann war ich zu Besuch bei einer Freundin in Berlin, die Grunge hörte und Grunge sein wollte, ohne wirklich zu verstehen, wie. Sie erzählte mir von einem angeblich legalen Drogenkraut und bat mich, es aus einem Headshop zu besorgen. Ihre Ausrede war, dass sie ein Bein gebrochen hatte, aber damit schaffte sie es auch zum Supermarkt, also nahm ich an, dass sie sich einfach nicht traute. Mir war auch nicht wohl bei der Sache. Aber es fing schon damals an, dass ich genau die Dinge machte, vor denen ich Angst hatte.

Es war das erste Mal, dass ich in einen Headshop ging, mein Herzklopfen war lauter als die Ladenglocke. Drinnen war es wie in einer psychedelischen Apotheke, nur waren die Inhalationsgeräte nicht für verstopfte Nasen gedacht. Ich tat alles, um abgeklärt zu wirken, ging mit gesenkten Lidern durch den Laden und tat, als hätte ich das alles schon hundertmal gesehen, die grellen Farben, die rätselhaften, bunten Plastikröhren in den

Regalen, die bedruckten Aschenbecher, zartfingrige Hanfblätter und silberne Totenköpfe und Aliengesichter mit schrägen, schwarzen Augen.

Hinter der Theke saß ein Typ mit kurzen, grauen Haaren und Lederweste, vor ihm lag unter einer Glasplatte eine Auswahl geschnitzter Pfeifen. Er warf mir einen Blick zu, verzog lächelnd den Mund und wusste alles über mich.

Ich fragte nach den Kräutern. Er schüttelte den Kopf. »Ausverkauft«, sagte er faul. Ich war grenzenlos enttäuscht und erleichtert. »Dann bis zum nächsten Mal«, sagte ich in der Hoffnung, doch noch einen coolen Eindruck zu hinterlassen. »Warte«, sagte der Besitzer, »die Jungs dort wissen, wo du das Zeug herkriegen kannst.« Ich drehte mich um und sah mich einem dunklen halben Dutzend gegenüber, in Kapuzenpullovern, Mützen und weiten Jeans. »Jungs ist gut«, dachte ich, das waren ausgewachsene Zwanzigjährige. »Kann sie mitkommen?«, fragte der Mann hinter der Theke, wie ein Vater, der seine Tochter zum Spielen mit den Nachbarskindern schickt. »Klar«, sagte der Typ ganz rechts nach einer Pause.

Auf dem Weg redete ich vor allem mit Sebastian, einem hübschen Jungen mit sehr blauen Augen, und mit seinem dünnen Freund, den sie Snake nannten. Sie fütterten mich mit Zigaretten und erklärten mir, an welchen Straßenecken ich billig welche kaufen konnte, »ohne Steuer«. Ich dachte daran, wie ich es meiner Freundin erzählen würde (»Und dann war da dieser Typ, Snake, Zigarettenschmuggler, du weißt schon«), während ich mit halbem Ohr zuhörte, wie Snake von seiner zweijährigen Tochter erzählte, die irgendwo weit weg im Westen wohnte, »mit der Frau meines Lebens. Das muss sie nur noch einsehen.« Dass Snake eine Frau seines Lebens hatte, störte mich nicht weiter. Aber wenn ich Sebastian ansah, rührte sich in mir etwas eigenartig Neues, Flatterndes. Er sagte Dinge wie: »Du bist ja gar nicht geschminkt. Naturschönheit, was?« Normalerweise war ich gegen Komplimente immun, aber dieses hier traf mich wie ein kiloschwerer Blumenstrauß, ich glaube, ich bin kurz zusammengesackt. Sebastian fing an, mich mit »Prinzessin« anzusprechen. Ich war abgeklärt genug, zu vermuten, dass sein Charme auf Autopilot stand, aber es war mir egal. Ich betrachtete mich selbst staunend dabei, wie ich verliebt wurde. Die anderen gingen hinter uns, ein murmelndes Gefolge junger Möchtegern-Gangster.

Der nächste Laden hatte die Kräuter auch nicht, aber die Jungs kauften Beutel mit getrockneten Pilzen, die sie sich in die Hosentaschen ihrer Jeans steckten. Sie boten mir keine an, dafür war ich dankbar.

Draußen, vor dem Laden, rasten Autos in alle Richtungen.

»Und was machen wir jetzt mit dir?«, fragte Snake.

»Ich muss zur Tramhaltestelle.«

»Unter keinen Umständen lassen wir dich allein gehen«, sagte Sebastian.

An der Haltestelle gab er mir noch eine Zigarette, obwohl ich bereits eine brennende in der Hand hielt, sah zu der Seite, aus der sich Getöse näherte, dann auf mich, und sagte: »Hier kommt deine Trambahn, Prinzessin.«

Unsere Blicke trafen sich. *Wir könnten es sein,* dachte ich, dann hielt die Tram neben mir, ich sprang mit einem Satz hinein, setzte mich mit klopfendem Herzen und sah zu, wie sie weggingen in ihren übergroßen Kapuzenpullis, ohne sich noch einmal umzudrehen.

Seitdem habe ich immer wieder gedacht: *Wir könnten es sein,* wenn ich einem Jungen so schweigend in die Augen gesehen habe. Ich war mir sicher, ich müsste jemanden treffen, bei dem der Satz eindeutig *Wir sind es* hieß. Vielleicht war genau das der Fehler.

Ich mache einen kleinen Schritt auf Tal zu. Sein Gesicht kommt sofort nach vorne, seine Lippen sind sehr weich. Ich denke an die letzte Nacht mit Tom. Während wir miteinander schliefen, tauchte auf der schwarzen Leinwand hinter meinen Lidern plötzlich das Bild des Grießpuddings auf, den meine Großmutter früher gemacht hat. Zu Hause, dachte ich.

»Was machen wir hier eigentlich?«, frage ich und biege meinen

Kopf nach hinten. Tal lächelt jungenhaft und zuckt die Achseln. »Dummheiten.«

»Das dachte ich auch gerade. Das hier könnte in einer Geschichte vorkommen.«

Er lächelt. »Es wäre der Moment, in dem zwei Protagonisten einen Fehler machen, ohne es zu wissen, nur du als Zuschauer weißt Bescheid.«

»Interessant. Wie würde die Geschichte weitergehen?«

»Ich zeig's dir.« Er steigt in seine Hose. »So«, sagt er und greift nach seinem T-Shirt.

»Sehr vernünftig«, preise ich ihn erleichtert und ein wenig enttäuscht.

»Warte ab, was als Nächstes passiert!« Er dreht den Knopf an der Tür und reißt sie auf.

Ein schwacher Geruch nach nassen Hunden hängt in der Luft. Ein Mädchen mit einem Kopftuch rennt durch den Regen an uns vorbei. Toms Zuhause liegt ein Stück höher als die Straße, hinter einem Eisengitter führt eine Treppe nach oben zu einer hellen Holztür mit Glaseinsatz. Im Dach ist ein Fenster. Toms Zimmer? Für den Bruchteil einer Sekunde sehe ich ihn, zwanzig Jahre jünger, er rennt die Treppe hoch, stolpert, rennt weiter. Über dem Klingelschild starrt das schwarze Auge einer Kamera. Ich unterdrücke den Impuls, meine Hand darüberzulegen, und drücke den Klingelknopf. Nichts. Tals Schuh kratzt über den Boden. Als ich gerade ein zweites Mal klingeln will, kracht es aus dem Lautsprecher. Tal antwortet auf Hebräisch. Die Stimme sagt etwas. Tal stellt eine Frage. Nach einer Pause summt das Gitter. Ich stoße dagegen.

»Was?«, frage ich, während wir die Treppe hochgehen. Der Puls, den ich habe, kann nicht gesund sein.

»Er ist nicht da. Aber wir können auf ihn warten, hat sie gesagt.« Ich bleibe stehen. »Wer?«

»Seine Mutter, schätze ich.«

»Seine Mutter. Was«, frage ich, »sagen wir ihr?« Die Tür oben geht auf. Wir reißen beide die Köpfe herum.

»Schalom«, sagt sie und mustert uns mit schwarz geschminkten Katzenaugen, von oben bis unten, wozu braucht sie bei dem Röntgenblick noch eine Kamera am Eingang. Ein Büschel Haare zwängt sich an ihren Beinen vorbei, fällt die Treppe herunter und springt kläffend gegen Tals Bein. Tom hatte recht, das Vieh ist süß genug, um für immer auf Kaffee zu verzichten, wenn ich ihm damit sein Leben retten könnte. Die Frau lächelt, anscheinend sind wir in Ordnung.

»Schalom«, sage ich, »sprechen Sie Englisch?«

Sie lächelt breiter.

»Woher kommst du?«, fragt sie auf Englisch.

»Deutschland«, antworte ich, wie immer mit dem Gefühl, erklären zu müssen, dass ich keine schweinebratenessende Mörderin bin.

»Bist du Jüdin?«, fragt sie interessiert.

»Nein«, erkläre ich atemlos. Als Nächstes wird sie mir etwas Nettes über Deutschland sagen, um mir das Gefühl zu geben, dass ich trotzdem okay bin. »Berlin ist eine großartige Stadt. Ich war letzten Winter dort, mit meinem Mann«, erzählt sie herzlich. Ich lächele zurück. »Kommt rein, oder möchtet ihr auf der Treppe warten?«

Sie trägt ein geblümtes Kleid mit breitem Gummizug unter der Brust, sie hat die gleichen Haare wie Tom, und es scheint sie überhaupt nicht zu überraschen, dass wir da sind. Sie hält die Tür auf; als ich an ihr vorbeigehe, weht mir etwas in die Nase. Entweder, sie hat ein Parfum aufgelegt, das nach Gin Tonic riecht, oder sie hat sich um vier Uhr nachmittags bereits einen Longdrink genehmigt. Drinnen ist ein kurzer Flur und gleich dahinter ein weiß gestrichenes Wohnzimmer, das in eine offene Küche übergeht. Ich sehe Sofas mit kompliziert bestickten Überwürfen, weiße, moderne Lampen wie schlanke Blütenkelche, nackte, hölzerne Skulpturen aus dunklem Holz. Auf einer Truhe steht das gleiche Bild, das ich in Toms Wohnung in Tel Aviv gesehen habe. Er, am Strand, mit dem Blick in die Ferne. Seine Mutter schließt die Haustür.

»Seid ihr ein Paar?«, fragt sie.

»Nein«, sagt Tal so schnell, dass ich fast ein wenig beleidigt bin.

»Das trifft sich gut«, raunt sie und wirft ihren Katzenblick auf Tal, »mein Mann ist nicht da.«

Tals Gesicht gerinnt zur Miene eines jungen Katers, der mit dem Kopf im Sahnebecher stecken geblieben ist.

»Mein Gott, ihr jungen Leute seid so leicht zu erschrecken«, sagt sie mit einer Spur von Traurigkeit in der Stimme. Es ist eindeutig Toms Mutter, aber sie wirkt nicht älter als vierzig.

»Möchtet ihr etwas trinken? Es ist Cola im Kühlschrank, ich kann euch Rum-Cola machen. Oder möchtet ihr oben warten? Er müsste jeden Moment wieder da sein.« »Wenn es nichts ausmacht, warten wir oben, danke.« Mir mit der Mutter auf dem Sofa die Kante geben, das verkrafte ich jetzt nicht.

»Wie ihr wollt«, sagt sie gleichgültig. »Die Treppe hoch, erste Tür rechts.«

Ich habe Angst, dass es ein Psychozimmer sein wird, die gesammelten Teddybären einer Kindheit, dazu Pin-up-Poster mit Frauen, die an Autoteilen lecken. Aber es ist überhaupt nichts an den Wänden oder in den Regalen, und das ist fast noch schlimmer, außer ein paar Büchern mit hebräischen Titeln auf den Klappen, einem Eckschrank, einem Bett. Tal setzt sich auf das Bett, ich setze mich daneben, und stehe gleich wieder auf, zu unruhig.

»Ob man hier rauchen kann?«, frage ich.

Stumm zeigt er auf den Aschenbecher auf dem Nachttisch, der mit Stummeln gefüllt ist. Ich zünde mir eine Zigarette an, halte die Schachtel Tal hin, der abwinkt, sich nach hinten sinken lässt und an die Decke starrt, der Blick schwer von Fragen. Rauchend nehme ich mein Handy heraus, das Display leuchtet nichtssagend. Von der Spitze meiner Zigarette fällt ein Stückchen Glut auf mein T-Shirt. Schnell wische ich den Funken weg, zu spät, er hat sich schon in den Stoff gebrannt. Ein kreisrundes Loch mit säuberlich verbranntem Rand in leuchtend roter Umgebung. Verdammte Billig-Zigaretten.

Das Haus ist zu still. Durch das Doppelfenster dringt gedämpft das Heulen einer Auto-Alarmanlage. Tal fängt an, die Töne leise mitzusingen. Mit zitternden Fingern drücke ich die Zigarette aus. »Wo bleibt er?«, frage ich in den Raum hinein.

Nach einer Dreiviertelstunde kommen Schritte die Treppe hoch. Tals Körper schnellt mit einem Ruck nach oben und entspannt sich, als sich das sanfte Tappen von Hausschuhen nähert. Es klopft, gleich danach schwingt die Tür zögernd auf. Toms Mutter steht im Türrahmen, die Klinke in der Hand und mit verkümmerter Miene, die souveräne Lady von eben ist verschwunden.

»Er müsste längst da sein«, sagt sie. »Bleibt ihr zum Abendessen?« Ich werfe einen Blick auf Tal, der auf das Bett zurückgefallen ist. Er nickt kaum merklich.

»Wenn es keine Umstände macht«, antworte ich zögernd.

»Ihr Europäer«, sagt sie kopfschüttelnd, wieder mit diesem Hauch an Traurigkeit, »immer so höflich.«

Einen Moment lang sieht es aus, als würde sie gehen, aber dann setzt sie sich linkisch, als wäre sie sich in ihrem eigenen Haus nicht sicher, auf den kleinen Tisch neben der Tür.

»Ich mache mir solche Sorgen«, sagt sie abwesend, »er kommt und geht, wie es ihm gerade passt. Ich kann nichts machen, er ist ein erwachsener Junge.« Sie ballt ihre Hand, die wie ein toter Vogel in ihrem Schoß lag, zu einer Faust und flüstert: »Es ist rücksichtslos. Er denkt, er ist der Einzige in der Familie, der leidet.«

Dann blickt sie mich an. »Mögt ihr Fisch?« Ich schüttle den Kopf, betäubt.

»Was für ein Psychohaushalt«, sagt Tal leise, als sie gegangen ist. Ich lege mich neben ihn aufs Bett, ich habe keine Lust mehr, ihn zu berühren. Bald breitet sich der Geruch von heißem Fett im Haus aus. Draußen fällt der Regen auf Jerusalem und schert sich nicht darum, dass es ihn eigentlich nicht geben dürfte.

Eine Stunde später ist Tom immer noch nicht da. Als seine Mutter uns zum Essen ruft, wecke ich Tal, der mit gerunzelter Stirn weggedöst ist. Der dunkle Holztisch im Wohnzimmer ist von einem Ende zum anderen bedeckt mit Schüsseln und Platten. Es gibt Pasta mit Leber, panierte Schnitzel, Püree aus Süßkartoffeln, Hummus, Salat aus Sojasprossen und Walnüssen, Tomatensalat, Möhrensalat mit Mayonnaise, Lauchquiche, Fladenbrot und Reis. Sie hat uns bekocht, als wären wir ihre verlorenen Kinder.

»Rotwein?«, fragt die Mutter beiläufig.
»Ja«, sagt Tal beinahe flehend.

Es schmeckt großartig, glaube ich, aber mit Sicherheit kann ich es nicht sagen. Ich bin nicht ganz da. Toms Mutter, im geblümten Kleid und mit Lippenstift auf den Zähnen, Tal im luftgetrockneten Jackett, der Leberstücke mit der Gabel aufpickt, das Foto des toten Sohnes auf der Kommode, die stille Eleganz des Hauses, die Stille zwischen uns am Tisch, geben mir das Gefühl, dass nicht ich, sondern jemand anders in dieser Situation ist, und wenn es wirklich ich bin, dann könnte ich auch jemand anders sein.

Die Mutter räumt ab, verweigert dabei jede Hilfe, füllt in der Küche das kaum weniger gewordene Essen in Plastikdosen, stellt nebenbei die Kaffeemaschine an, nimmt Tassen, Zuckerdose und Milchkännchen aus dem Schrank. Sie legt schnapsgefüllte Pralinen auf den Tisch, holt Schokoladen- und Kirschkuchen aus einer Plastikschachtel, füllt Kaffeetassen, rührt ungefragt je zwei Löffel braunen Zucker hinein, fragt: »Milch oder Sahne?« Ich wickle ein Stück Schokolade in Form einer Whiskeyflasche aus, beiße den Hals der Schokoladenflasche an, der gezuckerte Whiskey läuft mir scharf in die Kehle. Ich nehme noch ein Stück.

»Sind Sie sicher, dass er heute noch kommt?«, spricht Tal aus, was ich denke.

Die Mutter ist gerade dabei, eine Schüssel Trauben von der Anrichte zu nehmen. Sie bleibt einfach stehen, mit der Schüssel in der Hand, den Blick auf die Wand vor sich gerichtet. Dann setzt sie die Schüssel mit einer sanften Bewegung ab und sagt: »Nein. Ich weiß nicht, wo er ist. Er ist schon Wochen nicht mehr hier gewesen.«

Tal und ich wechseln bestürzte Blicke. Sie seufzt. »Ihr denkt jetzt, ich wäre eine Psychotante. Aber keine Sorge, ich werde euch nicht ausweiden und zum Trocknen in den Garten hängen.« Sie lacht freudlos.

Ich finde das nicht sehr beruhigend. »Warum haben Sie es uns nicht gesagt?«, fragt Tal überraschend sanft.

»Du bist ein großer Junge. Das kannst du dir doch sicher denken.« Ungeduldig bläst sie sich eine Strähne aus der Stirn, einen Moment lang sieht sie aus wie eine Zwölfjährige. »Ich habe keinen Zugang zu meinem Sohn. Ich weiß nicht, wie es ihm geht, ich weiß nicht, was er macht. Ich dachte, wir könnten uns ein bisschen über ihn unterhalten.«

»Sie hätten uns auch einfach fragen können«, protestiere ich leise. Die Warterei hat mich mit doppelter Geschwindigkeit altern lassen.

»Ach, hätte ich das?«, fragt sie gleichgültig. Sie öffnet eine Schublade in der Kommode und nimmt ein Päckchen Zigaretten heraus, setzt sich an den Tisch, klickt mit dem Feuerzeug, nimmt einen tiefen Zug. Uns bietet sie keine an.

»Also, wie geht es ihm?«, fragt sie. Ich habe nicht die leiseste Ahnung, wie ich es ihr erklären soll.

Nach einigen Herzschlägen antwortet Tal.

»Wir wissen es nicht.«

»Er ist plötzlich aus Tel Aviv verschwunden. Wir haben uns Sorgen gemacht«, ergänze ich.

Sie verzieht den Mund, schließt ihn krumm um die Zigarette und nickt müde, als hätte sie keine bessere Antwort erwartet.

»Nimmt er Drogen, harte Drogen, meine ich?«

»Nein. Nein ganz bestimmt nicht«, sage ich schnell.

»Es macht nichts, wenn er ein bisschen kifft, solange er kein Heroin nimmt«, sagt sie ernst.

Schweigend nippen wir an den Kaffeetassen. Ich bin satt, aber ich nehme noch ein Stück Kuchen, aus reiner Hilflosigkeit. »Ihr könntet hier übernachten«, bietet sie an. Ich brauche Tal nicht anzusehen, um zu wissen, dass wir das auf keinen Fall annehmen werden.

Murmelnd entschuldigt sich Tal und verschwindet Richtung Toilette. Das bedeutet, dass ich mit ihr allein bin. Es ist sehr unangenehm. Uns trennen nur 20 Jahre, aber der Abgrund besteht nicht im Alter. Es ist die Erfahrung, zwei Söhne geboren zu haben – und einen verloren. Ich denke an den Sohn, der am Leben ist, und dass ich immer noch nicht weiß, ob der Tom, den ich kenne, gelogen hat. Wie soll ich seine Mutter fragen, ohne sie noch mehr in Sorge zu versetzen?

»Das ist ein wirklich schönes Foto«, versuche ich es mit Blick auf das Bild, das auf der Kommode steht.

Ohne hinzusehen weiß sie, was ich meine.

»Itaj hat es gemacht. Er hat einen guten Blick für Bilder.« Sie seufzt. »Er hat so viele Talente, er nutzt sie nur nicht.«

Ich verwende meine ganze Willenskraft darauf, ein Pokerface zu bewahren. Bei einem Toten wundert man sich nicht, wenn er nichts aus seinen Talenten macht. *So einfach ist das? Tom ist tot, nicht Itaj.* Ich habe es geahnt, aber Wissen bedeutet etwas anderes. Ein heißer Strom Ärger schießt mir ins Blut, und noch etwas: Spannung.

»Tom war wie sein Vater. Ein ehrlicher, leidenschaftlicher Soldat. Sie wissen vielleicht, dass Tom gestorben ist, als er gedient hat«, sagt sie. Ihre Miene ist starr.

»Ein Autounfall, habe ich gehört.«

Ihr Gesicht zuckt. »Die Umstände waren sehr hart für uns. Er war so ein großartiger, vielversprechender Junge. Wir hatten gehofft, dass Itaj sich wie Tom entwickeln würde. Es sah auch ganz danach aus. Er konnte es kaum erwarten, zur Armee zu gehen. Sie können es nicht wissen, aber er hätte nicht gehen müssen. Das ist hier die Regel, wenn ein Verwandter ersten Grades im Dienst gestorben ist. Als es so weit war, ist er in die gleiche Einheit gegangen wie sein Bruder. Wir mussten unterschreiben, dass wir damit einverstanden sind. Das war vielleicht ein Fehler.«

Sie sieht mich an. »Jetzt halten Sie mich für ein Monster. Sie verstehen mich falsch, ich liebe meinen Sohn. Aber es tut mir weh, dass aus ihm nichts wird.«

»Ich hoffe, das haben Sie ihm nicht so gesagt«, sage ich steif.

Sie lächelt nachsichtig. »Natürlich haben wir nicht. Sie werden es mir vielleicht nicht glauben, aber wir sind gute Eltern. Was immer er für Komplexe entwickelt hat, er hat sie sich selber eingeredet.«

»Hatten … er und Tom ein gutes Verhältnis?«, frage ich vorsichtig.

»Unzertrennlich«, sagt sie müde. Dann lehnt sie sich ein wenig mehr in meine Richtung und flüstert, plötzlich vertraulich: »Sind Sie seine Freundin?«

Ich zögere. »Etwas in der Art.«

»Dann fühlen wir das Gleiche.«

»Ja?«

Sie lächelt halb. Durch das Lächeln scheinen die Gesichter ihrer Söhne durch.

Die Treppe bebt unter Tals Turnschuhtritten.

»Falls Sie ihn sehen, sagen Sie ihm, dass er zu Hause anrufen soll«, fordert sie. Und gleich darauf, leiser: »Oder vielleicht rufen besser Sie mich an. Können Sie das tun?«

Ich nicke stumm. Sie steht auf, schreibt etwas auf den Block, der neben dem Kühlschrank an der Wand hängt, reißt den Zettel ab und gibt ihn mir.

Es fällt mir schwer, zu warten, bis wir außer Hörweite sind. »Tal, ich hatte recht. Tom ist Itaj. Das heißt, Tom ist tot.« Es ist schrecklich, das zu sagen, sogar mit dem Wissen, dass der Junge, den ich kenne, am Leben ist, nur anders heißt.

»Nein!«

»Doch.«

»Hat sie dir das gesagt?«

»Ja.« Tal reagiert unerwartet.

»Sicher?« Er schreit es fast.

»Ja.«

»Dieser verrückte Bastard.« Er schlägt auf das Lenkrad. Ein Scheibenwischer springt erschrocken hoch und wischt ein einziges Mal über die Scheibe.

»Tal, sei keine Drama-Queen.«

»Was? Findest du das in Ordnung? Bist du verrückt?«

»Tal.«

»Scheiße noch eins. Ist es dir egal?« Sein Ton ist aggressiv.

Gerade weil er überreagiert, werde ich sofort ruhiger. Das Durchdrehen wird schon von jemand anderem erledigt.

»Natürlich nicht, aber dein Geschrei hilft nicht weiter.« Ich denke an die Mutter, wie sie mir königlich und gebrochen die Hand zum Abschied gegeben hat.

»Ho, die Stimme der Vernunft! Was ist los mit dir, hat sie dir was ins Essen geschüttet?«

»Ich habe dir nichts getan«, sage ich scharf.

»Dann hör auf, so etepetete rumzutun, als wär es kein Ding, was der Typ mit uns abgezogen hat!«

Jetzt werde ich auch laut. »Was heißt hier ›abgezogen‹? Ich weiß auch nicht, warum er das getan hat, aber es wird schon Gründe geben, sonst würde er doch nicht so einen Schwachsinn machen, denkst du, er macht das nur so zum Spaß, weil er uns eins auswischen will? Meinst du wirklich, Tal?« Er schweigt verbissen.

»Egal, er hat mich verdammt nochmal angelogen, und dafür verdient er ein paar aufs Maul«, sagt er dann. Verblüfft sehe ich ihn an. Er ist so sehr das Zentrum seines eigenen Universums, dass es ihm nur um seine eigene Kränkung geht.

»Tal«, sage ich langsam, »wenn man dich nicht kennt, merkt man gar nicht, was für ein dummer Prolet du sein kannst.«

Seine Augen werden zu Schlitzen. »Okay«, sagt er. »An deiner Stelle würde ich ab jetzt nichts mehr sagen. Sonst kannst du dir jemand anders suchen, der dich nach Tel Aviv fährt.«

Die ganze Rückfahrt über dreht Tal die Musik so laut auf, dass die Scheiben zittern. Ich sitze daneben und muss beinahe lachen. So viel zu Tal. Manchmal denkt man, dass einer ein toller Mensch ist, nur um zu erleben, wie er sich in der erstbesten Situation, in der er Größe zeigen müsste, völlig hilflos danebenbenimmt. Verwundert merke ich, dass ich nicht besonders wütend auf den Jungen bin, der mir einen falschen Namen und, wer weiß, vielleicht noch anderes vorgegaukelt hat. Hat Tal recht, müsste ich rasen vor Wut, wie er?

Eines Tages werde ich tot sein und über all das lachen.

24

Auf der Kühlschranktür klebt ein Zettel in Carstens Handschrift: »Scheiße war's und kein Kompott.« Ich möchte Milch trinken, einen ganzen Liter oder zwei, Hauptsache massenweise Milch, aber der Kühlschrank ist leer, bis auf eine Glasschüssel schimmeliger Erbsen, die ich nicht einmal zum Wegwerfen anfassen möchte.

Unentschlossen gehe ich die Schränke durch, greife wahllos nach einer Packung Fladenbrot, öffne sie und werfe eines der Brote auf den Toaster. Ich schalte den Fernseher ein und höre mit einem Ohr zu, während ich mit dem Rücken zum Bildschirm die warme, krümelnde Fläche des Brots mit Honig bestreiche. Plötzlich weckt etwas meine Aufmerksamkeit. Als hätte mich jemand im Vorbeigehen gestreift. Ich drehe mich um und finde das zerdrückte Gesicht des alten Mannes, den ich in Jerusalem getroffen habe im Fernseher. »Zurück ins Gefängnis«, steht auf dem roten Balken, der seinen Hals bedeckt.

Die Haustür fällt mit einem Knallen zu. Verstohlenes Kichern, schnelle Schritte gehen durch den Flur, Türen klappen, etwas poltert zu Boden. Ist denn die ganze Welt bescheuert? Wütend knalle ich die Fensterläden zu, stampfe in den Flur und rufe: »Carsten? Nina?« Keine Antwort, aber drinnen wird leise geredet. Ich klopfe vorsichtig, dann lauter, ich weiß nicht, was es mich angeht, aber ich muss es wissen. Carsten macht auf, er trägt nichts als eine Unterhose, ein abgewetztes, blaues Teil, das aussieht, als hätte er es zu seinem dreizehnten Geburtstag bekommen, die dünnen Beine staksen aus zu kleinen Löchern.

»Was denn?«, fragt er gereizt.

»Ich dachte, ich hätte etwas krachen gehört«, erkläre ich lahm. Er verzieht das Gesicht zu einem schiefen Grinsen und schüttelt den Kopf.

»Alles in Ordnung?«, frage ich.

»Ja klar, bestens«, sagt er. Ein Flugzeug zieht in geringer Höhe dröhnend über das Haus. Ninas Atem weht aus Dunkelheit zur mir. »Sonst noch etwas?«, fragt Carsten ungeduldig. *Ja, Licht im Zimmer, ihr könnt euch ruhig umarmen, ich will nur nicht allein sein.*

»Entschuldigung«, sage ich. Carsten grunzt leise und schließt die Tür in mein Gesicht. Das ist der Preis dafür, dass ich gar nicht erst versucht habe, mich mit ihm anzufreunden.

Ich gehe in mein Zimmer, an Ninas Zimmer vorbei, die Tür steht offen. Eine Matratze auf dem Fußboden, daneben säuberlich aufgeschichtete Bücherstapel, kein Licht. Seit wann haben die beiden etwas miteinander? Niemand verrät mir irgendetwas. Ich gehe in mein Zimmer, ans Fenster, schaue über die Dächer und höre dem Rauschen der Autos zu. Es heißt, man würde es schon merken, wenn man jemanden wirklich liebt. Kann ich nicht bestätigen.

Nachts wache ich auf. Ich blicke ins Dunkle und glaube, den Wind in den Bäumen hinter dem Haus meiner Eltern zu hören. Aber es ist bloß wieder das Geräusch der Autos auf der Straße.

Die Autisten halten Mittagsschlaf auf den Sofas und in ihren Zimmern. Bis auf Amir, der mit seinem Teppich beschäftigt ist. Yoni begrüßt mich wie eine alte Bekannte, als ich zur Spätschicht komme. »Dann ist die Truppe ja wieder voll«, sagt er aufgeräumt. »Die Truppe?«, frage ich, mit einer flatternden Vorahnung. Im gleichen Moment kommt der, den ich unter dem Namen Tom kannte, aus der Küche, eine schlappe Toastbrotscheibe in der Hand. Er trägt wieder das orangefarbene T-Shirt. Als er mich sieht, zucken wir gleichzeitig zusammen. Die Luft im Zimmer wird dick. Yoni sieht von einem zum anderen. »Dann lasse ich euch zwei wohl mal allein«, sagt er in einem Tonfall, der klarmacht, dass er lieber zuschauen würde.

»Tschüs, Yoni«, sage ich, ohne meinen Blick von Itaj zu nehmen. Ich bin froh, dass Yoni und ich nicht öfter zusammenarbeiten müssen. Er hat eine Art an sich, dass ich ihm ständig eine reinhauen möchte. Yoni geht zur Tür, verhakt sich mit der Plastiktüte in seiner Hand am Türgriff, ungeduldig zieht er daran, sie platzt auf, eine Masse winziger, weißer Körner fließt auf dem Boden. Er verdreht die Augen und zischt etwas, das wie ein Fluch klingt.

»Was ist das denn«, fragt Itaj. Yoni kniet sich auf den Boden und fängt an, die Masse mit den Händen zusammenzuschaben. »Waschmittel«, sagt er kurz. Wortlos starren wir ihn an. Er hält inne und seufzt. »Ja, ich habe das hier aus dem Vorrat geklaut«, erklärt er ungeduldig. Er fängt an, die Körner vorsichtig in die geplatzte Tüte zurückzufüllen.

»Gib ihm doch eine neue«, raune ich in Richtung Itaj. Der wacht endlich auf, greift hinter sich, in die Küche, gibt mir eine Plastiktüte, ich reiche sie an Yoni weiter.

»Wieso klaust du Waschmittel?«, frage ich, froh darüber, dass die Unterbrechung ein wenig Zeit bringt.

»Sagen wir, ich mag den Geruch, okay? Könntet ihr das für euch behalten?«

»Sicher, Yoni.«

»Olga sollte möglichst nichts davon mitkriegen.«

»Kein Problem.«

»Danke.«

Er dreht die Tüte zusammen, macht einen Knoten rein, steht auf, wischt die Hände an seiner Hose ab, und geht, ohne sich noch einmal zu verabschieden. Langsam drehe ich mich zu Itaj um.

»Hallo«, sage ich ruhig, »gut, dich zu sehen.« Ich lächle und schmecke Metall. »Wo warst du, verdammt?«

»Wie war Jordanien?«

»Heiß. Wo warst du, verdammt?«

»Bei meinen Eltern.«

»Bei deinen Eltern«, sage ich und lege übertriebenes Verständnis in meine Stimme. Alter Feigling. »Ich habe ein paar Mal versucht, dich anzurufen.«

Er macht ein zerknirschtes Gesicht. »Ich habe mein Telefon ausgeschaltet. Ich hatte Angst, dass die Armee wieder anruft.«

»Aha. War's schön?«

»Es geht so. Meine Eltern, du weißt schon.«

»Eigentlich nicht. Ich weiß gar nichts über deine Familie. Jedenfalls nichts, das du mir erzählt hättest.«

Sein Blick wird unsicher. Wir schweigen uns an. Die Atmosphäre zwischen uns ist für menschliches Leben nur bedingt geeignet. Ich bin kurz davor, ihn mit seiner Lüge zu konfrontieren, aber wie er da sitzt, unrasiert, mit aschgrauen Schatten unter den Augen, geht eine Woge Mitleid durch mich hindurch und lässt mich schwankend zurück. Immer noch Jesus, aber frisch vom Kreuz genommen. Ich hebe die Arme wie zu einer Umarmung und lasse sie wieder fallen.

»Entschuldigung«, sage ich. Das bringt ihn sichtlich aus dem Konzept.

»Wie bitte?«

»Ich weiß nicht, wer von uns mehr recht hat, auf den anderen sauer zu sein, aber ich dachte, ich fange schon mal mit Entschuldigen an.«

»Auf einmal willst du dich wie eine Erwachsene benehmen?«

Mein Kopf zuckt zur Seite. Ich habe es satt, dass andere Menschen mir erklären, wie ich mich meinem Alter entsprechend zu verhalten habe.

»Entschuldige.«

»Bitte.«

Er sieht an mir vorbei. Ich schaue aus dem Fenster und entdecke eine Katze, die bräsig in der Sonne sitzt.

»Ich bin immer noch wütend«, sage ich.

»Ja, ich auch.«

Er macht einen Schritt auf mich zu, sein Blick ist intensiv und konzentriert, auf einmal scheint alles schwarzweiß. Schnell setze ich mich auf den Küchentisch. Er hält inne. »Was ist?«, fragt er überrascht.

»Nichts ist.« Er zieht einen Stuhl zu sich heran, dreht ihn um und setzt sich darauf.

»Könnte ich Schweizerin sein?«, frage ich.

»Was?«

»Nur so ein Gedanke.«

»Ich verstehe die Frage nicht.«

»Ich habe mich mit Hadar unterhalten.« Er schaltet.

»Oha.«

»Allerdings.«

»Hoffentlich hat sie dir auch erzählt, dass zwischen mir und Muriel nichts war.«

»Das ändert doch nichts.«

Er nimmt eine Serviette, die vom Frühstück übrig geblieben ist, und fängt an, sie in kleine Stücke zu zerreißen. Dann sieht er mir zum ersten Mal direkt in die Augen.

»Und was denkst du jetzt von mir?«, fragt er.

»Wenn ich das nur wüsste.« Und wenn du wüsstest, mein Freund.

Wir messen einander mit Blicken. Dann wendet er den Kopf ab und reibt sich die Augen.

Ich verschränke die Arme vor der Brust.

Er sagt etwas, von dem ich nicht glauben kann, dass ich es richtig verstanden habe.

»Was?«, frage ich.

»Ich brauche deine Hilfe, Lena.«

»Hey«, sage ich, »Erde an Tom! Das hatten wir schon einmal!« Tom. Lächerlich.

»Ein paar Dinge haben sich geändert.«

»Allerdings«, sage ich trocken. »Wen soll ich diesmal heiraten, deinen Obsthändler?«

»Hör mir zu, *bitte.*« Auf einmal schnellt er hoch, als hätte er die ganze Zeit unter Spannung gestanden und plötzlich die Kontrolle verloren. Sein eben noch ruhiges Gesicht wechselt plötzlich den Ausdruck, alles verkrampft sich, die Haut wirft zigfach kleine Falten, dann ist es wieder glatt, blitzschnell. Er setzt sicher wieder hin. Ich kann seinen Atem hören. Etwas Ätzendes lag mir auf der Zunge, ich schlucke es hinunter.

»Okay«, sage ich vorsichtig. Auf seiner Stirn sind feine, fast unsichtbare Schweißperlen. Amir tappt nackt aus seinem Zimmer, streckt sich und gähnt. Ich könnte ihn umarmen. »Wir können später reden. Nach der Arbeit. Jetzt muss jemand Amir duschen, und ich schlage vor, das machst du.«

Seine Schultern sacken nach vorne, er nickt und schüttelt gleich danach den Kopf. »Okay, aber ich weiß nicht, ich habe noch nie –«

»Keine Sorge, wenn du etwas falsch machst, wird Amir dich das ganz schnell merken lassen. Ihr kriegt das schon hin.«

»Fein.« Er steht auf, geht zu Amir, legt ihm eine Hand auf die Schulter, sagt: »Auf geht's zum Duschen, mein Sohn.« Amir vertieft sich in den Anblick seiner Hände. »Amir?«, ruft Tom aus dem Bad. Ich lächele fein, gehe in die Küche, stelle den Wasserkocher an und nehme die offene Kaffeepackung aus dem Regal.

»Okay«, sagt Tom am Ende der Schicht und wirft das Handtuch, mit dem er die letzten Teller abgetrocknet hat, achtlos zur Seite. »Mir reicht es. Lass uns aufs Dach gehen.« Seine Haare stehen da, wo Amir gezogen hat, noch immer vom Kopf ab.

25

Während wir schweigend die Treppen hinaufgehen, merke ich, wie meine Schritte unsicherer werden. Gleich werden wir allein sein. Vor ein paar Tagen noch hätte ich mich darauf gefreut, hätte im Gehen glücklich Toms Hinterkopf betrachtet, weil er mit seinen langen Beinen wie immer schneller ist, aber jetzt heißt er Itaj. Ich verstehe nicht mehr, warum er macht, was er macht, und das ist seltsamer, als ihn gar nicht zu kennen.

Vorsichtig, mein rechter Fuß tut noch vom letzten Sprung weh, lasse ich mich von der Türkante aufs Dach gleiten. Meine nackten Füße fangen auf den Steinplatten sofort Feuer. Die Stadt glüht weiß in der Nachmittagshitze, eine zerfetzte Wolke schwebt einsam am gnadenlos blauen Himmel. Wir kauern uns in das bisschen Schatten, das der metallene Zylinder des Wasserspeichers wirft. Toms Feuerzeug klickt schnell.

»Also«, sage ich.

Er öffnet den Mund, um eine Rauchwolke zu entlassen. Er ist wie ein blasser Schatten des leuchtenden Bengels, den ich vor drei Wochen kennengelernt habe. »Warum bist du in Jordanien geblieben?«, fragt er. Damit habe ich nicht gerechnet.

»Weil ich wütend war und allein sein wollte.«

»Du solltest einen Sender am Ohr tragen.«

»Was?«

»Wie eine Wildgans. Damit man dich aufspüren kann, wenn du wieder wegfliegst.« Es klingt aggressiv.

»Wer von uns beiden ist denn danach spurlos verschwunden?«, verteidige ich mich.

»Ich hatte Gründe.«

Ich stoße Luft aus.

»Und ich nehme an, die erforderten strengste Geheimhaltung.«

Er hebt die Hand, zieht an der Zigarette. Unter seinen Achseln hat er schwarze, feuchte Flecken. Sein Arm streift an meinem entlang. Überall, wo er mich berührt hat, stellen sich die Haare auf. Ich frage mich, wer es hören würde, wenn hier oben jemand schreit.

»Ich finde nicht, dass ich dir Rechenschaft schuldig bin«, sagt er, »dein Abgang in Jordanien hat mich nicht gerade gefreut.«

Ich kneife die Augen zusammen und denke an Asad, das Arschloch. »Ich gebe gerne zu, dass *das* idiotisch war.« Kurz überlege ich, Tom davon zu erzählen, aber allein der Gedanke brennt heiß hinter meiner Stirn.

»Kann ich eine Zigarette haben?«, frage ich. Wortlos reicht er mir das Päckchen, die guten alten Noblesse, Tabak wie Krautsalat.

»Wir könnten jetzt stundenlang darüber diskutieren, wer was falsch gemacht hat«, sagt er.

»Feuerzeug«, unterbreche ich. Er reicht es mir. Überrascht merke ich, dass seine Hand zittert. Ich zünde an und nehme einen Zug, er streichelt meine Lungen. Damals, als ich meine erste Noblesse auf diesem Dach geraucht habe, ist mir noch schlecht geworden davon. Damals. Vor drei Wochen erst? Der fremde Mensch Itaj schnippt seine eigene Zigarette weg, streicht sich durchs Haar, seufzt, blickt geradeaus, in seinen schönen, schwarzen Augenbrauen hängen nasse Perlen.

»Wir könnten stundenlang reden, aber …?«

»Dafür habe ich, ehrlich gesagt, keine Zeit«, sagt er.

»Na so was.« Kühl bleiben, obwohl die Welt in Flammen steht, wie ich das hasse.

»Lena, als ich ohne dich aus Jordanien zurückgekommen bin, ist mir klargeworden, dass es ein Fehler war. Ich hätte nicht mit dir streiten dürfen, du hattest recht: warum du mir helfen willst, ist egal. Ich muss hier weg. Es ist nur eine Frage der Zeit, bis mich die Armee haben will, wahrscheinlich schreiben sie mir jetzt gerade den Brief.«

Mein Magen ballt sich zu einer kleinen Faust zusammen.

»Was, wenn du einfach nicht hingehst?«

Er schüttelt den Kopf. »Das habe ich die letzten beiden Male gemacht. Und sie haben es mir gerade noch durchgehen lassen. Irgendwann ist deren Geduld auch zu Ende. Ich glaube nicht, dass es ein drittes Mal funktionieren wird.«

»Was willst du tun?«

»Ich weiß es nicht.« Natürlich stimmt das nicht.

»Was würdest du dort machen, wenn sie dich einziehen?«

»Sie würden mich auf jeden Fall für etwas rufen, von dem ich keine Ahnung habe. Ich habe alles, was sie mir beigebracht haben, sofort vergessen. Ich bin kein Soldat.«

Ich dachte an die Bilder, die ich letzte Nacht auf dem Fernsehbildschirm gesehen habe, die Staubwolken, die Panzer. Ich versuchte, mir Toms Gesicht dazwischen vorzustellen. Ich weiß, es ist möglich, aber in meiner Vorstellung geht es nicht zusammen.

»Wenn deine Freundin … irgendwie krank wäre?«

»Hilft nichts. Die Reserve dauert wahrscheinlich nur einen Monat.«

Ich atme durch. »Das klingt nicht so schlimm.«

»Ich mache es nicht. Ich sage dir, ich mache es nicht. Es geht nicht nur um diesen Monat, es geht darum, dass ich überhaupt nicht mehr hingehen werde.«

Ich werde ihm nicht dabei helfen, es auszusprechen.

»Gilt unsere Verlobung noch?«, fragt er.

»Moment –« Ich komme nicht weiter. Ich habe Angst vor dem, was passieren wird. Trotzdem ist völlig klar, dass ich reden muss. Als hätte jemand den Spalt über der Tür zum Treppenhaus mit Brettern vernagelt. Der einzige Weg hier heraus ist ein Sprung.

»Ich weiß Bescheid, Tom. Das heißt, ich weiß, dass du nicht Tom bist.«

Ich habe den Satz vom Herzen, jetzt hängt er zwischen uns. Ein hässlicher kleiner Bastard der Wahrheit. Einen Moment lang betrachten wir ihn beide verwundert. Der Junge, der mir gegenübersitzt, rührt sich nicht. Der Wasserspeicher hinter uns zeichnet einen Schatten auf sein Gesicht, sodass die untere Hälfte im Dunklen liegt. Ich strecke eine Hand aus und berühre ihn an der Schulter.

»Itaj.«

Das bricht den Bann. Schwerfällig hebt der vertraute fremde Junge den Kopf, als hinge ein Friedhofskreuz an seinem Hals.

»Wie hast du –«

»Ich war bei deiner Mutter.«

Er nickt verständnislos.

»Tal weiß es auch.«

»Musste das sein?«, fährt er hoch.

»Er war dabei. In Jerusalem. Was sollte ich machen, wir haben uns beide Sorgen gemacht.«

»Ihr wart dort.«

Noch nie war das Verlorene an ihm so stark.

»Itaj«, sage ich noch einmal. Der Name fühlt sich fremd in meinem Mund an. Ich lege alle Zartheit, zu der ich fähig bin, in meine Stimme. »Wieso hast du mir nichts von deinem Bruder erzählt?«

»Weil es nichts mit uns zu tun hatte.«

»Ich musste es doch herausfinden. Wie hast du dir das vorgestellt, wolltest du unter falschem Namen heiraten?« Er lächelt ohne Freude.

»Ich habe seinen Pass.«

»Das hättest du nicht getan.«

»Nein, natürlich nicht, ich hätte es dir gesagt.«

Ich glaube ihm schon wieder nicht.

»Tal ist ziemlich wütend.«

»Kann ich mir denken. Und du? Hasst du mich jetzt auch?«

»Blödsinn.«

Er hebt seine Hand und kaut abwesend an ihrer Kante.

»Es war nicht geplant. Weißt du, früher hatte ich diesen Trick, wenn ich vor etwas Angst hatte: Ich habe mir vorgestellt, dass jemand bei mir wäre, der noch mehr Angst hat. Das hilft. Später habe ich den Trick geändert: Ich habe mich gefragt, was Tom tun würde, in der gleichen Situation. Und dann habe ich es gemacht. Alles war einfacher, wenn ich mich in ihn hineinversetzt habe. Und als er dann … als ich nach Tel Aviv gezogen bin, in seine Wohnung – meine Eltern hatten sie ihm gekauft, weißt du, es war alles noch genau so. Keiner hat sich getraut, sie auszuräumen. Es hat mich verrückt gemacht, sein Zeug zu sehen. Ich habe es nicht fertiggebracht, es wegzupacken. Dann habe ich Hadar kennengelernt. Nachts, auf einer Party irgendwo. Sie ist mit zu mir gekommen. In Toms Wohnung. Sie hat seinen Namen auf dem Klingelschild gesehen. Am nächsten Morgen hat sie mich Tom genannt. Es hat mir gefallen. Ich wollte nur einmal in meinem Leben wissen, wie es ist, wirklich *er* zu sein. Kannst du dir das vorstellen?«

»Ja«, sage ich einfach.

»Ich habe nicht gedacht, dass das zwischen mir und Hadar halten würde, ich war anders als jetzt, ich hätte nicht gedacht, dass es jemand mit mir aushalten könnte. Als ich mich in sie verliebt hatte, wollte ich es aufklären, aber ich habe es immer weiter vor mir hergeschoben, weil ich Angst hatte, wie sie reagieren würde, und dann war es zu spät. Ich konnte es nicht mehr rückgängig machen, alle Leute, die ich in Tel Aviv kannte, waren ihre Freunde, und alle dachten, dass ich Tom wäre.«

Er lacht leise.

»Ich hätte auch nicht gedacht, dass ich zu so einem Psychokram fähig wäre. Aber ich sage dir, es passieren ein oder zwei Dinge mit einem, wenn jemand stirbt, den man liebt.« Ich glaube ihm. Zum ersten Mal, seit ich ihn kenne, kommt es mir vor, als könnte ich ihn wirklich sehen. »Wie kommt es, dass du mich nicht hasst, Lena?«

»Wenn ich eines verstehen kann, dann, dass einer jemand anderes sein will.«

»Du machst es mir wirklich schwer.«

Das wirft mich um. »Was, bitte, mache ich dir denn schwer?«

»Mich nicht in dich zu verlieben.« Wider aller Vernunft schwillt hinter meiner Stirn etwas, das sich verdächtig nach Glück anfühlt.

Ich ziehe seine Hand zu mir, zweige zwei Finger ab und drücke sie auf mein Handgelenk, wo unter meiner Haut ein durchgedrehter Specht hämmert. »Das Problem kenne ich«, sage ich sachlich. Seine Augen öffnen sich weit. Wir lächeln uns an wie zwei betrunkene Kinder. Ich möchte den Moment genießen, aber der pestkranke Kommentator in mir ist nicht zum Schweigen zu bringen. *Wir hassen uns nicht, ja das ist doch mal ein Anfang, das ist eine super Liebesgeschichte, was kann jetzt noch schiefgehen?*

Ich frage mich, ob wir uns umarmen sollten, aber es kommt mir unwirklich vor, kitschig. Als würde das alles nicht wirklich passieren, als wäre ich Teil eines kranken Märchens, das in diesem Moment für ein Publikum geschrieben wird. Den Rest der Welt, meine Freunde, Eltern, sogar die Autisten, ich sitze selber im Publikum und sehe mir dabei zu, wie ich versuche, auf einem dünnen Draht in Richtung Happy End zu balancieren. Das Problem ist, dass es nicht zu Ende ist, wenn der Mann, der mir gegenübersitzt, mir jetzt juchzend in die Arme fällt, im Gegenteil, dann geht es erst los. Dies ist die Wirklichkeit, und die kann einem verdammt viel Ärger machen, wenn man sie wie ein Märchen behandelt, vor allem, wenn man es mit einem geistig nicht ganz gesunden Prinzen zu tun hat.

Wir umarmen uns nicht.

»Hast du mir nur einen falschen Namen gesagt, oder ist es noch mehr?«

»Nur der Name«, sagt er sofort.

»Wenn nicht, sag es mir jetzt. Tom. Itaj.«

»Macht es dir etwas aus, mich weiter Tom zu nennen?«

»Beantworte meine Frage.«

Er sieht mir ins Gesicht.

»Nur der Name«, sagt er wieder.

Sein Blick ist gerade wie ein Zeigefinger. Er glaubt, was er sagt. Ich denke wieder an Toms Wohnung. Das Foto auf dem Regal. Der Staub, der verdammte Staub überall. Seine Gedanken, ein System aus Stoffen und elektrischen Blitzen. Wenn man nur ein bisschen verrückt ist, einen kleinen Schritt weiter links als normal, merkt man es vielleicht gar nicht.

»Geh mit mir nach Deutschland, Lena.«

»Ich fürchte, dafür bin ich nicht naiv genug.«

»Lena, als ich das letzte Mal die Reserve gemacht habe, vor zwei Jahren, wäre es fast schiefgegangen, richtig schief. Mein direkter

Kommandeur hat Tom gekannt. Wir sind eigentlich ganz gut miteinander ausgekommen, bis er gemerkt hat, wie sehr mir der ganze Mist auf den Geist geht. Bei irgendeiner dämlichen Nachtwache bin ich dann eingeschlafen, das hat ihn wahnsinnig aufgeregt. Er meinte, ich wäre nichts als eine schlechte Kopie meines Bruders. Ich bin ausgerastet. Habe mit meiner Waffe ausgeholt, ich wollte nicht schießen, ich wollte zuschlagen, und ich hätte es gemacht, wenn mich nicht jemand festgehalten hätte.«

»O Gott.«

»Ja. Der Typ hätte mich sofort bei seinem Vorgesetzten anzeigen können, aber netterweise hat er es gelassen.«

»Was?«

»Bei der Reserve sind sie nicht so. Sie lassen dir viel mehr durchgehen, weil sie wissen, dass sie es mit Zivilisten zu tun haben, die mal eben aus ihrem normalen Leben rausgerissen werden, um ein paar Tage so zu tun, als wären sie Soldaten. Ein Wahnsinnstheater. Aber die Waffen sind nun mal echt, verdammt.«

Er nimmt die Zigarettenpackung vom Boden, zieht eine Kippe heraus und zündet sie an. »Ich glaube nicht, dass ich den Typen umgebracht hätte, aber wer weiß das schon. Der Punkt ist, dass ich gemerkt habe, wie leicht ich ausrasten kann. Da war nichts, was mich noch gehindert hätte, nichts. Ich glaube einfach, dass ich in dieser Beziehung nicht ganz zurechnungsfähig bin.«

»In dieser Beziehung?«, frage ich.

»Nur in dieser«, versichert er eilig.

»Es klingt, als solltest du dir vor allem einen guten Psychologen suchen.«

Er lacht. »Das habe ich schon hinter mir. Weißt du, was das kostet? Die Versicherung zahlt das nicht, dafür bin ich anscheinend nicht verrückt genug.« Die Spitze seiner Zigarette glüht lange auf.

»Ich kann verstehen, wenn du denkst, dass ich ein Psychopath bin«, sagt er, als wäre es nichts Besonderes, »ich verlange auch nicht, dass du mich sofort am Flughafen heiratest. Wir tun einfach so, als würde ich Ferien in Deutschland machen, und nebenbei lernst du mich kennen. Wenn du dann immer noch denkst, dass ich ein Freak bin, lassen wir es. Aber gib mir eine Chance. Und wer weiß«, sagt er und lächelt entwaffnend, »vielleicht wollen wir uns ja gar nicht mehr scheiden lassen.« Er macht eine Pause. »Ich brauche dich, Lena«, sagt er dann und schließt die Augen.

Er ist verrückt. Meine Abwehr schmilzt, entgegen aller Vernunft, und übrig bleibt wieder diese eigenartige Ruhe.

An meinem ersten Tag in Tel Aviv, vor ich weiß nicht wie vielen Wochen, als noch Herbst war, ging ich gleich an den Strand. Dort saß ich allein im Sand, die Leute um mich herum redeten französisch. Eine Frau trug Badeshorts mit einer England-Flagge, anderen klebte der weiße Sand auf den feuchten Rücken wie Ausschlag. Ein Strandcafé beschallte alles mit schleppender Reggae-Musik, zwischendurch spielten sie aus Versehen »Imagine« von John Lennon, bemerkten nach der Hälfte den Fehler und wechselten zu »I wanna get high«.

Die meiste Zeit habe ich einen Mann beobachtet, der mit einer flatternden Mülltüte redete. Weiße Tunika, Vollbart und braune Locken wie ein Apostel. Er umkreiste den im Wind zuckenden Müllbeutel, starrte konzentriert, sprang zurück, wippte vor, wieder zurück. Nach einer Weile verließ er die Tüte und lief an mir vorbei, sein Schatten fiel auf mich. Ich glaube, ich bin vielleicht nur zwei fingerbreit entfernt von seinem Wahnsinn.

Itaj raucht seine Zigarette und zündet sich ohne Hast an dem glühenden Stummel eine neue an. Als auch die zweite aufgeraucht ist, sage ich:

»Okay. Dann machen wir es sofort.«

Mit einem Seufzer lehnt er sich an mich. Sein Gesicht fühlt sich feucht an. Seine Tränen riechen nach Thunfisch. Wir liegen auf dem Dach und schwitzen und heulen und umarmen uns wie kleine Babys.

Es ist so verflucht heiß.

26

Sechs Wochen später, in einer milden Winternacht, sitzen wir auf einem Spielplatz in München, in der Nähe der Wohnung meines Vaters, zwischen den Villen Neuhausens. In drei Stunden wird es hell, mittlerweile sitzen wir in einem hölzernen Häuschen auf der Spitze eines großen Klettergerüsts. Unten auf dem Boden liegen verschimmelte Zweige, die mit kupferfarbenen Pickeln bedeckt sind. Jemand hat sie von dem gewaltigen Kastanienbaum abgeschnitten, der in dem lichten Rechteck zwischen den Häuserwänden wächst, und auf einen Haufen geworfen.

Alles in der Wohnung meines Vaters war mit Staub bedeckt. Sie hat vier Meter hohe Decken, der Stuck klebt wie Buttercreme an den Wänden, in der Mitte des Wohnzimmers hängt ein roter, glühender Ball aus Reispapier von der Decke. Mit Itaj, an dessen Namen ich mich immer noch gewöhnen muss, habe ich zwei Staffeln *Six Feet Under* angesehen, sechs Dosen Leipziger Allerlei aus dem Vorrat meines Vaters gegessen (der Spargel glitschte über die Zunge wie gekochte Schnecken) und 18 Rollen Toilettenpapier verbraucht. Wir schleichen umeinander, beobachten, versuchen zu verstehen, wie der andere im Alltag ist. Sodass natürlich kein Alltag entsteht. Ich habe einen Zettel in die winzige Küche gehängt: »Basisstation.« Viel mehr ist nicht passiert.

»Ich habe Angst, dass es zusammenbricht«, sagt Itaj. Er ist nervös in letzter Zeit.

»Blödsinn. Ich klettere auf diese Dinger, seit ich drei bin. Es ist niemals etwas zusammengebrochen.«

»Wirklich?«

»Das hier ist Deutschland, mein Lieber. Die Sachen brechen nicht einfach zusammen.«

»Interessant. Interessantes Konzept. Wie, man baut also etwas so auf, dass es hält?«

»Natürlich. Ich bin sicher, sie müssen hier eine Masse Berechnungen machen, bevor sie so etwas bauen dürfen, und dann gibt es Leute, die diese Berechnungen kontrollieren, und Leute, die die Berechnungen der Leute, die die Berechnungen kontrollieren, kontrollieren. Ich meine, schau dir das Ding mal an. Man sieht, dass es einen Plan dafür gab. Der Typ, der es gebaut hat, wusste genau, was er tut.« Itaj schaut nach unten. An seinen Wangen klebt ein fleckiger Bartschatten. Er kratzt, wenn wir uns küssen, was immer wieder passiert, obwohl ich versuche, auf Abstand zu bleiben.

»Vielleicht hat er manche Dinge nicht berücksichtigt. Unvorhersehbares.«

»Zum Beispiel?«

»Bienen, zum Beispiel. Gerade ist eine an mir vorbeigeflogen.«

»Kann nicht sein. Im Winter sind alle Bienen tot.«

»Ich habe sie gehört«, beharrt er.

»Selbst wenn, was dann?«

»Denk an Pete. Der Schmetterling und so weiter. Der Flügelschlag der Biene könnte eine Kettenreaktion auslösen, wegen der alles zusammenbricht.«

»Ich bin völlig sicher, dass ein deutscher Arbeiter, der ein Klettergerüst bauen möchte, einen aus drei möglichen Konstruktionsplänen benutzt, die offiziell kontrolliert, abgesegnet und legal sind und allesamt so geplant, dass sie drei Menschen aushalten, die jeweils 150 Kilo wiegen, und einen ganzen Bienenschwarm und dazu noch irgendetwas völlig Unwahrscheinliches.«

»Wie was zum Beispiel, ein Erdbeben?«

»Ja.«

»Würde es ein Erdbeben überstehen?«

»Ich bin sehr sicher, dass es das könnte.«

»Wirklich?«

»Ja.«

»Komm schon, ein Erdbeben! Das Teil ist aus Holz.«

»Ja, aber es ist dermaßen schlau gebaut, schau doch hin, das ist statisch einwandfrei. Es gibt auch Häuser aus Holz«, sage ich mit Nachdruck.

»Ich verstehe«, sagt er nachdenklich, »hm, nach dem Prinzip bringt man also sechs Millionen Menschen um.«

»Indem man effizient ist?«

»Ja.«

»Das ist kein sehr neuer Gedanke. Übrigens habe ich noch nie jemanden umgebracht.«

»Glaubst du, dass du effizient bist?«

»Nein. Ich – ich verschwende Geld, und so.«

»Hm.«

Itaj gefällt es hier. »Unglaublich!«, rief er, als wir am Flughafen die erste Rolltreppe heruntenglitten. Ich sah mich um und erblickte eine normale, graue Flughafenhalle.

»Was?«

»Die Menschen. Sie stehen alle auf der rechten Seite der Rolltreppe.«

»Klar doch, damit die Leute links vorbeigehen können.«

»Das würde in Israel nie funktionieren. Nie«, sagte er überzeugt. Er strahlte. »Es gibt also noch Ordnung irgendwo in der Welt, was?«

Er hat noch kaum Deutsch gelernt, außer »Grüß Gott«, »Eichhörnchen« und »Fünfundzwanzig«. Aber er setzt sie bei jeder Gelegenheit ein. Und er liebt deutsches Essen. So unkoscher wie möglich, am besten Schweinegeschnetzeltes mit Sahne. Das ist hier gar nicht so leicht zu finden, wenn man die Läden mit den dirndltragenden Kellnerinnen durch ist. Wenn es jenseits von Currywurst sein soll, essen die hippen Leute lieber asiatische Salate in minimalistischer Umgebung.

Am zweiten Tag fand ich einen Gasthof, der tatsächlich auch noch »Deutsche Eiche« hieß. Tom nahm verblüfft zur Kenntnis, dass Wasser ohne Kohlensäure Geld kostete. Es gab Eisbein mit Sauerkraut und einem braunen Fleck daneben, der angeblich etwas mit Erbsen zu tun hatte. Tom grub seine Zähne in den rosigen Schweineschenkel und stöhnte vor Begeisterung. Ich trank Bier und dachte, dass ich sonst niemanden kannte, der Eisbein mochte.

Ein feines Summen nähert sich und zieht an meinem Ohr vorbei. Doch eine Biene?

»Schau mal, die Leute mit den Fahrrädern dort drüben«, sage ich.

Er nickt müde. »Vor diesem wahnsinnig gelben Haus.«

»Warum geht die Biene nicht zu dem wahnsinnigen Haus? Was will sie hier?«

»Das Haus ist so was von gelb, die Biene sollte sich doch eigentlich damit identifizieren.«

»Weil es ihr ähnlich sieht.«

»Glaubst du, die Biene hat eine Meinung über Menschen?«

»Ich glaube nicht, dass sie weiß, was Menschen sind. Hörst du, da ist sie wieder.«

»Würdest du – o fuck, fuck!« Etwas Graues, Sirrendes umkreist seinen Kopf. »Fuck, sie wird mich umbringen!«

»Ha, genau.«

»Mach sie weg! Mach sie weg, Lena!« Seine Stimme wird schrill. Seine Nerven sind wirklich nicht die besten.

»Okay, ich bin schon dabei. Bleib, wo du bist.«

Er steht schwankend auf. »Ich glaube, ich gehe weg von hier.«

Ich werfe meine Jacke nach dem Vieh. »Ich habe sie, sie ist tot«, rufe ich.

»Ist sie? Nein, ist sie nicht!« Der Stoff der Jacke vibriert.

»Kannst du drauftreten?«, bitte ich, nur mit Mühe kann ich mir das Lachen verkneifen.

»Kann ich, kann ich sie töten, ist es moralisch okay?«

»Ja.« Er tritt mit aller Kraft auf die Jacke. Das Vibrieren erstirbt. Itaj lässt sich stöhnend gegen die Wand sinken.

»Oh, ich habe sie umgebracht, o nein! Ich bin ein Nazi.«

»Du bist kein Nazi, du hast den Mord nicht geplant.«

»Es war Notwehr.« Er stöhnt schwer.

»Ist schon okay, Süßer.«

»Ihre ärgerlichen, rassebedingten Eigenschaften waren einfach zu viel für mich.«

Wir lachen wie verrückt.

»Geht es dir jetzt besser?«

»Ja. O ja, ich werde überleben. Deutschland ist so gefährlich.« Er fällt nach hinten und fängt an, sich selbst den Nacken zu kraulen. Sehnsüchtig denke ich an Tel Aviv. Mir ist nicht klar gewesen, wie sehr ich dieses farbige, verqualmte Durcheinander vermissen würde. In meiner Erinnerung beginnt ein anstrengender, überkolorierter Werbetrailer. Diese unhöflichen Menschen, die einen auf der Straße zur Seite schubsen und nie auf den Gedanken kämen, eine Rolltreppenordnung einzuhalten. Die winzigen Restaurants, die zu jeder Tageszeit ölige Suppenteller mit Kichererbsenbrei und gebackenen, salzigen Eiern auf die Straße herausreichen. Das Meer, das sich großartig zu Füßen der Hoteltürme ausbreitete und dessen grüner Schönheit der täglich neu mit Plastikflaschen befleckte Strand nichts anhaben kann. Die seltsam vollgestopften Regale der Supermärkte, amerikanischer Zimt, deutsche Sojamilch und Plastikschalen voller pelziger Kreuzungen aus Pfirsichen und anonymen Früchten, daneben abgepackte, koschere Hähnchenwürste. Noch mehr als die Stadt vermisse ich die verträumte Bande, der ich mich so nahe gefühlt habe. Amir, Nili und die anderen.

»Lena«, sagt er.

»Ja?« Selbst meine missgünstige, traurige Zwergenchefin fehlt mir.

»Wir sind jetzt genau auf der Hälfte. In sechs Wochen läuft mein Visum ab.« Der Satz bringt mich zurück.

»Ich weiß.«

»Wir sollten reden.«

»Ich weiß.«

»Hast du dich entschieden?«

»Ehrlich gesagt, nein.«

»Aber es läuft doch gut mit uns, oder?«

»Ja. Aber ich würde gerne noch warten.«

»Und mein Visum?«

»In den nächsten sechs Wochen können wir sowieso nicht heiraten. Wir haben doch noch keinen einzigen Antrag gestellt und wir brauchen diesen Ehefähigkeitszeugnismist.« Ich lege eine Hand auf sein Knie. »Du fliegst einfach für eine Woche zurück nach Hause, verträgst dich mit Tal, und wenn du wiederkommst, geben sie dir ein neues Visum. In der kurzen Zeit wird dich die Armee schon nicht nerven, oder?«

Er antwortet nicht.

»Oder?«

»Es gibt da ein Problem, Lena.«

»Was denn?«

»Ich wollte es dir schon länger sagen.« Das taube Gefühl, das sich in meinem Kopf ausbreitet, kommt mir bekannt vor.

»Bevor wir nach Deutschland geflogen sind …«

Er zögert. Sein Blick wandert unruhig über mein Gesicht.

»Komm schon, raus damit.«

»Die Armee hat mich nochmal am Telefon erwischt. Ich bin rangegangen, weil die Nummer unterdrückt war. Sie wollten wissen, wo sie das Kommando hinschicken sollen, zur Einberufung. Ich …– ich fürchte, ich hab ziemlich rumgebrüllt. Ich hab ihnen gesagt, dass ich auf dem Weg nach Deutschland bin und dass sie sich ins Knie ficken sollen.«

»Nein.« Ich ziehe meine Knie an die Brust. Ich bin wenig überrascht, aber sehr wütend.

»Tut mir leid.«

»Itaj, verdammt!«

»Tut mir leid!« Es klingt verzweifelt. »Ich habe dir doch gesagt, dass ich …«

»Dass du diese Scheiße bauen würdest?«

»Nein, dass …«

»Dass du mich anlügen würdest, wieder? Du hast wohl Angst, aus der Übung zu kommen!«

»Lass mich ausreden!« Die Wände der Häuser werfen den Schrei zurück. Er schlägt die Hände vor der Brust zusammen. »Ich habe dir gesagt, dass mich die von der Armee zum Austicken bringen.«

»Und was bedeutet das jetzt?«

»Ich fürchte, wenn ich wieder ins Land komme, stecken sie mich in den Knast.«

»Du bist ein Idiot.«

»Ich weiß.« Seine Augen sind weit aufgerissen. Ich rücke ab. Der Kopf einer Schraube bohrt sich in meine Schulter.

»Ich glaube das nicht.«

»Es ist aber leider so.«

»Du kannst nicht zurück.«

»Ich kann's gerne noch ein paar Mal sagen.«

»Wenn du denkst, dass ich dich deswegen sofort heiraten werde, hast du dich geschnitten.« Er zuckt zusammen.

»Das erwarte ich gar nicht. Ich wollte nur, dass du es weißt«, versichert er eilig.

»Ich glaube dir kein Wort. Du erzählst mir jetzt alle sonstigen Lügen, mein Lieber, jede einzelne.«

»Sonst gibt es keine! Außer vielleicht«, er zögert. »Mit Muriel ist doch ein bisschen was gelaufen.«

Ich lache. »Ist ja süß.«

»Es macht dir nichts aus?« Mein Mangel an Eifersucht kränkt ihn.

»Nein. Das heißt, ja. Nicht ihretwegen, sondern weil ich deine verdammten Lügen satt habe.« Er versucht mich zu küssen, ich drehe den Kopf weg.

»Lena, was ganz sicher nicht gelogen war, ist …–«

»Stopp.« Ich halte mir die Ohren zu. »Ich will es nicht wissen.«

»Aber es ist wichtig!«, höre ich ihn dumpf durch meine Hände.

»Ich will es nicht wissen.« Ich starre ihn ein paar Sekunden lang an, sein Mund bewegt sich, ich höre ihn nicht.

Als er nichts mehr sagt, nehme ich meine Hände wieder herunter.

»Lass uns gehen«, sage ich.

Er sieht mich an, Fragezeichen im Blick. Schließlich murmelt er »okay«, steht langsam auf, sieht die Leiter herunter, dreht sich wieder zu mir um.

»Muss ich rückwärts runtergehen oder vorwärts?«

»Langsam, einfach nur langsam«, erkläre ich müde. Er fängt an, die Leiter herunterzusteigen. Ich betrachte seine Hände, die sich über das Holz bewegen. Meine Finger trommeln auf meinen Bauch. Bald wird sich ohnehin alles ändern, grundlegend und für immer. Man sieht noch wenig, aber ich kann kaum glauben, dass er es nicht trotzdem gemerkt hat.

»Okay, ich bin ein Affe. Ich bin ein Affe, ich kann das«, murmelt er zu sich selbst, während er sich vorsichtig in Richtung Boden tastet.

Anmerkung: Das Lied, das in Kapitel 14 erwähnt wird, heißt »Sidra Americanit«, gesungen von Shaanan Street.

David Grossman

Das Lächeln des Lammes

Roman

Deutsch von Judith Brüll

Band 15662

Der israelische Soldat Uri sitzt in der Arrestzelle. Nur weil er statt bei der Patrouille beim alten Chilmi unter dem Zitronenbaum saß. Denn bei Chilmi, dem halbblinden und halbverrückten Geschichtenerzähler wie aus Tausendundeiner Nacht, erfährt Uri so viel über die Widersprüche und Ungereimtheiten des Lebens – über die Armee, seine Ehe und seinen so genannten Freund Katzman.

»Das Lächeln des Lammes« war David Grossmans erster Roman und wurde als Meilenstein der israelischen Literatur gefeiert, nicht nur, weil er sich mit dem weitgehend ausgesparten Thema der Besatzung beschäftigt, sondern vor allem wegen Grossmans außerordentlicher Fähigkeit, Gefühle und Situationen, Landschaften, Gerüche und Farben auf ungewöhnliche Weise lebendig zu machen.

Fischer Taschenbuch Verlag

fi 15662 / 1

Miriam Yung Min Stein

Berlin - Seoul - Berlin

Auf der Reise zu mir selbst

Klappenbroschur. 256 Seiten

»Do you speak English?« Eine junge Deutsche versucht in Seoul mit dem Bus zu ihrem Hotel zu fahren. Doch sie scheitert bereits am Ticketkauf. Denn auch wenn sie aussieht wie die Einheimischen, so spricht sie kein Wort Koreanisch. Ihre Sprachlosigkeit isoliert sie in Asien genauso wie ihr asiatisches Gesicht in Deutschland.

Das Buch der jungen Journalistin, die als Baby aus Südkorea nach Deutschland adoptiert wurde, erzählt von der Begegnung mit einer fremden Kultur und schildert gleichzeitig eine bewegende Reise voller schmerzhafter, komischer und überraschender Momente.

Bianca Stücker
Schaulaufen für Anfänger
Roman
Band 17294

Nancy ist in einer WG untergekommen, die was darstellt – schöne Menschen, souveräne Leben. Sie versucht, dazuzugehören und zu sein, wie man sein sollte. Doch als der unzeitgemäße Raffaele auftaucht, reißen bei allen Mitbewohnern die Fassaden ein: Auf einmal schlägt echte Liebe zu – und echte Gewalt …

»Ein eigener Mensch, das ist so eine Sache.« – eine prinzipielle Liebesgeschichte für uncoole Leser.

Fischer Taschenbuch Verlag

fi 17294 / 1